魅丽文化

天下同萌

韩八荒＼著
HAN BA HUANG

完美绅士

Perfect Gentleman

廣東旅游出版社
GUANGDONG TRAVEL & TOURISM PRESS
中国·广州

图书在版编目（CIP）数据

完美绅士 / 韩八荒著. — 广州 : 广东旅游出版社，2019.3

ISBN 978-7-5570-1627-2

Ⅰ. ①完… Ⅱ. ①韩… Ⅲ. ①长篇小说—中国—当代 Ⅳ. ① I247.5

中国版本图书馆 CIP 数据核字（2018）第 294916 号

出　版　人：刘志松
总　策　划：邹立勋
责 任 编 辑：梅哲坤

广东旅游出版社出版发行
（广东省广州市环市东路 338 号银政大厦西楼 12 楼）
邮编：510060
邮购电话：020-87348243
广东旅游出版社图书网
www.tourpress.cn
湖南凌宇纸品有限公司印刷
（湖南省长沙县黄花镇黄垅新村工业园财富大道 16 号）
880 毫米 ×1230 毫米　32 开
9 印张　213 千字
2019 年 3 月第 1 版第 1 次印刷
定价：38.00 元

目 录

C O N T E N T S

第一章 廉价的酒店服务 / / / /001

第二章 裙下臣服的梦想 / / / /020

第三章 新来的保镖小哥 / / / /038

第四章 荒芜绝望的人生 / / / /053

第五章 被迫摊开的真相 / / / /073

第六章 表白的错误示范 / / / /097

第七章 向着新征程出发 / / / /122

第八章　**谁是命运的宠儿**　/ / /　/140

第九章　**同意你们在一起**　/ / /　/175

第十章　**骑虎难下的人生**　/ / /　/198

第十一章　**来一场真爱求援** / / /　/222

第十二章　**许你温柔和陪伴** / / /　/248

第十三章　**甜有你，苦也有你**　/ /　/269

尾声　/ / / / / / / / /　/280

第一章

廉价的酒店服务

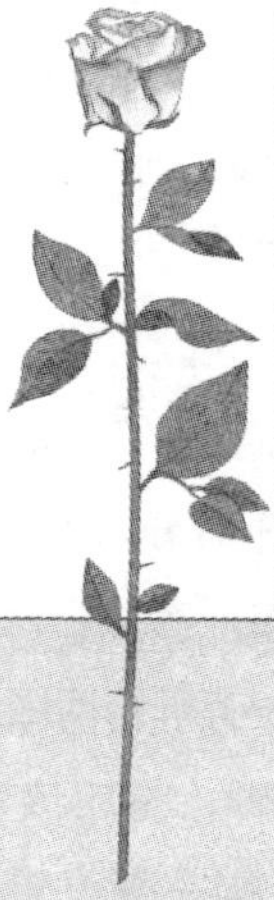

H 市威尔逊大饭店的门口，一辆布加迪缓缓停下。左侧的车门先被打开，一个保镖模样的中年男子稳稳地下得车来，然后快速走到后方，为里面的人拉开了车门。

车门一开，里面的苏瑾莘就合上了手头的文件，放入包里，整理一下裙摆之后踏下车来。她动作优雅，穿着干练，唯独神态疲惫不堪，让她看起来十分颓靡。

阳光太刺眼，刚下车的她有一瞬间的眩晕，身体忍不住晃了晃。

身后的保镖适时地扶住了她的手臂："苏小姐？"

苏瑾莘定了定神，站稳了身子："我没事。"

看到身后的人依然担心的眼神，她安抚道："只是阳光太刺眼了，晃得人眼晕。"

老王将信将疑，小心翼翼地建议道："苏小姐，要不明天咱们去医院看看吧？"

苏瑾莘抿紧了嘴唇，径直往酒店大门走去。她整个身子绷得很直，显示着主人并不高昂的情绪。老王叹息了一声，不再多话。

此时正是正午时分，门口的迎宾小姐热情地提示他们可以去餐厅用餐。五楼的贵宾餐厅有来自法国的大厨团队，所烹调的料理在全市都极其有名。老王在一旁听得两眼放光，却不便出声，只频频看她。

出差舟车劳顿，是应该让雇员吃点好的。

虽然苏瑾莘实在毫无胃口，却没有刻薄对待雇员的习惯："王叔你自己去吃吧，我没有胃口，先去休息了。"

老王大喜，正待拔腿就走，在看到她惨白颓靡的脸色之后又迟疑不决："苏小姐，要不你在这儿等我一会儿，我买了吃的迅速过来，跟你一起到楼上吃？"

自从上一次她因为带错了文件爆发性地大哭之后，老王对她的态度也格外谨慎起来，他应该是察觉到了女雇主的精神可能是出了问题。

苏瑾莘也知道自己大概是病了，时不时便觉得内心悲伤、暴怒、自我厌弃的感受已经越发不受控制，好几次都让她在重要场合无法管理好自己的情绪。

不过因此就让人小心翼翼地对待着，她不由得觉得有些难堪，于是她拒绝了老王的好意。而后她像是想起什么了似的，掏出钱包递过去：“你去吧，下午帮我去买一些特产，带回 S 市分给同事们。我头有些疼，想睡一觉。”

打发了老王，她慢慢地上了电梯，刷卡直达四十九楼。

四十九楼，酒店中不算最好也不算太坏的房间楼层，配置和视野都不如顶楼的总统套房好，但是她出差从来不会住酒店最顶层的总统套房，也不会刻意讲究什么排场，或者说，她从来都没有奢靡的习惯。

可伊晋是不一样的，他从来都只用最好的。

出差要住最好的酒店，吃最好的食物，还要带最贴心的生活管家。他们两人认识快十年了，都出身世家，念同一所学校，就连办公室的位置，也只是上下两层之隔，看起来贴得很近，可是任何一个细节，都是截然不同的。

又想到那个人了。苏瑾莘叹了口气，把包里的文件拿出来，细细再看了一遍，就连对方公司的签名和盖章都不曾错过。

她原本是来 H 市出差的，事情在合同敲定之后就已经暂告一个段落，余下的细节，将会由她的助理继续跟进。事情的进展太过顺利，以至于原本计划十天完成，只用了七天就完成了，剩下的三天反而因为无所事事，而显得格外空虚。

是回去还是索性给自己放个假呢？苏瑾莘放下合同认真地考虑。

不知道伊晋此时正在做什么，新开的项目是否已经有进展。

他那样有经商天分的人，若是能认真对待工作，手上那个影视城的项目做出来一定会又稳妥又漂亮。不过他至今依然不喜欢处理公司的事务……

那么等到自己回去，该不会又是一个烂摊子吧？

等苏瑾莘回过神来，发现自己已然站在窗口发了半刻钟左右的呆。一开始是想事情，后来意识就渐渐地放空了，不知道飘到什么地方去了。

她心里突然有些恐惧，也许是时候去看看精神科医生了。但若是真诊出个什么病来，怕是会后患无穷。

也可能是最近太辛苦了，她应该多睡睡，一觉起来，就什么事儿都没有了。

她用力按了按胀痛的太阳穴，拉上窗帘，拧开水杯倒了水，将几片助眠药吞了下去。

她依靠这白白的药片入睡已经三年多了，若是离了它，别说午觉酣眠，深夜也只能睁着眼盼天明。

吃完药，她开始脱衣服。酒店的衣帽间只挂了几件她的衣裙外套和两件睡衣，衣柜里隐藏着一面巨大的穿衣镜，柜子打开的时候，那镜子就被徐徐地推了出来，方便客人换衣服的时候能及时检视到自己的仪容。

苏瑾莘脱完衣服，眼睛扫到镜子时微微一愣。她捏了捏自己的腰身，怀疑自己又瘦了。因为镜子里的那具躯体，就算用她女人的眼光去审视，也太过干瘪了。贫瘠的胸部和支棱的肋骨让她看起来有着病态的清瘦，幸好保养得当的皮肤依然白皙紧绷，让整个人不至于看上去颓靡老态。

不想再看下去，她迅速地换上睡衣，按部就班地开始洗漱。洗漱完了，她想了想，滴了几滴精油在脸上拍开，又敷了个面膜，最后叹了口气，爬上床，决定强制自己休息一整个下午。

说是休息，却并没有马上睡着，只能直挺挺地躺在床上，等待着药效发挥。

脑子里充斥着对那个人的妄念，让她满心满眼都是疲惫。

好不容易药效上来了，意识即将坠入黑暗，电话却乍然响起。

一连响了好几遍，她才惊醒过来。刚按下通话键，那头就传来秘书焦急的声音："苏总监，伊总突然要投资一个真人秀节目，暂停了另外三个项目的进程。董事会完全阻拦不住，让我打电话给您，您快想想办法呀！"

她意识并不完全清醒，迷糊着问："什么真人秀？"

秘书的声音就算隔着电话线，也听得出来在恼恨地磨牙："就是最近大火的真人秀节目呀！安琳娜小姐上个月不是因为参加一个真人秀节目而大火了吗？展小姐于是在微博上表示，若是有机会，她也愿意参加此类节目挑战一下自己。"

听到这里，苏瑾莘瞬间就心下一凉。

安琳娜是最近崛起的女星，风格和展卿卿有些类似，都出身世家，资源优厚，容貌也是甜美艳丽款。这两年安琳娜蹿红得很快，展卿卿却觉得她胸大无脑，没事只会发嗲，很是看不起她。对方公司在营销上却似乎有意要借着她的名气让安琳娜上位，常常有将两人相提并论的报道流出。

展卿卿非常厌恨此事，故而处处希望能压安琳娜一头。

如今安琳娜靠着真人秀抢人气，展卿卿一怒之下，自然也会想要出手挫挫她的锐气。

而鼎力支持展卿卿的事业发展，确实像是伊晋会做的事情。

只为博得美人一笑，花再多钱也是值得的。

天生富贵又处于意气用事的年纪，伊晋做事情的目的总是那么好猜。

叹了一口气，她问："他这次打算投多少钱？"

秘书在那边几乎要哭出声来："七……七个亿！"

苏瑾莘倒吸了一口冷气。

一般的真人秀哪会需要这么大的投资？又不是拍电视剧！这么大的投资他一意孤行，若到时候不能回本，其他项目又停滞，公司资金无法回流，难以周转，使得企业陷入危机，伊晋的父亲若是知道，该如何是好？损失又该如何弥补？届时如何收场？

助眠药的效力此刻已然发挥到了极致，苏瑾莘只觉得整个人昏昏沉沉，眼皮怎样也睁不开，连带说话的声音都变得虚无缥缈起来。

她狠狠掐了自己一把，强迫自己清醒地做出安排："你先着手整理最近正在筹拍的真人秀项目资料，筛选出适合展卿卿的，发送到我的邮箱。然后让财务部的邓总知道，没有我的指令，谁也不允许动用公司资金。再告知运营部的肖总，让他切勿暂停任何项目，一切等我回公司同伊总商量了再说。"

秘书在那边迅速地应了下来，随即又有些为难地说："苏总监，整理最近正在筹拍的真人秀项目资料还需要一段时间。毕竟越是容易火的项目，保密工作就做得越好。可伊总的决定看起来势必立刻执行，若是其他几位总经理和副总们拦不住伊总该怎么办？"

苏瑾莘皱起了眉头，伊晋平日虽然决事果断，却也会考虑周全，并不是如此急躁的性子，为什么在此事上却如此着急？莫非是展卿卿给他施加了压力？

安琳娜虽然这两年人气猛涨，但终究不可与展卿卿相提并论，展卿卿没理由如此在意对方因为一场真人秀而带来的曝光率。

混沌的脑子里迅速地划过一丝模糊的记忆。

她内心一紧，惨笑一声。

原来如此！

三个月之后便是伊晋和展卿卿认识十年的纪念日。

在这样重大的日子里，表白是再好不过的了，若是再能为对方送上一份可心的礼物，气氛就会更加甜蜜，难怪他这样焦急。

想着那个日子，苏瑾莘只觉得有些心神俱伤。因为那不仅仅是伊晋和展卿卿相识十年的纪念日，其实也是她和那两人相识十年的纪念日。只是没有人在乎，也就没有人想要纪念。

她感觉心头有些发苦，偏偏头脑昏沉，再无思考的力气，只记得彻底陷入睡眠的时候，对着手机发出了最后的指示。

“不管你用什么办法，都给我拦住他。”

之后手机从她手上滑落，她不可抗拒地陷入了睡眠。

第一次用安眠的药物解决她长达三年的失眠痛苦的时候，她曾想，就连睡眠都可以通过药物强制，为什么爱情却不能？

阳光被遮光帘很好地隔绝在外，让这间房显得幽暗而安静。她蜷缩在被子里，成为单薄的小小的一团，睡得不甚安稳。

精神明明很紧张却强迫放松，让她即使在梦中也眉头紧皱。

时间一点点地过去。

黑夜席卷了整座城市。

苏瑾莘是被持续不息的门铃声吵醒的。

助眠药物持续性并不强，但是被强制唤醒，让她的脑子依然不甚清醒。她半迷糊着从床上爬起来，走到外间扬声问：“谁？”

门铃声戛然而止。

门外的人似乎犹豫了一下，接着才回答：“酒店服务。”

这个点弄什么酒店服务？

她顿时有些不悦，也懒得开灯，就着玄关的小灯对着门回答：“我不需要酒店服务。请自便。”

门外的人却有些不依不饶，隔着门跟她极力推销：“女士，这是我们酒店的特色服务，您不妨试试！不好，我们绝对不收钱！”

这意思是，若是服务得当，就得收费了。

苏瑾莘听得勃然大怒——竟然还要收钱？

她花了大价钱住了这家酒店，就是听说这家酒店服务极好，餐点美味才入住的。她虽然不喜欢奢侈的享受，但是品位相当考究，从未听说该等级酒店的服务居然要另外收费！

她有些愤怒，猛然打开门，想同门口的服务生好生理论一番。

仗着保镖老王就睡在隔壁，她并不觉得危险，也就坦然地把门打开了。

谁知道，那门才打开一条小缝，便有一个人影蓦然用一手一脚抵着门，让她无法关门。她内心来不及大惊，下一瞬那个人影已然闪身进了门，还迅速把门关上了。

她第一反应是去拉响门口的报警铃，可是来人迅速滑开了半米的距离，对着她来了个九十度的鞠躬：“女士晚上好。”

说实话，由于太过吃惊，她整个人都有些呆滞。

来人身上并没有“违和”的气息，也没有侵略和危险性。而且当对方抬起头看着她腼腆一笑的时候，那眼神里竟然还带着紧张的哀求。

似乎是怕她赶他出去。

来人十分年轻，一袭印度风情打扮，长得倒是不俗，身高腿长，隔着薄薄的衣服都能看到下面的身躯覆盖着足以令任何一个女人血脉偾张的坚实肌肉。他脸只有巴掌大，故而显得那眼睛格外大而水灵，鼻梁高挺，薄唇贵气，肌肤虽然黝黑，但是看得出来分外的年轻。他右手提着一个盒子，和他的穿着一样花哨，整个人乖巧又略带柔弱地站在那里。

苏瑾莘大惊失色，随即脸色发白，声音冷得像冰：“你根本不是酒店的服务生吧？”

虽然是问句，她却已经断定了对方的身份不对。那青年被她逼视得满面通红，却依然倔强地不肯承认：“我们提供的是酒店的特色服务。”

看着她脸色不佳，对方还结结巴巴地补充了一句：“您试试吧！我服务很好的，而且非常便宜！”

她才不需要特色服务！

她怒视着他，暗示他赶快走，在她发火之前！

可对方明显是个新手，完全接收不到顾客拒绝的信号。

也或许是因为他太想做这笔生意了，故而鼓起了最后的勇气——他在苏瑾莘杀人的目光下颤颤巍巍地比了个手势：“一小时只需要八十块钱。”

八十块钱！

苏瑾莘只觉得脑后的血管都气得突突直跳，莫名地想打人——她住着八千块一晚的酒店，会叫八十块一小时的特殊服务吗？

她闭了闭眼睛，强按下心头想要杀人的怒气，冷冰冰地说道：“我不知道你是怎么混进来的，总之，在我报警以及我的保镖过来之前，快走。”

或许是对方没有太过无理，或许是他长得格外好看，或许是她想到这样的酒店，并不是那么容易就能混进来的，每一张房卡，都只能直达自己房间的那一层，这个青年一定是酒店的人，因为穷才干起了兼职，又或许是对方身上廉价的衣服让苏瑾莘产生了一种他若是进了局子，保释金是万万交不起的想法，总之，她选择了给他一个后悔的机会。

不知道是她的温和让对方误解了，还是穿着睡衣的她看起来格外软弱可欺，只见那个青年在上下打量了她三秒之后，突然迅速欺近，将她打横抱了起来。

苏瑾莘尖叫出声，却被对方迅速地捂住，于是那声尖叫就被惊恐地堵在了她的喉咙里。

等她反应过来的时候，已经被轻柔地放在了床中央，那两片嘴唇已经离开，她却因为受惊过度开始拼命地打嗝。

想要呼叫，却打嗝打得几乎喘不过气来。

她只能迅速一把抓住了床头柜上的台灯，凶狠地瞪着眼前的青年。

对方面色通红，神情却很是坚决。

他把她放下之后，并没有扑上来，而是站在床边，放下手里的提盒就开始脱衣服。

苏瑾莘条件放射地想去拉报警铃。

可是她才抬手，还没有看清对方是怎么动作的，就发觉那人已然到了她的身边，抬手握住了她的手腕。

明明没有感觉到痛，她却无法挣脱。

她突然感觉到背上鸡皮疙瘩迅速地立起，冷汗沁出了她的额头，虽然打嗝到颤抖，却依然无法缓解这种害怕的感觉。

对方一只手握住她的两个手腕，另一只手灵活地把上衣脱去，露出精壮的上身。

那身躯肌肉分明，带着诱惑。

确实很有本钱。

虽然每小时只要八十块。

可是八十块也不行啊，她并不需要服务啊。

青年脱完上衣，空闲的那只手挪了过来，苏瑾莘吓得打嗝都停顿了。

她瞪圆了眼睛，看着那只手缓缓地挪到了她的后背，然后按在了她的脊椎骨上。

脊椎骨附近的肌肤上的汗毛竖起来。

那只手却没有动作，片刻之后才缓缓地动了起来。

他的动作非常缓慢，力道柔和，手法老练，所到之处，肌肉和毛孔一片熨帖……

舒服到可怕。

嗯？

嗯？！

苏瑾莘脑子一片空白。

耳边却听得青年窘迫且小声地解释："女士，您这边的肌肉由于常年紧绷，实在是太过僵硬了，如果做全套的舒缓，可能需要两个小时的按摩，我给您打个折，收您一百五可好？"

什……什么？！

见她半天不曾搭话，对方似乎已经默认她同意了，毫不犹豫地放开她的手，下床去拿他那个小盒子。

盒子共三层，最下面一层放着一条干净的浴巾。

他把它铺在苏瑾莘的身边，然后站在床边腼腆地请求："您能解开衣服趴到这上面去吗？我要给您推油。"

说完就极其有职业道德地背过身去。

随即他又害怕苏瑾莘反悔似的，转过身来："您真的很需要这次按摩，我刚刚在您的背上按了一下，发现您整个上半身的肌肉都劳损得很厉害。"

苏瑾莘愣愣地看着他。

由于这一系列的事情发生得太过匪夷所思，她脑子尚未清醒就陷入震惊状态，实在是快要死机了。

见她不答话，对方脸上渐渐地显露出几分哀求的神色来："让我为您服务……好吗？我真的很需要这一单服务。您不知道，我如果今晚还空手而归，我家苏打的粮就要断了……"

苏瑾莘陡然冷笑一声。

她总算猜出点眉目来了。

这印度式推拿可能确实是他们酒店的特色服务，但是如果客人不主动点单，或者不特意去七楼的休闲会所，酒店也不会刻意去推荐这项服务。

更何况是给女宾推荐男士按摩服务。

这个男服务生贸然按门铃来做推荐，肯定是因为业务太差，穷急了冒险。

平白让她受这样大的惊吓。

她若此时去投诉，这个家伙立马就会被辞退。

她嘴角勾起一抹残酷的笑意，声音冷冽："若我不同意呢？"

对面的人身子陡然一僵，这下连嘴唇都白了，一副深受打击的模样。

苏瑾莘心里总算出了一口恶气："你业务不好，必然是技术不过关。况且你这样深夜闯入我的房间，我不仅不会同意你的服务，而且会投诉你。"

对，投诉你。苏瑾莘心里升起一股恶意的快感，坐直了身子，双手抱胸，直视着那个站在床边的按摩师。

对方漆黑的瞳孔在一瞬间竟然泛起了朦胧的雾气。他似乎无法接受这样的结果，却不知道如何反驳，只能讷讷地坚持："我的技术很好的。"

苏瑾莘讥笑道："技术好到需要深夜偷偷摸摸强行推销？"

这似乎一下就戳到对方的痛处了，他抿紧嘴巴不说话，长腿一跨，就到了床边。

苏瑾莘还没有反应过来，就被人一抱一翻，像一条咸鱼一样直挺挺地趴在了对方准备好的浴巾上了。

紧接着，青年小小声地道歉道："抱歉了，女士。"

他话音未落，苏瑾莘便觉得胸口一凉，上半身被人微微托起，整件睡衣就被迅速地从头上脱了下来。

苏瑾莘目瞪口呆之后勃然大怒。

被冒犯的耻辱感让她想跳起来直接给那人两巴掌，她想投诉到他立马滚出这个酒店，她想让他被他的主管罚到遣散金都拿不到。

可是她刚开始挣扎，对方就适时地在她的某个部位轻轻一敲，她便酸软地趴了下来。

于是她愈加气得两眼发红，气得头发几乎要倒竖。

对方伸手探到她的腹部轻轻按揉了几下，她就不打嗝了，她立即开始怒气冲冲地训斥对方。

苏瑾莘一直是公司高层，训起人来威严十足，此时被气到口不择言，竟然还多了点儿怒骂的意味。可偏偏对方一声不吭，任她翻来覆去地鄙薄他，手上的动作却没有停下。

这些怒气蓬勃的叫骂在她背上开始被涂油的时候，像鸡被掐住了脖子一般失了声音。

年轻人带着薄茧的手修长有力，温热且灵活，顺着她僵硬的背部抹下去，竟然让她舒服得想呜咽出声。

怎……怎么回事？

苏瑾莘心里有些慌张，整个人显得很是紧绷。按摩师似乎对她这样的反应早有预料，手下动作不停，声音却闷闷的有些委屈："我说了我技术很好吧。”

苏瑾莘无法反驳。

她觉得自己最多是个抑郁症患者，而对方明显是个神经病，这让她竟然生出了几分畏惧。

对方已经上手，也不好再让人滚蛋，她虽然气闷到不行，也只能趴在床上，默默地强迫自己享受对方的服务。

对方确实不曾吹牛，他的技术甚至超过了苏瑾莘享受过的任何一次按摩师服务。

而且照顾得很全面，从肩颈后背，到手臂大腿，甚至手指脚心都扎扎实实地被舒缓按揉了一遍。有些部位因为平日劳损过度，一下手就会很疼，对方会腾出一只手来，轻轻握住她的手，同时轻声安抚：“不痛不痛，马上就不痛啦。”

年轻人的声音清亮中带着温柔的甜软，此刻听在她的耳朵里，竟然有奇妙的安抚力。

苏瑾莘抓着那只手竟然就有些舍不得放。

她原本生在传说中闷不吭声的摩羯月，家里又从小教导她要有着长姐的沉稳大气，故而她养成了格外坚忍的性格。不管是生理上的还是心理上的痛苦，她都独自承受，从不呼痛。

可是人若是忍久了，也就难免会期待某一天会有人安抚，有人慰藉。

于是她握着人家那只温柔的手，一时之间，竟然有些出神。

直到对方有些尴尬地把手抽回去，她才回过神来。

可是在下一次按到酸疼部位的时候，那只手还是会递过来，那一句关切的“不痛不痛，一会儿就好啦”还是会响起。

苏瑾莘莫名地就消了气，决定不再投诉面前这个奇怪的人。

她本性并不恶毒，对努力工作、艰难生存的人也一向同情。今夜若不是这个按摩师一开始表现得太过分，或许他好生跟她求一求，她多关顾他，多给小费也不是不可以。

只是事到如今，服务完毕，她倒是不再投诉了，但是多的小费不可能有。她这么想着。

那双温柔的手慢慢地来到了她的头部，给她做头部放松。

指腹温热，粗糙有力，她忍不住舒服地叹气：“若是我一会儿睡着了，不必理会我，去酒店前台签单即可。”

按摩师有些迟疑：“请问可以现金付款吗？”

苏瑾莘闭上了眼睛：“闭嘴去签单，或者我让保镖进来付款加投诉你，你选择一样付款方式吧。”

年轻人手一抖。

难怪她这样从容镇定，全程并没太过惊慌，原来是带着保镖入住。年轻人拍了拍胸口，长舒了一口气，继续细心服务。

手下的人呼吸逐渐平稳绵长，竟安心地睡了过去。

年轻人露出得意的笑容，他就知道，没有谁会拒绝他纯熟的按摩技巧。毕竟，那是在澳大利亚练了十多年才练出来的急救舒缓技巧。

他根本就不是酒店的特色按摩师，他只是一个打扫卫生的服务员，因此才有着这一层的电梯通行卡。这次按摩做完，若是要签单，还要借着按摩师阿花的名义去签，给完阿花五十块的抽成之后，也就没剩下多少了，苏打的罐头可能也没戏了。

做打扫卫生的工作，真是不赚钱啊！

也许，在做完这个月之后，他应该换一个工作了。

年轻人叹了口气，做完最后一套动作之后收了手，然后用干净的毛巾给对方擦干净了按摩油，善后之后，轻轻给对方盖上了被子，打算蹑手蹑脚地离去。

门铃，却在此时蓦然响起。

年轻人愣了愣，不知道是否该开门。

门铃不依不饶地响了三遍，他挠了挠头，终究还是打开了门。

门外的老王此刻心情急切，门未开就恭敬地递过来一部手机：“苏小姐，您的电话……”

开门的人没有伸手去接。

于是老王疑惑地抬起了头，视线与赤裸着上身的年轻按摩师在空气中相撞。

对方无辜地轻轻垂下眼帘，有些不自在地避开了他的注视。

老王顿时老脸一黑。

他伸手用力拨开面前的年轻人，几步走到床前，看到他的雇主安然无恙地躺着的时候才长舒一口气。

可是在看到她光裸在被子外面的肩头的时候，又倒吸一口冷气。

他的雇主清冷高傲，心里住了一个喜欢的人，所以就算出身富贵，也从不留恋外面的野草。他认识她这么多年，从未遇到这样的状况。

可是如今雇主睡得人事不知，外面的青年又衣冠不整，而且今日中午他并没有接到雇主的告知，她没说有人要来拜访……

老王觉得自己呼吸都有些颤抖起来。

有流氓！

揪心的愤怒和失职的恐惧让他血管突突直跳，拳头握得咔咔作响。他飞速地冲出来，一拳打向了那个还没有来得及夺门而出的“流氓”。

老王以前是军人，退伍之后，便进入了高级安保行业，一身的武艺从未落下。这一拳挥出，原以为可以当场将这个不知天高地厚的“流氓”拿下，可不想，就在那拳头挥出的瞬间，那“流氓”胸口往后一吸，人也顺势滑开半步，侧身一让就躲开了他的攻击不说，还呈现了极好的防御姿态。

老王吃了一惊。

面前的“流氓”竟然是会功夫的！

他当下不敢轻敌，小心地摆出姿势，在狭小的玄关就跟对方过起招来。谁知道几招下去，竟然发现完全没有拿下对方的可能，而且对方一只手提着一个提盒，只是防守，他也依然无法胜出半招，打出去的拳头一下都没能触到对方的皮肉。

老王顿时大惊失色。

职业习惯让他不再恋战，转变思路想要越过那个“流氓”去拉响门口的警报铃。结果那“流氓”看到他想报警，表情一下就慌张起来，原本只是纯粹地防守，这一下便变得十分有攻击性，一拳打在老王的胸口，痛得他几乎想骂娘。

好久没有遇上这样的坑爹事儿了，老王有些生气，不由得怒吼：“你要流氓居然还敢打人！”

对方听到这句话一愣，拳头顿在半空。

老王也愣了。

如果他没有记错的话，这个“流氓”全程没有反击，而且纠缠这么久，他似乎也不曾露出心虚胆怯的样子。

老王仔细看了他半晌之后，艰难地开口：“难道……你不是流氓？”

对面的青年脸涨得通红：“你才是流氓呢……我是来服务的！”

老王脑袋都炸了：“你胡说，苏小姐根本没有叫什么特殊服务！”

对方没有回答，而是挠了挠脑袋，问：“你是她的保镖？”

老王点头："是。"

那青年一伸手："那你替她给钱吧！一共一百五十块，她让我去酒店前台记账，说钱包中午给了你。"

老王瞪圆了眼睛。苏瑾莘给他钱包的时候，周围并没有什么人，那么这件事情就只有苏瑾莘本人知道了。如今被对方说出来，难道真的是苏小姐自己叫的服务？

问题是苏小姐根本不是这样的人啊。

老王突然想到了最近女雇主的反常表现。

苏小姐目前不能以常理来衡量，毕竟没有哪个正常人会时常暴怒或者忧郁。

她大概是压力太大了吧。

所以……

做出这样的事情来，也不奇怪吧？

老王想着，顿时就有了歉意："抱歉，我现在就付你钱。"

对方愤愤然："一言不合就打人，你得赔钱。"

老王气笑了："你也不解释一下，莫名出现在我雇主房间。被打了居然还要我给钱？"

更何况他根本没有打到对方好吧。他有些鄙视地看着面前的年轻人，对方很年轻，身手也极好，却来做这样的营生，真是让人看不起，不由得道："好好的男人，做这一行，你不觉得羞耻吗？"

对方被羞辱了，脸色不好，说："我倒是想换行业，但是我没有文凭，连身份证都没办好。不做这个，难道你有更好的工作介绍给我？"

没错，他刚来中国不久，他不是中国公民，只有普通签证。既没有身份证，也没有工作签证，根本找不到合适的工作。

老王“呸”了他一声，便不再说话了，去隔壁拿了钱包过来，数了三百块钱给他：“不用找了，剩下的给你当医药费。”

回来时，青年已穿戴整齐。青年拿到钱，露出开心的神色，竟然显得那张脸无比的光彩照人，就算是老王这种对男色没有什么认知的人，也不得不在心里夸赞一句，真是生得极好。

青年道了声谢，便拉开门想离开。

才迈步，身后传来那个保镖别扭的声音：“喂！你身手这么好，不如跟我学做保镖吧？”

咦，今晚运气这么好吗？

他有些惊讶，迅速回头，一张名片被递到了他的面前：“这是我的名片，你如果想改行可以联系我。”

最近运气这么好吗？才想着转行就有工作送上门！

年轻人赶忙接过那名片收好，从提盒里摸出本子和笔把自己的联系方式写上，恭恭敬敬地回递了过去。

门在他面前“砰”的一声关上。他听力极好，隔着门也听到了那个中年保镖的嘟囔：“好好的一个男人，怎么能干这种不知廉耻的事情呢？”

他不由得委屈地摸脸——按摩虽然确实赚不了多少，但是也不至于被人这样鄙视啊。

不过看在三百块现金的分上，他不再多言，提着自己的工具盒，迅速地离去。

第二章

裙下臣服的梦想

苏瑾莘这一觉睡得前所未有的好，香甜，很沉。

她甚至在彻底清醒过来之前，半眯着眼睛小小地伸了个懒腰。

懒腰伸到一半，便觉得不对劲。

屋子里好像有人……

不仅有人，那个人还在嚣张地长吁短叹。

苏瑾莘吃了一惊，迅速将被子一卷，裹住了自己，同时一只手放在了报警拉绳上，冷喝出声："谁？"

套房外间会客厅的老王听到这一声，几乎老泪纵横："苏小姐，是我。"

他坐在外间一整晚，一想到那三百块钱就睡不着。

他的雇主不仅叫了服务，服务费还只需要三百！其中一百五还是他硬塞给对方的。

他感到十分悲愤。

悲愤得整晚都睡不着，并且觉得自己好像忘记了什么重要事情。

那头苏瑾莘起床整理得很快，三十分钟之后，出现在老王面前的，就是那和平素一样妆容整洁、衣着利落的女雇主了。

老王抬头看着她，心里其实是佩服的。不说对方年纪轻轻，工作能力就已经十分突出，也不说对方那冷静沉稳的性子，单说出现在人前一定是妆容整洁的这一点，就已经远胜诸多女性。

今天的苏瑾莘黑色长裤搭配荷叶领白衬衣，定制的钻石胸针光华闪烁，整个人显得格外矜贵优雅。

老王实在无法将她和昨晚那个黑了吧唧、从头到尾透露出一股子穷酸味道的男服务生联系到一起。

看着她，他就出了神。

苏瑾莘不悦地皱起了眉毛，保镖在早上六点出现在她的房间，长吁短叹不说，现在还奇怪地看着她发呆。

怎么从昨晚开始，她的房间就跟展览厅似的，什么人都可以进来？

“老王你有什么事？”她开口问。

老王还在发呆，被这么一问，突然想起昨天自己来找她的目的。但是昨晚的紧急电话，今天才告诉苏瑾莘，会不会耽误了？

他这么一思量，快速从口袋里摸出自己的手机递过去：“苏小姐，昨天深夜伊总找您，我说您生病了正在休息，他让您迅速给他回电话。”

苏瑾莘接过对方的手机看了一眼，那上面除了通话记录之外，还有一条短信。短信的内容是问为什么苏瑾莘没有接电话，以及让她迅速回电之类的。短短几句话，口气却能明显看出来带着怒意。

苏瑾莘睡得不错后的好心情烟消云散，就连旁边的老王也能看出她一瞬间苍白了脸。

走进里间，果不其然，自己的两部手机一部没电关机了，一部被她调成了静音。

插上电开了机，未接电话便一个接一个地跳了出来。

除了她的秘书以及其他人的十来个未接来电，她竟然从手机上看到了伊晋的三个未接来电和一条短信。

“苏总监敢远程阻拦我的决定却不敢接电话？”

苏瑾莘看着那条短信不说话。

从老王的角度看过去，只能看到她微微抿紧的唇和紧绷的侧脸。

以为是自己耽误了事，老王有些愁眉苦脸地开口道歉：“对不起啊苏小姐，昨晚我睡得太死了……”

他没敢说昨晚跟人打起来的事。雇主叫了特殊服务，自己撞破了不说，还跟人打起来，以至于耽误正事，这样的情况他怎么敢说？

不如承认自己失职了来得直接。

意外的是，苏瑾莘并没有责怪他，而是放下了手机，道："没关系。"她站直了身体，在房中来回走了两步，"帮我订最快回S市的机票。"

她的神色十分凝重。老王赶紧拿起手机查看最近的班次："苏小姐，我们可以坐十点的飞机回S市，下午就可以到了。"

苏瑾莘点了点头，示意她知道了，而后打了个电话，让手下的张经理来接手H市这边的后续事务，然后开始收拾行李。

两人收拾完毕，下楼火速吃完早餐便直奔机场。

其间苏瑾莘打了个电话过去给伊晋汇报情况，对方语气十分恼火。听到她会尽快从H市回S市的时候，口吻微微温和了下来："不过是一个投资而已，你不必如此辛苦地奔波。"

她不知道怎么接话，只能讷讷地回："这是我分内事。"

伊晋语气轻松起来："昨天我被阻拦的时候，还以为是你反对我这样做，没想到你这么快就打算亲自回来了。有你帮忙，这个项目一定能做好。"

苏瑾莘并没有告知伊晋自己今日便会回来，她昨夜动了那么大手脚，至少得观望两日，方才知道如何应对。

她办事一向沉稳且多虑，和伊晋一往无前的气势恰好相反。

他以为她是回来帮他斡旋的，以至于完全忘记了昨天她没有接电话所带来的不快，也完全忘记了她来H市出差之前，自己因为一点小事跟她置气，特意指派她来这儿，跟进一个完全不需要她这样级别的负责人就可以完成的项目。

伊晋在那头的声音渐渐回暖，开始跟她商讨着要如何排除公司其他人的异议，快速开展即将投资的真人秀项目。

苏瑾莘握着手机的手指紧到发白，极力克制住内心想要告诉伊晋自己并不赞同此事的欲望。她垂下了眼帘，遮住了漆黑瞳仁里面的暗涌。

她勉强应付了几声就收了线，原本坐得笔直的身体，仿佛瞬间被抽走了所有的力气，重重地靠在了座椅上。

心里突然有种绝望的疲惫。

年轻人的感情，孤注一掷，倾其所有，何其热烈火辣，愈发衬托出她如今的状态犹如朽木死灰一般。

就算爱他至深，表面也看不出半点波澜，极力维持着自己的优雅和矜持，于是有时候连她自己也觉得这种暗恋并没有那么痛苦。

出租车缓缓停在了机场大厅前面，打断了苏瑾莘的思绪。她拿起手上的包包，走进了大厅，脸上再无刚刚的忧郁和自厌之色。

人前要注意仪容神色，苏家的教养已然深深刻在她的骨子里。有的时候她也会想，也许正是因为这份教养带来的刻板，才会让伊晋不喜吧。可是出身在苏家那样的书香门第，教育世家养成的严苛家风，又怎能不养成她那保守沉稳、压抑克制的性格？

更何况母亲出身低微，爷爷认为她不配教育身为家族长孙女的她，故而一出生，她就被抱去祖宅，跟在祖父祖母身边，由他们培养长大。小时候，因资质平庸学习吃力，她常常被责骂。每一次听到奶奶说“可千万不能随了你的母亲那样愚笨，得像我们苏家的基因才好啊”的时候，她就觉得很难过。

幸好她是个能吃苦的人。不会的题，多做几次，总能做对；跳不好的芭蕾，深夜独自练习几回，也总能跳好。

一路走来，虽然累了一点，但也勉强能让家族满意，让人在这S市提起她苏瑾莘的名号，也有些光彩。

可这些光彩早在她执意放弃接手家族事业跟随伊晋的时候，就被抹杀得一干二净。

不再回忆往事，她抬手看了一下表，离飞机起飞还剩四十分钟，刚刚好。

到达S市的时候，刚刚过了饭点，恰好是午休时间。

早餐她并没有吃多少，可此刻也并不觉得饿。安排老王先去吃饭，苏瑾莘独自一人走进鼎盛娱乐。她绕过门厅和前台，悄悄地坐直达电梯到了自己的办公楼层。她没有回自己的办公室，而是直接就到了秘书处。

此刻，她的三个秘书一个也没有午休，正聚集在一起讨论着什么。为首的大秘顾沉怀里正抱着一个资料夹，偶尔勾画记录，神情严肃，眉间的褶皱仿佛能夹死一只蚊子。

苏瑾莘推门而入的时候，三个秘书齐齐转过头来，那神情竟是跟看见救世主一般。顾沉甚至有些惊讶地出声："苏总监，你回来了？"

她点了点头，摆手示意他们自己是悄悄提前回来的，不要声张。

顾沉点了点头，略微思考，大致明白了她的用意。

在鼎盛娱乐，苏瑾莘说话的分量甚至比伊晋还要重一些，不仅仅因为她是伊晋的父亲伊云朗钦点的负责人，还因为鼎盛名义上的掌权人——伊晋年纪太轻，玩心极重，不仅没有心思全力经营公司的业务，甚至好几次在有伊云朗亲临的会议上明目张胆地表示，如果不是为了展卿卿，他根本不会来鼎盛做事。

生生把伊云朗气得血压飙升。

伊晋如今不过二十四岁，正是年轻气盛的时候。鼎盛也只不过是他家的一部分产业，当初伊云朗让他来这里做个总裁，也纯属让他练手，好以后接手伊家罢了。

所以兢兢业业办事、全心全意为公司着想的苏瑾莘，便成了整个公司真正的主心骨。

苏瑾莘进了办公室，在小会议桌的前面坐下，按了按额头，沉声道："把你们目前所知道的资料说一说。"

二秘 Vicky 推了推大秘，于是顾沉推了推眼镜，把他刚刚抱在手上的那一摞资料放在了苏瑾莘面前："是这样的，总监，最近真人秀节目捧红了一批新出道的以及过气的艺人，确实有着十分不错的经济效益和综艺效果，于是我们公司也在筹备着进行部分真人秀项目的投资或者合作出品。比如您走之前和您核对过的《和偶像恋爱》以及《恐怖生存》这两个项目，我们都有在跟进。"

苏瑾莘点点头，这事她是知道的。

顾沉打开了他面前的手提电脑，飞速地在键盘上按了几下之后，放到苏瑾莘面前："咱们的对手公司环印传媒在上半年投了一个名叫《小姐姐带你去旅行》的真人秀项目，力捧了他们公司签约的几位艺人进去。由于项目效果不错，于是捧红了好几位原本名气不太高的艺人，其中的一位就是——安琳娜。"

安琳娜外形甜美，活泼娇俏，出道较晚，也没有什么作品，和展卿卿是一个类型的艺人。虽然她暂时比不上展卿卿，但娱乐圈风云变幻，谁又知道最终是谁笑到最后呢？

想到这里，苏瑾莘看着显示屏不由得有些走神。

顾沉只道她烦心，因为只要是牵扯上展卿卿的事，伊总就不会袖手旁观。可是他一旦不袖手旁观，折腾的不是钱就是他们这些下面的人。

苏瑾莘的表情一如既往地沉静，顾沉看不出她的情绪，只听她淡淡地问："所以伊总的意思是？"

顾沉站起身来，走到她的身边，将资料往前翻了几页，指着其中的某个项目资料说："伊总颇费心思，为展小姐找了一个真人秀项目。从这上面的资料来看，这个项目确实不错，应该能出红人，而且那边同意配合一切力捧展小姐，只是百分之九十的经费都得由鼎盛来出。"

苏瑾莘低下头去，她细细看了看项目资料，点了点头："由橘子台出品，主持人也是他们的一哥带队，项目的内容也很不错，确实值得投资。"她把资料夹一合，直视顾沉，目光如电，"那么收益分成呢？"

她的话像是触到了什么雷区一般，整个办公室瞬间安静了。

苏瑾莘微微眯起了眼睛，扫过二秘："Vicky，你是负责项目收益核算的，你来说。"

Vicky脖子缩了缩，艰难地开口："对方说，不再找别家共同出品，所以收益分配也十分明确，四六分成。"

苏瑾莘缓缓咀嚼着这句话，慢慢地笑了起来："我们出百分之九十的经费，四六分成？"

她的话无人相应。

半晌之后，Vicky双目一闭，手中的文件夹重重地拍在了桌上，怨气冲天："我们四啊老大！"

什么？

这下连苏瑾莘也震惊了。

这样庞大的投入，收益分成却如此不合情理，就算此节目收视率暴涨，广告收入丰厚，也很有可能出现入不敷出的状况，更何况展卿卿不是他们旗下的艺人。

她皱了皱眉：“对方这个要求并不合理，为什么伊总会接受？”

这个问题顾沉并没有回答，而是将目光投向了三秘。

三秘倩如人脉强悍，公关能力极好，此刻冷笑一声：“其实不过是因为环印娱乐的老总也在为安琳娜争取这个机会罢了。对方急于捧红安琳娜，所以接受五五这样的条件。咱们伊总也想竞争，就只能提更优惠的条件了。”

她拨了拨耳边的卷发，露出略带讥诮的笑容来：“可是展小姐什么咖位，安琳娜什么咖位，这分成能一样算？伊总巴巴儿地亲自出面，倒是让人家逮到机会狠宰咱们了。”

展卿卿原本是属于鼎盛娱乐的艺人，几年之后解约，有了自己的工作室，资源却一直用着鼎盛的，只因为伊晋特意发了话。

倩如一向很是不能理解伊晋这种为了红颜不认钞票的行为，再联系到如今这个项目，看得她牙疼肉疼的，说话的语气便没了轻重。

苏瑾莘也不跟她计较，看向她：“那边不同意谈判吗？”

倩如没有开口，反而是顾沉出声：“对方口气硬得很。”

那就是没得谈了。

苏瑾莘站起身来：“既然如此，那么你们不必再分析谈判的可能性，都全力给我找出同时期的竞品真人秀项目。下周一下午四点之前，我要非常精准的报表。”她回头扫了三人一眼，加重了语气问，“明白？”

“明白！”三人异口同声地回答。

苏瑾莘拍拍顾沉的肩膀，环视了一周：“辛苦大家了，这事若是圆满解决，我给大家发奖金。”

三个助理苦笑。每次遇上这样的事，他们三个都会心力交瘁，不仅加班免不了，还得绞尽脑汁想各种办法找资料，到时候唯一的安慰就是，苏总监会很实际地给予丰厚的奖励。

有个务实的上司，下属总是痛并快乐着。

苏瑾莘看到他们几个听到“奖金”两个字之后，用燃起来的斗志替换了原有的颓丧，心中略定，这才出了秘书处。

她悄悄地回到自己的办公室处理了一些文件，按了按额头，不知道为何突然觉得有些眩晕。

这种感觉不是生理上的，而是精神疲倦，渴望睡觉。

她甚至莫名地有种想长睡不醒的感觉。

寻找竞品，并且在伊晋不知道的情况下将人安排过去，这样的事情若不亲力亲为，如何能处理好？

若是亲力亲为，睡觉便是奢侈了。

她坐在桌前，将随身携带的一些保健药倒出来吃了，这才感觉安定。脑子没有那么重了之后，她给展卿卿的经纪人 Mike 打了个电话，约对方一起吃晚饭。

Mike 爽快地应了约，苏瑾莘却特意加了一句：“Mike，不要告诉任何人我回 S 市了，而且今晚的晚餐，我希望只有咱们两个人，可以吗？”

Mike 有些疑惑，不过依然果断应了。

苏瑾莘长舒了一口气，挂了电话，开始查看工作邮箱，迅速进入工作状态。

忙完一个段落，时间已经到了四点半。她拿起包包，悄悄地离开了办公室，特意走了员工通道，离开了鼎盛娱乐。

很幸运，没有遇上伊晋，也没有遇上其他人。

去见 Mike 的路上，苏瑾莘绕到北区的一家珠宝店挑了一对钻石袖扣，然后才让老王把车开到约定的会所。

Mike 来得很早，苏瑾莘等了他不到十分钟，就看到一个年轻的男孩柳腰款摆地走了过来。他身量不算特别高挑，却打扮精致，化着妆，显得雌雄莫辨，一双凤眼顾盼生辉，看上去既精明又邪气。

看到苏瑾莘的时候，他热络地上前要跟她拥抱：“哎，苏姐，这大半个月都没有见着你了，可想死我了。”

苏瑾莘不动声色地避开他抱上来的双臂，将那包好的礼物盒递过去：“一件礼物抵一个拥抱行吗？”

Mike 一眼就看到包装盒上那家珠宝店的独特标志，眼睛一眯，轻笑一声：“哎，苏姐，你这可就让人伤心啦！合着你愿意给我买这么贵重的礼物，却不愿意让我抱一下是不？”

苏瑾莘勾了勾嘴角：“没有的事。送你礼物只是想贿赂一下你。”

Mike 哇哇大叫：“你这就让我更不敢接了。万一你贿赂完了，想让我以身相许怎么办？”

苏瑾莘不再管他，径直坐下，将那盒子一收：“你不接，我可就送别人了。”

Mike 赶紧扑上来，一把拿过盒子：“要要要！”

他拿到盒子，也不避讳，当着苏瑾莘的面就打开来，又是一阵感叹，还非要扑过来给苏瑾莘一个香吻以表达他的感动。

苏瑾莘自顾自喝茶，也不理他。他扑到一半，便不敢再过来了，小心翼翼地坐在那儿问：“苏姐，你找我是不是为了伊总要给我们家卿卿买个真人秀项目玩玩的事？”

Mike刚入行的时候是苏瑾莘一手带出来的，人不错，很是机智，会钻营，苏瑾莘便给了他不少机会和资源，渐渐地入了伊晋的眼，就安排给了展卿卿做经纪人。后来展卿卿解约，自己成立工作室，就带Mike一起走了。

走了之后，资源依然用着鼎盛的，Mike少不了还要跟这边打交道，苏瑾莘却很少再找他了。Mike知道自己跟了展卿卿这事，让苏瑾莘跟他疏远了不少，今天陡然被她请吃饭，又送了他礼物，必然有事情要让他去办。

苏瑾莘缓缓地将目光转到他的身上，长叹一声："我原本希望，永远也不要用旧情来请求你帮我做任何事情的。"

她摩挲着右手手腕上的腕表，像是犹豫了很久才开口："可如今，能帮到我的，应该也只有你了。"

Mike愣了愣，对方这样讲，看来事情是拒绝不得的了。可是展卿卿、苏瑾莘和伊晋这三个人之间，简直就是一团乱麻，不管是帮着谁，都不是一件容易的事。提出请求的，却是眼前的女子……

他咬了咬牙："苏姐，你直说吧，我若做得到，就一定给你办成。"

苏瑾莘缓缓地笑开："那我就直说了。"

她抬手，给Mike倒了一杯茶，又给自己续了一杯，喝了一口之后，那声音也像是浸透了茶水一般，温和沉郁："我要你不管用什么方法，让展卿卿在和伊总接洽之前签一个合同。"

Mike莫名其妙："什么合同？"

苏瑾莘扬了扬眉毛："真人秀合同。"

只有在伊晋和橘子台签合同之前，让展卿卿接下某个真人秀活动项目，公司才能顺利保住那七个亿，避免影响其他的项目。

Mike是知道事情的前因的，他双手交握，诚恳地看向苏瑾莘：“我尽力劝说卿卿答应。但是苏姐你知道的，现在不比以前，如今她是我的老板，我只能影响她的决定，不能掌控她。”

苏瑾莘点点头：“我明白。”

Mike有些犹疑，思虑半晌之后，忧心忡忡地说：“那真人秀的项目，这么急就让我们和对方签约，是不是不太容易啊？”

确实是不太容易，所以她和她的助理们为了此事要连夜加班，四处奔波，绞尽脑汁地到处洽谈，脸上的皱纹都不知道要增加多少。但是能跟面前的人诉苦吗？当然不能，所以她只能淡淡一笑，说：“这个你不用担心，真人秀项目的选定和洽谈都由我们这边办妥，到时候你只需要让展卿卿在这上面签字就行。”

Mike点头：“那好。”

他小心地看了一眼苏瑾莘的神色：“那项目的规模……”

苏瑾莘接口：“绝对会比安琳娜上的要好。”

Mike顿时笑逐颜开地为苏瑾莘端茶点：“苏姐对我们家卿卿可真好，我替她谢过苏姐和伊总了！”

苏瑾莘并不接话，她喝着茶，心里有些苦涩，烦躁的情绪又起来了。

脑子里面在狂躁地叫嚣：为什么别人总是能掌控自己的人生，还处处有人赶着提供帮助，自己却一直在为别人而奔波？

这种情绪让她想大叫，想崩溃。但是她心里清楚，这绝不是她能做的。

她从包包里掏出口服液来吃，对面的Mike一看，又是惊讶不已：“苏姐也吃上保健药啦？”

她点点头，对方就开始啧啧称赞：“苏姐开始善待自己了，我真高兴。

“哦，对了，我还知道一家很好的中医理疗会所，改天我带苏姐去体验体验？

“哎哎哎！还有呀，苏姐，不如哪天我陪你出国玩几天放松放松吧！这事过了之后，苏姐真应该休息一下啦……”

Mike 一旦打开了话匣子，就根本停不下来，苏瑾莘只好略带微笑地听着他喋喋不休，偶尔还应和两句。可她的灵魂仿佛脱离了身体，飘荡在空中发出疯狂的嘲笑。

她吃的根本不是保健品，而是中年女人才喝的平气静心口服液。

她也根本无法放松，因为只要她待在伊晋的身边，就永远会神经紧绷，若是离开，就更是不得安宁。

最可怕的是，她此刻只想面无表情，却依然展露礼貌的笑容。

她虚伪而胆怯，懦弱而自卑。

真是无比的可笑。

两人喝完茶之后，还一起吃了个晚餐。会所的饭菜精致滋补，Mike 很是喜欢，吃得津津有味。苏瑾莘一整天没有吃饭也不觉得饿，但是因为要陪着 Mike，也吃了些许，也正因为吃了这一顿，才免去了她晚上胃病发作的可能。

回去的时候，老王见她靠在车上有些出神，忍不住问她：“苏小姐是有什么心事吗？”

苏瑾莘摇头：“我只是在想工作的事情。”

老王顿时不赞同地摇头：“其实苏小姐年纪并不大，完全不需要如此醉心于工作，偶尔放松一下才是好的。”

放松一下，找个男朋友，喜欢打扮和逛街，这才是老王认为的年轻女孩子该有的生活。面前的雇主明明和他女儿差不多的年纪，却完全没有这个年纪的快乐和情绪，这让他觉得不妥。

苏瑾莘勾了勾嘴角："我觉得我不需要放松，我可能需要一个医生。"

老王闻言打算掉头："那我们现在就去？"

苏瑾莘拦住了他："算了，还是过一阵子再去吧。"

老王乐了："苏小姐有空了就跟我说一声。老王我知道最近有一处海滩，正在举行一场年轻人都喜欢的什么嘉年华，有好多人都去那里缓解压力。如果苏小姐不介意的话，也可以去那边玩玩。"

苏瑾莘从后视镜看过去，刚好看到老王眉飞色舞想逗她开心的表情，忍不住自嘲——连保镖都开始同情她了吗？还是因为她最近脸色真的难看得那么明显？

不过既然连保镖都提出了这样的邀请，那等这件事完了之后，去试试又何妨呢？她这样想着，就回答："那等我手边这件事情忙完了，就请你带我去看看吧。"

老王应了一声"好嘞"，就带着笑意加快了车速，不久便将她送回了家。

苏瑾莘在S市临江的位置有一套三层的独栋小别墅，位置极好，卧室和书房都有极佳的观景阳台。

可是这样好的景观和这样好的时光，她都用来加班了。

今晚也不例外。

她在家中开着社交软件，等待着助理们的即时反馈。不过，事情看来进展很是顺利。同橘子台的真人秀项目有得一拼的竞品，竟然还真被助理们找出了几个。

不过苏瑾莘还是不大放心，让助理们再找找，找全一点，以便确定。

助理们面色疲惫，干劲十足，当晚开会便到了十二点。

两天的时间飞速地过去。

转瞬就到了苏瑾莘跟伊晋说的从 H 市回 S 市的日子。

接到伊晋说要来接机的电话的时候，苏瑾莘有些呆愣。

她才加完整夜的班，还和 Mike 聊了展卿卿的近况，正打算小睡片刻，不承想伊晋来了电话。

苏瑾莘手忙脚乱地爬起来，换好衣服，收拾好行李，匆匆赶去机场，装作才下飞机的样子。

老王跟在她身后，表情严肃，堪称演技派。

出站口冷气开得很足，人群涌动，苏瑾莘的眼神在人群中默默地搜索，片刻之后就看到了那个让她魂牵梦萦的身影。

伊晋身姿挺拔，眼神深邃，俊美的脸就算神色冷漠也矜贵天成，带着隐隐长成的上位者的气势。他穿着 Valentino 的西服，优雅中显出性感的身材线条，散发着强大的男性荷尔蒙气息。

苏瑾莘的心雀跃瞬间之后又理智地死寂下来，这个男人，再好也不是她的。

对方来接机，也只是想让她帮忙夺取项目，去讨展卿卿欢心而已。

这两个念头在脑中转完，她整个人瞬间便冷静了很多。

她朝着伊晋走过去，在距他一米远的地方停下，等着对方发现自己。

果然，在人群之中，伊晋的目光永远也无法精准地锁定她，直到老王弯腰喊："伊总好。"对方才像刚看到她似的，微微点了个头："苏总监。"

她接触到他毫无感情的目光，有一刹那的失望，正待出声打招呼，却随即便感到眼前有些发黑，忍不住脚下一个踉跄。

伊晋伸手扶住了她。

她脸色苍白，头昏脑涨，心里十分明白，这是连着加班的疲惫所致，却没有开口。

反而是伊晋若有所思地看着她的脸色问："苏总监是不是因为急着赶回来，所以没有休息好？"

苏瑾莘点了点头。

伊晋有些不悦地皱眉。他来接她就是希望她能早一点赶回公司，去处理那几个不合作的部门经理。可是看到苏瑾莘这样的脸色，以及她眼下那圈明显的青黑，他开不了这个口。

他拧紧了眉毛，领着她上了车，直接将车开到了苏瑾莘的家门口。

苏瑾莘疑惑地看着他："伊总？"

伊晋冷冷地为她打开了车门，道："今天放你一天假，工作的事情，明天我们再商量。"

苏瑾莘不明所以地下了车。

老王才把行李搬下来，她便眼睁睁看着那辆奔驰毫不留恋地启动，向前走了十米之后又停下。伊晋的头从车窗里探出来，说："我让你休息你就休息，不准跑到公司去，你听到了没？"见苏瑾莘没有答话，伊晋口气瞬间就恶劣了，没好气地重复，"听到没？"

苏瑾莘愣愣地点了个头。

奔驰一瞬间再次启动，一分钟之后在前面的路口拐了个弯，没影了。

许久之后，她听到老王的一声叹息：“唉，伊总这脾气，怕是难以找到女朋友啊！”

苏瑾莘不置可否，心里却想着，伊晋这样的人，虽然面上冷漠，内心却是善良的。

当年他从一群醉鬼手上救下她时，她就知道伊晋是个好孩子。

所以就算他逐渐长大，对她的态度慢慢变得恶劣，也不能改变他的本性是好的这个事实。

若不是她觉得展卿卿并不是真的爱他，她也不会到现在还不能放手。

伊晋这样的男子，应该被好好对待。

站在门口出了会儿神，苏瑾莘才上楼继续补觉。

吞下助眠药的那一瞬间，她又想起了那双按在自己脊背上的手，虽然廉价而粗糙，但是按摩过后真的很舒坦，不用药物也能睡得不错。若是那人在 S 市，她说不定会每个月过去光顾那酒店一两回。

可惜 H 市离此地太远。

第三章

新来的保镖小哥

接下来的两个月，日子过得有惊无险。

苏瑾莘照常上班，跟伊晋表示，真人秀项目她这边批准没有问题，但是在分成上，希望能继续谈判，若是能六四分成，合同就可以签。

伊晋虽然有些心急，但是也明白四六的比例实在是太过分了，也就勉强听了苏瑾莘的建议。不过他自己依然放下了手头的事，亲自带队出差，前去谈判。

伊晋不在S市的日子，苏瑾莘过得更加辛劳，彻夜加班更是常态，这么一下来，人又清瘦了不少。

之前收集齐全了要开拍的真人秀项目，和秘书处的三个人一分析，最终敲定了两个特别适合展卿卿的项目。

而昨天深夜，顾沉发来消息，说项目和对方都已经谈妥，只等展卿卿看过，就可以去洽谈。

虽然这中间出过种种问题，但是最终依然顺利解决。

苏瑾莘凌晨三点将文件给Mike传过去的时候，半宿无法睡觉。她无法想象，若是展卿卿不签任何一份合同，她该如何是好。

等待的日子几乎度日如年。

第三天的下午，苏瑾莘是被Mike的电话吵醒的。她的生物钟已经完全紊乱，睡觉都是靠药品强迫。

电话那头，Mike的声音简直神采飞扬："苏姐，幸不辱命！卿卿这边我搞定啦！"

苏瑾莘一瞬间就清醒了，从床上坐了起来："真的？"

Mike笑得宛如一只下蛋的母鸡："真的！我们家卿卿还顺便约了对方的负责人吃饭！"

吃饭？

展卿卿和真人秀负责人吃饭？

苏瑾莘突然觉得有哪里不对劲：“你怎么跟她说的？”

Mike 眉飞色舞：“我说是我给她拿下的项目，她看了之后觉得确实很好，就签啦！然后说要约对方负责人吃个饭联络一下，合同她就自己亲自拿给对方。”

哦，这样啊。

苏瑾莘安下心来：“辛苦你了 Mike，这几天我会给你的账户里面打一笔钱，你用来买新衣服穿吧。”

Mike 一听，顿时娇笑一声：“谢女王大人赏赐。”

苏瑾莘挂了电话，起床洗漱完毕，想着等伊晋回来的时候，要如何跟他交代。她左思右想都没有个结果，心下慌乱之际，竟然看到老王在楼下的院子里练泰拳。他的拳头刚劲有力，游刃有余，光是看着，就让人生出一股子安全感来。

对于这个保镖，她是很满意的。他原本是家里老爷子给她安排的，跟着她之后处处为她着想，更像是一个年长的朋友。

她生而孤独，一点点温暖就能让她记挂于心，所以从未当对方是雇员，一直像对长辈那般温和有礼。

苏瑾莘看着他打完一整套拳，出声夸赞：“王叔，拳法又厉害了啊。”

收势之后正在整理衣服的老王爽朗一笑：“苏小姐午睡起来啦，这是要去公司吗？我去准备准备。”

苏瑾莘摇摇头，说：“嗯，事情告一段落了，今天下午就不去公司了。”

她走下楼梯，玻璃花房里面的花开得正艳丽。这也是老王种下的，她看着看着，不由得出声夸赞：“王叔，这花儿你打理得真好。”

老王乐呵呵地应了，之后又有些迟疑地开了口：“苏小姐，我有件事想跟你谈一下。”

苏瑾莘看着花儿，不经意地应了：“什么事儿啊？”

老王叹了口气：“苏小姐，我想跟你商量一下离职的事。”

苏瑾莘扭头去看他，然后慢慢地扯出一抹微笑来：“啊？是发生了什么事吗？”

她的笑意没有到达眼底，面皮绷紧，嘴角咧开，这是一个非常强迫的笑容，老王这样的中年汉子都能感受到她瞬间低落的情绪。

老王莫名地感觉心里有些难受，他有些为难地摸了摸脸：“前些日子我家里打电话来说，我儿子成绩下跌得很厉害。他下半年就要读初三了，所以我想回老家，陪他度过这个关键时期。”

苏瑾莘愣了愣。

“原本在H市，我就想跟您说了，但看您忙，就没有开口。”老王看着苏瑾莘的神色，有些尴尬地搓着手。

苏瑾莘只好赶紧安慰他：“家里的事确实比较重要，不过陪完令公子升学考，你再出来工作也可以啊。”

老王懂她的心思，说：“但是我的母亲年纪大了，常有些头疼脑热的，我儿子又不太听话，我家那口子就有些忙不过来，经常打电话跟我诉苦，我就有了改行的打算。”

他是一定要走了，苏瑾莘想。

她看着这满花房的花草，突然觉得有些难过。

她招手叫老王进来，亲自为对方泡茶：“家里的事确实是最重要的。老爷子那边，我去替你说。”

老王毕竟是她祖父为她安排的人，领的也一直是那边给的薪水。所以从这一点看来，就算她当初对不起长辈们的期望，但终究还是被疼爱着的长孙女。

没想到老王摇头拒绝了："苏教授那边，还是我亲自去吧。今儿个跟您提一声，其实是因为这两个月，我给您物色了另外一个人，想带给您见一下。"

最近苏瑾莘的情绪很不稳定，连笑容也少了，老王觉得，若是能有家人陪伴在她身边，也许她能开心一些。

可是现在不仅没有家人，连保镖也要辞职了。

老王想想都觉得自己有点落井下石。

就因为这些，他才急着把想要辞职的原因，以及自己已经给她找好了另外一个人的事情，跟她一一细说。

不过有一点他没有讲，之所以要举荐那个小子，不仅仅因为他拳脚不错，更因为那小子是他跟在苏瑾莘身边多年以来，第一个进入过她睡房的男人。

这至少应该说明，对方也合她的眼缘吧。

苏瑾莘听完他辞职的理由，心里空荡荡的，有些失落，只能顺着他的话接道："王叔你真是太细致了。只是不知道，那是个什么样的人？"

老王因为要照顾母亲、儿子而想辞职，她没有理由不同意，对方要举荐一个人，也是很贴心了。

她想，如果这人在这里，她就瞧一瞧。若是合用，便当场把合同签了；若是不合用，她自己再慢慢找也不是不可以。

只是以后身边，一个熟悉的人也没有了。

老王眨了眨眼睛："一定是苏小姐满意的人。"

苏瑾莘有些惊奇："你知道我喜欢什么样的人？"

老王爽朗一笑："毕竟给苏小姐做了多年保镖，这点眼力见儿我老王还是有的。"

他端起茶一口饮尽，看着面前清瘦的女雇主，突然也有些不舍。

面前的女子其实算下来也不比他的女儿大多少，可是那一双瘦弱的肩膀上扛着的责任，却连他也比不得。人又稳妥懂事，这样不错的女子到哪里去找？

他喝完了茶，突然想起一件事来："对了，苏小姐，前一阵子我跟您提议，若是有空不妨去海边走走。您看今天下午您也没有什么安排，择日不如撞日，不如咱们今天就去？"

苏瑾莘冷不防听到这个提议，有些错愕："今天？"

老王点头："就今天！我老王冒昧，想请您吃个饭。"

不待她回答，对方又加了一句："不仅请您吃饭，晚上为了让您开心一下，我还请您喝酒！"

老王年轻的时候当过兵，后来退伍做了保镖，身上满是壮阔的豪气。

最近，见年轻的女雇主总是闷闷不乐，以至于在H市还叫了"特殊"服务，这让他很担心。

难怪苏小姐一回S市就蔫了吧唧的。

喝！喝到开心为止！

而且昨晚他跟那按摩的小伙子通了一场电话，得知对方上个月也来了S市，又找了一份吊儿郎当的工作，不由得气急败坏。

你说挺好的一小伙子，怎么就不知道找点儿正经的工作呢，于是他想借着这个机会，向自己的雇主推荐那个年轻的小伙子，然后亲手带他几个月，让他熟悉女雇主的生活起居习惯，这样离开的时候就能安心多了。

男人做事看直觉。他第一次跟那个小伙子打架，就觉得那崽子是个实在人。所以最好能趁着这个当口，让女雇主见见自己推荐的这个新人，大家一起喝酒放松，培养一下感情，以后也好亲近些。

而且苏小姐很明显对他有好感啊。

所以提出喝酒建议的时候，这位中年汉子的笑容格外热切：“您看，好不好？”

苏瑾莘愣了一下，条件反射性地想拒绝。

当然不好啊！

她胃不太好，平日又格外注重养生，怎么能随意答应保镖的邀约，胡吃海塞，喝到烂醉呢？

但是……

苏瑾莘皱了皱眉，想起刚刚 Mike 的电话。

展卿卿的事被自己半路拦截，若是不喝点酒，她真不知道如何去面对伊晋。

虽然这事她自认做得还算稳妥，连谈判也是让 Mike 亲自去，她遥控指挥。

只要 Mike 嘴巴够牢，伊晋就算知道展卿卿已经签约，估计也会以为是 Mike 作为经纪人，看到好的真人秀项目忍不住帮展卿卿签了约而已。

而且她挑选的那两个项目，并不比橘子台的那个差多少，只是掌控权没有那么大而已。可是以展卿卿八面玲珑的个性、出挑的外形和性格，通过这节目圈粉，成为娱乐圈的焦点，绝对不是难事。

若是明天能趁机请上一天假，就算喝醉也不怕，更何况，喝酒之后那种晕乎乎轻飘飘的感觉，对于现在无法面对伊晋的她来说，实在是太好了。

想到这里，苏瑾莘轻轻点头答应：“好的！那就辛苦王叔安排啦。”

“好嘞。”老王答应了一声，便拿出手机拨了个号码，“小娟，你今晚带着那小子来海滩。对！就是老地方，爸爸和苏小姐在那里等你们。”

苏瑾莘安静地等着对方张罗，脑子里思绪翻飞。

一会儿是当年第一次见到伊晋的场景，一会儿是若是事情被戳穿后，对方脸上可能露出的愤怒和厌恶。

直到老王招呼她上车，她才缓过神来。

缓过神来之后，她看了自己身上的衣裳一眼，就算在家，她的打扮也太过硬朗，并不合适去海边这样的地方。于是她对老王抱歉地一笑：“王叔，既然是出去玩，我上楼换件衣服吧。”

老王绅士地行了个宫廷礼——女士您请。

苏瑾莘上了楼，换了衣裳，咬了咬牙给伊晋发了一条“身体不舒服，想请假一天”的短信，就狠心关了机。

待得洗漱完毕，就听到老王在楼下大声地喊：“苏小姐，您尽管穿得随意点，海滩上有不错的海鲜和啤酒。穿得舒服些，包您玩得更开心。”

苏瑾莘眯起眼睛，在镜子前转圈。

她今天穿着西裤和条纹衬衣，优雅大方，从老王的口气来看，像是过于拘谨了。

想了想，她从衣柜的最下层翻出了一件 T 恤和一条短裤。

那是她表妹上次来，硬要跟她这个大了十来岁的表姐穿姐妹装才买的衣服。

她为了满足妹妹，穿过一次之外，就压在了箱底。

今天不知道为何，她想起了这件衣服。

穿上之后，她也不敢照镜子，怕自己反悔，就直接下了楼。

站在车前的保镖看到她的时候，惊讶得嘴巴微微张开，半天之后咋舌："苏小姐，你今晚看起来跟我女儿一样大！"

保镖老王的女儿比她小三岁，却已经结婚且已有两个儿子。苏瑾莘见过她，并不觉得十分年轻。

所以老王你这样讲话，真的是在夸人吗？苏瑾莘悲愤地黑了脸。

老王顿时就明白自己说错话了，赶忙打着哈哈说："苏小姐平日都打扮严肃，很少这样穿，所以我的意思是说，您今天很亲切。不好意思，是我说错话了，抱歉抱歉！"

苏瑾莘依然面无表情："算了，走吧。"

老王讪讪地闭上了嘴巴，专心开车，安静如鸡。

车子缓缓地驶出小区，驶向高速，出了五环。

到达东涂海滩的时候，苏瑾莘吃了一惊。

她知道S市有一段海滩是本地人的最爱，也是外来打工仔的天堂。听说最近因为旅游开发，正在搞什么嘉年华。

虽然她想到这样开放性的地方会人员复杂，但是真心没有想到，会复杂到这样的地步。

满沙滩都是衣着暴露的男男女女，身材也未必有多好，但大半穿着泳裤比基尼，一眼望去，颇为惊人。更可怕的是吃着烧烤、喝着酒的那群中年油腻群众，视觉效果惊人，更让人感觉不美好了。

苏瑾莘的眉头微微地皱了起来，整个人站得笔直。

这是她生气的前兆。

老王一看她这姿势就知道要坏，赶紧将人往订好的位置那儿领。

"苏小姐，过一阵子，这些人就散了。咱们先吃点烧烤，喝点酒，一会儿我家姑娘和她的朋友表演完了之后，我再把人领给您见见。"

他一边说着，一边悄悄给女儿发短信，问那个在他家里白吃白喝的崽子怎么还没有来。

上司都到了，面试的人还没有到，说起来也真不像个样子了。老王一边心里暗自骂着那不懂事的家伙，一边使劲把人往一个海边烧烤摊子上领，希望能用食物将即将狂暴的上司安抚好。

苏瑾莘忍耐着坐下，顺手接过老王递来的烤海贝，皱着眉咬了一口。

一口下去，她满脸惊诧。

老王看着她的表情，适时地递上一个杯子："这清酒是这个摊子的老板自制的，苏小姐您尝尝。"

苏瑾莘大概是被那一口烧烤惊艳到了，毫不犹豫地接过，然后喝了一大口。

微苦，但很香。

她又喝了一口。

老王得意地点了点头，他可不仅仅是安保工作做得好，对地区特色美食也是格外有研究呢。

夜色渐渐浓了起来，光膀子的中年人渐渐少了。沙滩上燃起了篝火，两三个歌手抱着吉他等乐器出现，一曲又一曲弹唱起来，唯美忧伤得令人心碎。

苏瑾莘喝得已然有了一些醉意。

她站了起来，走近其中一个歌手，轻声问："可以让我弹一曲吗？"

对方笑了笑，把吉他递给了她。

她的手才摁上琴弦，便听到远处一阵欢呼尖叫。

声音像是波浪一般，从远到近。

一个鼓手打了个呼哨，另外几位乐手的曲风陡然一变，竟然是一曲改编过的《卡门》。

她勉强跟上人家的调子弹，眼前却出现了一片盛景。

十来个年轻俊美、肌肉健硕的年轻舞男，踏着音乐和尖叫出现在篝火的周围，跳起了热舞。篝火热烈燃烧，照在舞动的男人身上，连肌肉都泛着热辣的色泽。

这……

苏瑾莘微微感到有点慌张，浑然不觉自己已然弹错了好几个调。

她目光在人群中扫射，希望老王能来拯救一下他的雇主。

可是令人绝望的是，四周人群密密麻麻，根本无法看到老王的身影，而且她和其他几位演奏者都是被舞男包围在篝火旁的空地中央的。每一次目光扫过，都能看到汗水滑落的下颌、隆起颤动的胸肌、活力四射的腹肌以及滑入低腰泳裤的人鱼线。

每一个舞男都极其性感。

每一个动作都十分撩人。

音乐愈发缠绵煽情，架子鼓鼓手疯了一样打着节奏。男人们在她眼前旋转跳跃，苏瑾莘只觉得自己头昏脑涨。

她非常想要落荒而逃。

这时候，一只手突然递到了她的面前，仿佛是看穿了她的窘境。她感激涕零地握住了。

等到被人在一片口哨声中用力拉起，吉他被那个人强势夺过，随手一扔，就被原主人稳稳接住的时候，苏瑾莘都是蒙的。

直到拉着她的手改为握住了她的腰，另一只手与她十指相扣，带着她滑入舞男群中的时候，苏瑾莘才感觉到惊慌。

有人拿着话筒大声宣布：“Hello everybody（大家好）！今晚的幸运女神出现，由我们的舞王亲自选出，让我们尖叫起来！”

沙滩上沸腾了。

在一片呼哨声中，苏瑾莘宛如待宰的羔羊一般，伴随着节奏，被舞男们举起传递，火热的手掌有力地托起她的背部和四肢，最后落到了最前头那个青年手里。

那青年揽住她的腰一个大旋转，就摆正了她的身体，让她站在了他的面前。

她来不及有所动作的时候，对方向前一步，靠近了她。

音乐在此刻陡然变得缠绵动人。

那个青年不容拒绝般拉起了她的手，揽住了她的腰，带动了她的舞步。

苏瑾莘眼睛瞪得几乎要脱眶而出。

又是这个人！

怎么又是这个人？

那熟悉的大眼睛长睫毛，那精致的惹祸精的脸！不就是那天晚上强行给她按摩的那个人吗？他怎么会出现在这里？

苏瑾莘几乎要尖叫出声。

可是人越震惊就越无法协调身体做出该有的反应，所以她只能呆呆地随着对方动作。可是不论她怎么对抗，对方都能引导她抚摸过自己的胸肌、腹肌以及饱满的翘臀。

那带着汗水的肌肉触感，强烈的男性荷尔蒙气息，简直让苏瑾莘汗毛倒竖。可在火光的照耀下，那个这样热辣撩拨她的男人，脸上流露出的竟然是羞涩且天真的神情。

苏瑾莘一时哑然。

片刻之后她有些愤愤不平。这样的表情她一共见过两次，一次是在提供按摩之前，对方露出了这样的表情，然后就毫不犹豫地扒了她的睡衣。

一次就是刚刚，对方露出羞涩的微笑，便把她扯出了人群，让她在众目睽睽之下跳劳什子的舞！

想到这里，她顿时勃然大怒，抬腿便踢。

可没想距离这样近，对方竟然避过了！

就那么一瞬间，他一闪身，同时侧身旋转，躲过了苏瑾莘的攻击。

苏瑾莘大惊失色。

因为她发现一踢不中之后，收势不稳，整个人直挺挺地往前面倒去。

而那个青年，那个杀千刀的青年……仿佛就在等待此刻一般，在她一踢不中跌倒在地的瞬间，出手拉住了她，借势摆出了舞蹈结束的经典姿势——让她整个人倾斜，一条大腿做支撑，另一条绷得笔直，稳稳地抬起且托举在手里。

苏瑾莘嘴巴微张，几乎要尖叫出声。

却见那人缓缓地跪下，在苏瑾莘的足尖轻轻落下一个吻。

“感谢您的到来，我的女神。”

他这样说完，音乐戛然而止。

苏瑾莘是被老王搀扶着回到烧烤摊的，当老王挤眉弄眼地让她看沙滩上其他女性羡慕的眼神的时候，苏瑾莘简直想狂拍对方的脑袋。

男人放松可借助酒精加美人，但是不代表女人放松也是如此。

老王好心办坏事，让她饱受惊吓不说，大腿内侧的肌肉也隐隐作痛，仿佛已然拉伤。

她惊魂未定，根本没有心思跟对方解释，只好愤愤地拿起一旁的杯子，喝了一口。

竟然是酒！

她强忍着把酒喷出来的冲动，抹了抹嘴角，问：“王叔，那个新来的保镖呢？你不是要带我见他吗？”

为什么现在还未出现？

现在的她，只想见完对方，快点回家睡觉。

老王大概也是察觉到她不太高兴，知道这事自己办砸了，声音低了下去：“刚刚您已经见过他了。”

见过？

在哪儿？

见苏瑾莘一脸茫然，老王犹豫地抬起手指了指。

苏瑾莘顺着他的手指看过去，刚刚那亲吻她足尖的舞男站在不远处，正眼巴巴地看着这儿呢……

看着她看过来，老王又对着他招手，那青年就宛如一只听话的萨摩耶一般，长腿一跨，欢天喜地地奔了过来。

苏瑾莘痛苦地按住了头。

意识到她想说什么，老王赶紧承认错误：“苏小姐，今晚这馊主意是我一个人出的，不怪小秦。”

苏瑾莘睨他一眼：“当真？”

他第一次见这青年时，对方光着上身从苏瑾莘房间里走出来，他以为女雇主就喜欢这样儿的。

现在看来似乎不对劲。

老王低下头去弱弱地说道：“我们也是想在第一次见面时，给您一个惊喜……”

那青年赶紧点头，一副乖巧且不知所措的模样。

苏瑾莘瞪了他一眼。

对方顿时垂头丧气。

看上去似乎确实十分老实忠厚。

苏瑾莘脑子里闪过此前在H市酒店里的那一幕，对方似乎按摩手法和身手都很好。

于是，她强忍着心头的不适，问了几个问题。

青年老老实实地答了。

虽然不出彩，但也没什么毛病。

她按住开始隐隐作痛的头，手一挥："老王，把合同拿过来签了吧。"

哎？这么容易？

老王心下一喜，兴高采烈地去了。只余下那青年站在一边，仿佛十分惊喜似的，拿着那明媚的大眼睛，又羞涩又热情地盯着她，瞅一眼，再瞅一眼。

苏瑾莘被他看得烦得不行，挥手赶他："秦楚是吧？以后跟着我，一定要熟悉工作规程，明白吗？"

"嗯！明白！"青年点头。

"还有，改改你这看人傻了吧唧的德行，明白吗？"

"嗯嗯！"青年回答得依旧很快。

苏瑾莘点点头。老王把合同放在了青年的面前，对方看也不看就把合同签了。

事儿就这么成了。

老王拍着胸脯保证说，自己带对方半年，工作方面绝对能无缝对接。

苏瑾莘看了那青年一眼，对方接收到她的眼神，羞怯一笑。

不知怎么，苏瑾莘就是觉得眼皮跳得慌。

第四章

荒芜绝望的人生

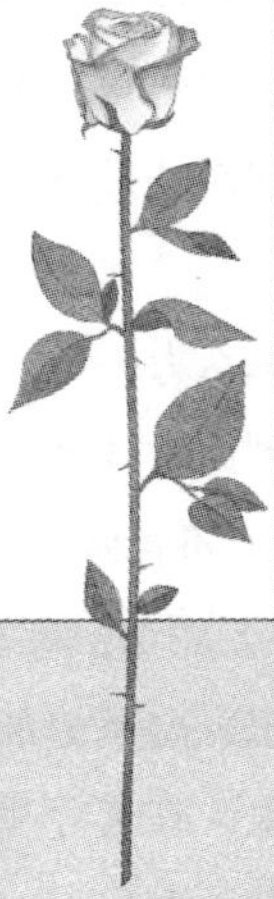

第二天，苏瑾莘破天荒地没有去上班。

可是就算没有去上班，她的内心依然很是紧张，早早地起来了，身姿笔直地坐在客厅里不停地喝水。她把电视机声音开得很大，却依然缓解不了她的焦躁。

伊晋知道展卿卿被拦截是迟早的事情，以伊晋的速度，最晚也会在今天下班之前收到消息。

而她，还没有想好如何直面对方的怒火。

她有些神经质地每隔几分钟就拿起手机看一眼，直到打扫卫生的阿姨频频望着她，她才知道自己失态到什么地步。

伊晋对她一直十分礼遇，甚至说得上是尊敬，但是，那只是在和展卿卿无关的事情上。她如今半路拦截，破坏了他的计划，若是替换的项目不好，让展卿卿生了气，进而导致伊晋表白不顺利，那后果不堪设想。

怎么办？怎么办？

苏瑾莘直到此时才感觉到后怕。

她这样的人，不管做什么，都会以公司大局为重，先考虑经济效益，就为了不辜负伊云朗当初亲手把伊晋和鼎盛交到她手上的厚望。

可这么一想，心下更加纠结。

她站了起来，在客厅里来回踱步，依然觉得空气闷得让她头脑发晕，于是走出了露台。

新来的保镖在花园里听着老王的指导，手里捧着一个本子写写画画，看上去很是认真的样子。两人看见她出来，很是高兴地打招呼，苏瑾莘也无力回应。

她拖着沉重的步子，打算去看看她养在花园角落的那一株绣球花。

抓在手上的电话，却在此刻疯狂地振动起来，惊得苏瑾莘差点把它失手扔掉。

等到回过神来，她竟然有些不敢将手机举起来。

等到鼓起全部的勇气，打算接电话的时候，振动居然戛然而止。

苏瑾莘握着手机愣住了。可是不过短短三秒，手机又再次振动起来。

不依不饶，似乎带着那头致电人的怒火。

苏瑾莘深吸了一口气，按捺住急促的呼吸，将手举起来，准备按下接听键，却在看到来电显示的瞬间又愣住了。

展卿卿。

不是伊晋，不是什么旁的人，而是那个从毕了业之后，只要找她就必然让伊晋打电话转述的展卿卿。

时隔多年，再一次在手机上看到她的名字，竟然觉得有些陌生。

“喂？”她开口，声音竟然因为太过紧张而显得有些沙哑。

那头安静了许久，在苏瑾莘差点怀疑她打错了的时候，展卿卿清亮妩媚的声音慢悠悠地响起：“学姐是不是很惊讶我会打电话给你啊？”

是，她很惊讶。可她还是迅速地否认掉了：“没有。你找我有什么事吗？”

展卿卿在那头轻笑：“学姐这话说得可就巧了，是不是在我背后做了什么不好的事情，所以做贼心虚，此刻很是害怕听到我的声音啊？”

苏瑾莘无言以对。

这就是展卿卿，不管你怎么回答，她都能用讥诮的语气来表达她所说的每一句话，所做的每一件事。

展卿卿等了半分钟，见苏瑾莘没有开口的意思，顿时就笑了：

“学姐，您在背后捅刀子让我失去橘子台一个综艺节目的事是发生在前几天吧？难道你记性这么不好，才过去几天，这就忘记了？”

苏瑾莘心里咯噔一声。

她刻意吩咐过Mike，千万要瞒住是她为展卿卿找项目的事情，可为何展卿卿会如此清楚？

按理来说，伊晋在洽谈的橘子台项目，是伊晋为展卿卿准备的惊喜，所以全公司被封过口，要求切勿走漏消息。

那么这两件事情，她是如何得知的？

而且若是她知道这件事情，又怎么会那么快速地同意签下合同呢？

苏瑾莘大脑飞速地运转，依然没有头绪。整件事情因为展卿卿的质问，而显得处处都是破绽。

所以她只能谨慎地回答：“我不懂展小姐你在说什么。”

她的装傻，显然没有起到任何效果。那头展卿卿声音婉转，带着深意：“学姐啊学姐，你约我的经纪人吃饭的那一天，真不巧，我就在附近。”

苏瑾莘愣住了。

“学姐一直这么笨，在我面前装傻都装不像……”对方的语气带着小女孩的天真，却莫名地让苏瑾莘觉得宛如被蛇类盯住一般，有些窒息，感觉很危险，“学姐你没有发现，你在说谎的时候，呼吸都加快了吗？”

苏瑾莘瞪圆了眼睛。

展卿卿天生聪慧，心思又深不可测，被她弄明白是正常的。可是她没想到对方会明白得这么快。但如果她早就知道是自己在做手脚，为什么要签字？签完字之后，给她打这一通电话又是为什么呢？

想着想着，她忍不住问了出声。

“学姐真笨，我明知道是个陷阱还往里面跳，那只有可能是两个原因呀！”展卿卿甜美的声音带着恶作剧得逞般的快乐，“一方面能看到伊晋他更加讨厌学姐了，另一方面也能让他无法在认识十年纪念日跟我表白，这一举两得的好事情，我怎么会不同意呢？”

蛇蝎美人！

苏瑾莘的脑子里冒出这么一句话。伊晋那么喜欢她，她不喜欢人家却不明说，反而将人耍得团团转。

“你为什么要这样做？让我被他讨厌，你真的那么开心吗？”她不懂这些年轻的女孩子，利用人心从来不讲道理，让人不快也能从中得到快乐吗？

没想到她这么一问，那头的语气顿时就凶狠起来：“学姐你知道吗？我最讨厌你这样子。伊晋那种男人，也值得你为他劳心劳力？就算他这样对你，你也从不介意。学姐你知不知道，你这样是在丢我们女人的脸？”

苏瑾莘再次无言以对。

那个引诱伊晋冷漠无情对待自己的人，难道不是她自己吗？

“好吧，就算你讨厌我，可也不用这样吧。你那么不喜欢伊晋，不要跟他来往就是了，这样吊着人，又想尽办法让他无法更靠近你，真的不累吗？”

苏瑾莘想，一定是自己以前的引导失败，才让展卿卿和伊晋变成了现在的样子。

展卿卿在那头冷笑：“学姐，你是不是又要开始跟我讲大道理？

“可我已经长大了，再也不想听你的大道理了。

“我今天打电话来只是想告诉你，你给我的那两个项目我都没有签。”展卿卿恶意地开口，语气轻柔缓慢，力图让每个字都扎进苏瑾莘的心里，“我签的，是江南卫视的一个公益真人秀节目。”

江南卫视，一个流量冷清得几乎要被裁掉的卫视台。

“接下来的一年，我不仅要出国，还很有可能去很危险很贫穷的国家做公益。

“学姐，你说一会儿我打电话跟伊晋说这事儿，他会怎么看你啊？

“学姐……”

苏瑾莘猛然把电话砸了出去。

整个人宛如被雷电击中了一般，头脑空白，浑身发烫。

她转身疾步走进客厅，大声地喊道：“老王，准备一下，我要马上去公司！”

她迅速地上了楼，换衣服的时候浑身都在抖，直到坐进车里也没有好一些。

那种感觉不是愤怒，而是从心底里散发出来的凉意。

她脸色苍白，吓得坐在副驾驶的新保镖有些瑟瑟发抖，只拿一双黑白分明的大眼睛频频地盯着她看。

不过她眼神空洞，已经完全看不到任何人了。

三十分钟之后，她到了公司。

前台小姐在看到她之后，露出了甜美的笑容：“苏总监。”

她铁青着脸，并没有回答，而是坐了专属电梯直奔二十八楼。

脑中直觉让她想抢在展卿卿开口之前见到伊晋，跟他解释清楚。

也许事情不会糟糕到可怕的地步，毕竟合同签了也是可以毁约的，只要愿意赔偿……

可当到了二十八楼，她又突然胆怯了。

跟二十七楼完全属于她和她的秘书一样，整个二十八楼是伊晋和他的秘书专属的地方，这一层的装修跟伊晋本人的风格一样，处处透露着冷漠、凌厉。

她在伊晋的办公室外徘徊，飞速地想着见到伊晋之后，要如何开口，如何解释。

一个甜美的声音打断了她的思绪：“苏总监？”

她转过头，是伊晋的一位秘书。她端着咖啡，有些奇怪地看着在伊晋办公室前面徘徊的苏瑾莘，开口问：“苏总监是来找伊总的吗？”

她木木地点了头。

那姑娘于是迅速地在那门上轻轻敲了三下，同时扬声道：“伊总，苏总监回来啦。她来找您了！”

门里面的人并没有吭声。

那秘书小姐有些奇怪，于是再次通报了一遍。

门里面依然没有声音。她有些尴尬地看着苏瑾莘：“苏……苏总监，我们伊总可能在休息，要不您过一阵子再来？”

苏瑾莘闻言如蒙大赦，正准备转身离去，门里面却传来伊晋的声音：“让她进来。”

这声音不同寻常，隐含着雷霆般的暴怒。

苏瑾莘身子一颤。

该来的，终归是要来了。

她对着秘书小姐点点头，尽量让自己神色如常，随即推门进去。

一进门，一个杯子就向她飞了过来。

苏瑾莘偏头躲过，迅速关上了门，将一切隔绝在了秘书小姐的视线外。

进门之后，她突然就不惧怕了。

事已至此，不管伊晋如何对她，她都认了，毕竟是她做错在先。

整个房间气压极低，伊晋坐在办公桌后，双目血红，看她的眼神带着明显的痛恨和厌恶。

苏瑾莘绝望地闭上了眼睛。

半秒之后，她沉声开口："伊总，我是来跟您道歉的。"

回答她的，是伊晋的一声冷笑。

"呵，道歉？"他陡然站了起来，几步走到了苏瑾莘的面前，一米八五的身高给人以沉重的压迫感。他低头直视着苏瑾莘的眼睛，"我从来不知道像苏总监这样恶毒的女人，竟然还会道歉！"

心，蓦然尖锐地刺痛了一下。

苏瑾莘猛地抬头看他。

对方却伸手用力掐住了她的下巴："难道我说错了吗，苏总监？"

他的手指把苏瑾莘尖削的下颌掐出青白的痕迹，她感受到疼痛，却无法避开，以免引来对方更大的怒火。

"伊总，我说了……我是来道歉的。"她艰难地开口，努力地忽视下巴和内心的疼痛。

"道歉？呵呵呵！你明知道这个项目对我有多重要，你却去破坏它。你明知道卿卿从小身体不好，你却欺骗她签下那样的项目合同。苏瑾莘，你的道歉，代价是不是太沉重了？"

伊晋怒吼着一甩手，她就重重地倒在了地上。

头似乎磕到了什么，剧烈疼痛起来，苏瑾莘却顾不得去理会被撞到的地方，爬起来解释："伊晋，那份合同不是我让她签的！"

伊晋心想，事到如今，她居然还在狡辩，他怒不可遏地指责她："那样一看就折腾的项目，不是你骗她签的，难道是她自己签的？"

苏瑾莘说不出话。

伊晋猛然回头怒视她："苏瑾莘，你对不起我对你的信任。"

他一拳捶在桌子上，牙缝里面挤出一句话："你也对不起卿卿对你的崇拜。"伊晋顿了一下，又道，"从读书的时候起，你说什么她都会听的。"

苏瑾莘拉住了他的衣角："对不起，伊晋，是我的错。"

"不，这不是你的错。"伊晋缓缓地摇头，"是我和卿卿的错。我们识人不清，才会把你当成是学姐、朋友、值得信任的同事。"

苏瑾莘的心沉沉地落了下去。

抓住对方衣角的手再也无法握紧。

绝望中她听到了那一句最后的审判："苏瑾莘，如今，你再也不配做我的朋友了。"

苏瑾莘猛然抬头看他，瞪得极大的眼睛里面满满都是祈求和慌张。

伊晋却直接揪住她的领口把她往外推："苏总监，我希望在以后的时间里，你不要来找我。工作上的事情，请和我的大秘交接。"

他露出一股嘲弄的笑意："你不是想让我和卿卿见不到面吗？你不是想阻拦我吗？我告诉你，我会跟着她去参加这个真人秀节目。而你，"他一只手打开门，猛然将她推了出去，"请滚出我的视线。"

苏瑾莘被重重地砸在了门外的地上。对方手劲那么大，她连滚了三圈才停了下来，身上的痛她感觉不到，只觉得心里突突地钝痛，拼命地按住胸口也无法缓解。

那一句"再也不配做我的朋友"，不停地回旋在她脑海里，让她呼吸困难，哽咽出声。

她捂着嘴巴冲到电梯里，在电梯的反光板上，她看到那个头发蓬乱、衣衫不整的女人满眼都是泪。

可就算流着眼泪也不过是丑态毕露，一点也不招人怜惜。

下到自己办公室的楼层，她小心地避免和秘书们碰见，安全到达熟悉的环境。在关上门的一刹那，她跌坐在地。

喉咙里咯咯作响，有什么压抑不住往外冒，她想让它们像眼泪一样喷涌而出，可偏偏意识到是在办公室，薄薄的门板挡不住她崩溃的情绪，外面的秘书一定会将她的崩溃和狼狈收进眼底。于是她死死地咬着牙关，愣愣地瞪着地板，任由眼睛模糊了又清明。

她难过的不是对方的误解，而是过了十年，依然不能让对方体会到自己心意的那个懦弱的自己。

为什么会这么无用？

为什么连解释也无法说出口？

只要是牵涉展卿卿的事情，就连她自己，也往恶毒女配的人设去对号入座，隐秘的喜欢宛如一种原罪，做什么都像是在跟正主作对。

也不知道靠着门坐了多久，直到打了个喷嚏，她这才惊觉自己早已双手冰凉。

正想站起来，却连续打了数个喷嚏，这下连鼻涕都有些控制不住了。

办公室的空调开得很冷，她坐在地上，又靠着冰冷的门，想是已经受凉。她忙不迭掏出手帕来擦鼻涕，又从办公室的角落找出了一个医药箱，打开来却发现，里面的药品早已过期。

她打电话让老王跑一趟药店，而后吸了吸鼻子，努力稳定情绪。

“没关系的，不是第一次了，没关系的。”她用力拍了拍自己的脸，打开电脑准备工作。

刚刚打开搜索引擎查找江南卫视的资料时，她突然感觉有些看不清电脑上面的字。

嗯？

用力揉了揉太阳穴，耳边听到敲门的声音。

“谁？”她警觉地问。

“是我，苏小姐。”有些陌生的声音。她想了好久才记起来，似乎是那个新来的保镖。

“进来吧。”

门被小心翼翼地推到半开，那极其俊秀的新保镖探身进来，映入眼帘的就是自己的女雇主双目红肿，半侧着身子，坐在办公桌后的模样。

“王叔去买药了，让我来看看您需不需要去医院。”那新保镖站在桌子前老实巴交地道。

她按了按额头：“不需要。”

新保镖细致地瞅了她一眼：“苏小姐，你看起来不太好。”

她伸手想打秘书处的电话，听他这么说，禁不住先赶人：“我要工作了，你没有什么事的话，去隔壁休息室等王叔吧。”

对方被撵也不听话，反而往前凑了凑，像是要试探她额头的温度，把她吓了一大跳。

“你干什么……阿嚏！阿嚏！”

疾言厉色的话卡在喉咙里没说完，喷嚏倒是打了一连串，这下连她的脸都憋红了，咳嗽也惊天动地起来。

头很是眩晕，让她发脾气都没有了力气。

对方面色一变，毫不犹豫地靠了过来，直接将她从椅子上拉了起来，打算搀扶她出门去。

“你？！”她气得说不出话，脚下发软，眼前发黑。

年轻的保镖动手能力极强，看她一眼之后，直接将人打横一抱，就出了办公室。

路上遇到了几个同事，被人询问的时候，他也一副不善言辞的样子，说不出所以然来，直到遭人阻拦，才憋红了脸解释道："苏小姐病了，我送她去医院。"

那阻拦的人也不依不饶："你是谁？"

这次保镖小哥回答得理直气壮："她的新保镖！"

这才被放行。

她头昏脑涨，已然快要失去意识，把头靠在对方胸口的时候，却能听到对方那胸腔里的心，跳得格外坚实有力。

清醒过来的时候，护士正巧撤走了她的吊瓶。

她睁开眼睛，看到老王和秦楚齐齐地坐在病床前看着她，聚精会神的样子，宛如两只精神抖擞的猫头鹰。

"几点了？"她问，惊觉自己的声音沙哑无比。

"六点了，苏小姐。"老王回答她，"医生说，您连日劳累，又受了凉，所以一下没有缓过来，这才晕倒了。"

她"嗯"了一声，表示自己知道了，然后靠在枕头上不说话。

一会儿有护士进来，喊去拿药，那秦楚倒是机灵，乖巧地跟着去了，病房里顿时只剩下了老王和她两个人。

她示意老王给她端了一杯温水，润了润喉咙之后，有些艰难地开口："王叔，我想拜托你一件事。"

老王垂首："苏小姐，您有什么吩咐尽管说。"

苏瑾莘的目光看向窗外："王叔，因为我的失误，让展小姐接下来的半年要参与一个国外的公益项目，去的地方尚未开发完善，也有可能要野外生存。伊总和我都不太放心，所以我想拜托你前去照看，可不可以？”

老王犹豫了一下：“可是苏小姐，您这边怎么办？”

苏瑾莘勾了勾嘴角：“王叔你不是给我安排了一个新的保镖吗……”

那小伙子才来几天啊，老王不放心地说：“苏小姐您的喜好和日常工作，我都没有交代给他呢，若是他考虑不周而误事……”

苏瑾莘摆手：“没事，多磨合磨合也就行了，我看他挺机灵的。”

老王点了点头，又有些迟疑：“苏小姐，可我家里的事情……”

苏瑾莘扶着床沿坐了起来，恳切地看着老王：“王叔，我知道你家里有事，可离你儿子上初三不还有半年时间吗？刚好这真人秀的项目也只有半年……”

老王犹疑着不说话。

苏瑾莘深吸了一口气：“王叔，若是你能帮我这个忙，青麟学院高中部的保送名额，我会送到你儿子的学校。”

老王这才高兴起来：“谢谢苏小姐，太感谢您了。”

苏瑾莘露出微笑：“不用客气。”

和老王聊完，苏瑾莘又在病床上休息了一会儿，等到头不是那么沉重之后，就回了家。

晚饭之后，苏瑾莘抱着枕头坐在床上出了会儿神，然后拨通了一个许久不曾联系过的电话。

“嘟……嘟……嘟……”

她屏住了呼吸，等待着那头被接起。

“喂？”

“苏峻，是我。”她艰涩地开口。

那头沉默了片刻之后，突然变得油腔滑调起来：“啊呀！太阳打西边出来啦！苏大小姐居然亲自给鄙人打电话，真是荣幸啊！不知道大小姐找鄙人有何指教？”

苏瑾莘捏紧了手机，决定忽略对方那刻意夸张的语气：“我想拜托你一件事。”

那头夸张地“啊”了一声：“苏小姐有事情求我？是什么事情呀？借钱的话可不行哦！”

苏瑾莘有些受不了地打断他：“苏峻，你可不可以不要这样说话？！”

苏峻的语气陡然冷了下来：“大小姐，你不喜欢听可以不给我打电话呀。”

他还是那样讨厌她。

尽管早已经知道这个事实，但是她依然有些难过。她吸了吸鼻子，决定直接说事情：“苏峻……我有个朋友的儿子，明年要升学了，我想问你要一个青麟高中的保送名额……你可不可以……”

“不可以！”那边苏峻的回答斩钉截铁。

“你！”没想到他拒绝得这样干脆，苏瑾莘一时气结。

“青麟中学已经不是你的天下了，堂姐！”那头男人的声音格外得意，“当初你放弃掌管苏家事业的时候，不是特别干脆吗？逼得远在英国的我灰溜溜地回国，继承什么教育事业，你有追求，我就没有吗？你要爱情，我就不要吗？你那么干脆地一走了之，害得我半途接手，我就等着这样一天你来求我。”

苏瑾莘声音有些发抖：“苏峻，这只是一件小事……”

电话那头的人赞同地点头：“这升学的名额确实只是一件小

事。”他快意地大笑出声，“但是我想这么恶狠狠地拒绝你，已经想了很久了，大小姐！所以，就从这件小事开始吧！”

苏瑾莘猛然挂断了电话，颓唐地靠在了墙上。

S 市的黎明来得既快又匆忙。

一夜不曾安眠的苏瑾莘，看到阳光从落地窗外射进来的时候，就下床开始洗漱收拾。虽然粉底比平日扑得厚重些，却依然遮不住浓重的黑眼圈。

她面无表情地下楼，神色宁静地去了公司。

鼎盛娱乐的事务依然繁忙，她忙得足不沾地，一上午就这么过去了。

胃疼到冒虚汗的时候，她才发现早餐只吃了一口就放在了办公桌上，早已凉透。

她从药箱里翻出胃药吃了几片，然后按着剧痛的胃部打电话给大秘，让他们去寻找江南卫视公益真人秀的资料。

“好的，苏总监。”大秘应声之后，又担心地问，“您的声音很虚弱，没事吧？”

苏瑾莘咬牙摇头：“没事，你去办吧。”

那头收了线，她佝偻着身子，慢慢地挪到门口，敲了敲办公室的门，门外三秘立马出声：“苏总监？”

“叫秦楚进来。”她道。

“好的，苏总监。”三秘应声去了。

她又佝偻着身子，挪到办公室一侧的沙发躺下。就这么简单的几个动作，竟然让她出了一身虚汗。

秦楚来得很快。

他推门进来，看到的就是女雇主虚弱地摊在沙发上冷汗直冒的样子。

“苏小姐，您怎么了？”

“胃疼……”她哼哼道，然后看向他，“你有没有治疗胃疼的办法？”

她还记得他按摩手法过人。

青年愣了愣，然后点了点头：“嗯，有的。您办公室有暖水袋吗？”

她指了指书柜下面的储物柜子：“那里。”

青年走了过去，寻了那暖水袋过来，插上电，然后靠过来，给她调整了一下姿势。

吃下去的胃药没有那么快起反应，她依然疼得说不出话。

感冒也还没好，咳嗽起来更是难受。秦楚在她的额头上摸了一会儿，然后去抱了一床毯子盖在她的身上。

等暖水袋好了，秦楚便将那暖水袋隔着衣服放在她的胃部，之后轻轻在周围按揉了起来。

也不知道他用的是什么手法，苏瑾莘蜷缩着的身子慢慢地舒展开来，连咳嗽也缓解了一些。

她微微睁开眼睛，朝着秦楚看过去，只见对方也用一双乌黑的眼珠看着自己，温柔而小心翼翼：“苏小姐，您好一些了吗？”

她不知道自己好没好。

其实在胃疼之前，她心里很难受，伊晋冷酷的眼神不停地在她脑海里闪现，闪得她甚至盼望着身上有些病痛，好让她的心不那么揪痛。可是当胃疼来临，整个人疼得翻滚着得不到舒缓的时候，她又盼望着这病痛快些离去。

秦楚老实巴交地照顾她的模样，让她突然心酸得厉害。她转动着手腕上母亲送她的玉镯，垂下眼睑：“好些了，你出去吧。”

青年点了点头，乖巧地说：“那我守在门口，您有事叫我。”

苏瑾莘轻轻“嗯”了一声。

午饭是老王从家里带过来的，是张婶炖的汤。

她喝了小半碗就再也喝不下去。

她心里沉甸甸的，想起昨晚苏峻的拒绝，有些不敢看老王的脸。偏生老王还喜滋滋地跟她道谢：“我家那口子听说可以进青麟中学，今天就开始给我家那小兔崽子物色家庭教师了，怕到时候跟不上教学进度，丢了您的脸……”

苏瑾莘面色发青，又勉强喝了几口汤，就应付着让他先回去。老王也没有看出她的不对劲来，喜滋滋地去了。

老王走后，苏瑾莘拿起了手边的电话。苏家老宅那个熟悉的号码在脑中徘徊，她却终没有按下去。

她没脸去求爷爷。

“苏总监，发行部的李经理找您。”

门外响起三秘倩如的声音，苏瑾莘拉回了思绪，端正了一下坐姿，回道：“让他进来。”

门被推开，一个面容白皙、身量不高的男子，带着三位发行部的职员走了进来，打头的正是发行部的负责人李平思。李平思面色不善，明明比苏瑾莘高不了多少，此刻却有着拿鼻孔看人的气势。

“苏总监，李经理说江南卫视真人秀的资料他亲自给您送过来……”倩如嗫嚅着。

“麻烦李经理了。”苏瑾莘站了起来。

她在找江南卫视资料的事，为何会传到李平思那里，她已经不想知道，看对方这架势，怕不仅仅是送资料那么简单。

果然，李平思一摆手，他身后的三个职员站成一排，每人手中捧着厚厚一个文件夹。

“其实，我是来通知苏总监，关于展小姐和伊总参与江南卫视真人秀的项目一事，经公司决定，全权由我负责。”李平思歪了歪头，“这些资料呢，也是今天上午，由伊总和江南卫视通话之后，那边传过来的。”他随手拿起一本，翻了翻，“这一本呢，包括展小姐和伊总一起参与这场真人秀的合同样本，以及整个真人秀的大致路线方向。”

见苏瑾莘的目光看向那个文件夹上，李平思故意将文件夹摆放在她的面前：“苏总监作为公司仅次于我们伊总的执行领导，这些文件我理应给您过目。所以我一听说顾秘书在跟进这个项目，就马不停蹄地给您送资料过来了。”

他说完，顿了一下，盯着苏瑾莘，像是等待她说什么。

“有劳。”苏瑾莘淡淡地说道，“既然这样，资料留下，李经理你可以走了。”

李平思冷笑了一声。

他将那三人手中的资料夹收齐，放在苏瑾莘的面前：“资料我给您送过来了，但是我劝您还是不要看的好。”

苏瑾莘不动声色道：“这就不是李经理你应该管的了。”

李平思嗤笑一声。

他挥了挥手，那三个职员对视一眼，顺从地离去。他本人却反而靠得更近，声音不大不小，刚好全办公室都听得到：“苏总监，别以为你是伊董的人，就觉得这鼎盛是你的天下了。”

苏瑾莘握住资料的手有些发白，旁边的倩如已经柳眉倒竖：“李平思！你说话注意点，不要太过分了！”

“什么意思？”李平思冷笑，“我过分？我有苏总监过分？一把年纪了，还嫉妒人家展小姐，害得展小姐和伊总参加这样危险的真人秀项目。我若是她，早就去伊董那儿引咎辞职了，哪里还能这么冠冕堂皇地坐在这里，一副公事公办的模样。”

他讥诮地背起手：“说到底，苏总监这不要脸的段位，我李某还真是蛮佩服的。难怪我来得比您早，却依然只能屈居人下。”他说完，一躬身，“好了，资料我送完了，您看归看，事儿还请让我们发行部来负责。”

苏瑾莘死死地盯着他。

这眼神让他心里有些发毛，他却依然强撑起气势：“我怕您再插手，我们伊总可不是去非洲那么简单了。”他刻意长叹道，“可怜的伊总哟！”

随后，门被他带上。

倩如气得胸脯起伏：“混账东西！不知好歹！”

苏瑾莘没有说话。

倩如回过头来的时候，只见她捏紧了文件夹，那锋利的边缘已经染上了丝丝血迹，不由得大惊失色：“总监！您的手怎么了？！”

苏瑾莘低下头去，这才感觉到疼痛。

倩如赶忙寻来碘酒为她消毒，苏瑾莘一言不发地随她摆弄。

三摞文件整齐地摆在桌上，是那么刺眼。

倩如离开的时候，担忧地看了一眼她的上司。

苏瑾莘靠在椅子上，宽大的黑色靠背椅中，她的身体显得那么纤瘦单薄，整个人分外苍白，唯独眼睛黑沉沉的，空洞又茫然。

倩如突然觉得她有些不太对劲。

可是哪里不太对劲呢，她又说不上来。

S 市的夏日悄悄过去，天气慢慢凉爽了起来。

伊晋走的时候，公司在云聚会所顶层开了个欢送晚会，由展卿卿和伊晋做东，所有人都接到了伊晋大秘发来的邀请，唯独漏了苏瑾莘。

苏瑾莘知道的时候，已经是第二天上午。

秦楚开着车，送她去机场。

她在机场的 VIP 候机室看到了温柔地为展卿卿递茶的伊晋，正想打招呼的时候，展卿卿却先一步问候她："学姐，你来送我们啦！昨天的晚宴你怎么没有来啊？"

晚宴？她询问的眼神转向伊晋，伊晋冷漠地别过头去。

一刹那，苏瑾莘明白了什么叫恨不得瞬间消失在空气里的感受。

原来，他已经厌恶她至此。

她嘴唇颤抖，最终只说了一句"一路平安"就夺路而逃。

当晚，苏瑾莘削苹果的时候，有些鬼使神差地对着手腕比画了一下。

在见血之前，她的手被一双修长有力的手握住。她茫茫然抬起头，对上自家保镖惊恐的眼神，咧出一个比哭还难看的笑容："秦楚，我好难过啊！"

保镖秦楚愣了愣，看向她手中寒光闪烁的刀子，然后干净利落地抬手，将苏瑾莘打晕在地。

秦楚毫不犹豫地扛起女雇主转身就走，让她第二天旷工。

第五章

被迫摊开的真相

阳光从窗外射进宽敞的诊疗室。

苏瑾莘端正地坐在Z城飞鸿医院心理会诊室宽大的沙发上，迪奥的条纹西服套装包裹着她有些消瘦的身体，微微有些宽松，却显得整个人格外的干净利落。

她脊背挺直，下巴微微扬起，颈部线条优美得宛如天鹅一般，可紧紧抿起的嘴角泄露了此刻她内心的紧张。

一张薄薄的诊断证明被递到了她的面前。

"苏小姐，这是您的会诊报告。"

她并不伸手去接，只微微低了头，一眼就看到了上面的确诊结果。

短短一行字，证实了某个不好的猜想。

苏瑾莘忍不住神色黯淡了。

对面的人脸上带着医生特有的温和，轻声开口："目前确诊是中度抑郁，伴随焦虑症。根据您的会诊报告，我们认为，您的病因在于工作上的压力过大，以及精神上的长久孤独。"

苏瑾莘在对方如水的目光下，微微地点了点头，表示认同她的观点。

然后她就听到女医生微微地叹息了一声。

苏瑾莘绷紧了身体，脸上却没有什么表情。她不喜欢这样同情的叹息，哪怕是来自医生的慈悲，也同样让人难堪和尴尬。

"抑郁症不像别的疾病，没有实际的病毒可以杀死，它代表你的心生病了。所以除了药物控制，在治疗上，患者的自我排解也非常重要。因此您在按时服药的同时，请尽量减轻工作量，以便缓减精神压力。您既然不愿住院治疗，那么我建议您休假一段时间，减轻工作量的同时，让家人陪在身边，也有助于病情的好转。"

苏瑾莘抿唇不答。

女医生看了一眼手边的报告，加了一句："苏小姐尚且年轻，不必如此严格要求自己。"

对方的语气慈爱而柔软，透着让苏瑾莘十分舒服的温柔。比起前几天被保镖打晕的残暴行为，这种温柔对她来说尤为重要。

她之所以来找林医生看病，不仅仅因为她是权威人士，在精神疾病方面颇有建树，还因为这里远离她所在的城市且医生、护士口风很紧，来这里看病，隐私会得到很好的保护。

她在市里，也算小有名气，若是去看精神科医生，被人发觉了，不知道会被小报如何乱写。

她最近的精神状况已然非常糟糕，自己也知道迟早会出事。

只是没想到来得这么快，看到诊断结果之后，她心里突然空得厉害。

她惨笑一声。

大脑放空三分钟之后，她强迫自己恢复了冷静，身子微微前倾，礼貌地扬了扬嘴角："谢谢林医生，我会听取您的建议，尽量放松心情。三个月之后，我再来复诊。"

说完，她拿起了自己放在一边的包包，等待着医生最后的嘱咐。

她这样的神态，分明是不愿再待在诊疗室了，因为她带来的保镖在听到她的话之后，迅速从角落里走近，站在了她的身后。

林医生的眼神在这两人的身上微微掠过，一下就知道，眼前的女人其实并没有太将医嘱放在心上。

林医生摇了摇头，开口："如感觉有不适，或者工作压力巨大的时候，请立即来复查，不必等三个月。"

每一个来她这儿求医的人在确定自己生病的时候，都会有些反应，或是怅然若失，或是悲伤绝望，却很少有人像她这般冷静。可愈是平素冷静坚忍的人，得了抑郁症之后，就愈难痊愈。她想再说一些话强调自己的意见，可显然，对方不想再听。

对方面色冷峻，散发出“外人勿近”的信号。所以她只能微微起身，做出“请”的姿态，同时按下看诊完毕的铃声，让护士领人去拿药。

走出诊疗室的时候，苏瑾莘微微眯了眯眼睛。

她到底是没有让医生看出来，工作压力、孤独，都不是让她抑郁的本因，男人才是。

确切地说，某个她努力了多年，却依旧得不到的男人，才是让她抑郁的原因。

她在会诊室刻意不说，是因为怕说出去，会让人笑掉大牙。

若是传到那个男人的耳朵里，怕是他会更加轻视她，而之前她和展卿卿的一切过往，都会被安上嫉妒的标签。

贸然为人家相思成疾，怕是要将人吓得立即拒她于千里之外吧。

求而不得，无法放手，这姿态是那么难堪和令人作呕。

一想起来，她便觉得厌世，所以只能在念头刚刚升起的时候，就赶紧摇摇头，仿佛这样，就可以抹去脑子里那个人的身影。

苏瑾莘一共在家休养了三天，三天之后，她又恢复了忙碌工作的生活。好在公司目前几个重要的项目都进入了平稳期，不需要盯得太紧，她也落得轻松。

心里沉甸甸的，偶尔会觉得悲观厌世，脑子也不如以前灵活，但是她按时吃药，坚持做到一个月看诊一次，倒也没出什么乱子。

新来的保镖只负责了日常的开车接送，也没有出什么乱子，试用期安然过去。苏瑾莘给他加了点儿酬劳，算是正式认可了他。

四个月后。

苏瑾莘接到了老王的电话，那头告知她，展卿卿在非洲的真人秀因为遇到了资金问题，暂停了下来，对方将于次日回国。然后老王询问苏瑾莘，这是否意味着他的安保工作也可以随之结束。

老王的心思她明白，她很快让秘书给他订了回国的机票，然后请他吃了一顿好的，又发放了大笔酬劳之后，就送他离开。

老王看着苏瑾莘身边站得笔挺的秦楚，拍拍对方的肩膀，没说什么，便离开了 S 市。

分别总是那么让人惆怅。

苏瑾莘当晚回来，情绪就有点儿低落。

低落到没有勇气去给伊晋打电话。对方应该已经回国两天了，不出意外的话，过几天就会回公司理事，但是她鸵鸟般，拒绝去想这件事。

她喊了秦楚进来，让他为她做一下舒缓按摩。

秦楚做了保镖之后，还兼职给她做按摩师。他也不加价，按摩一次一百五，苏瑾莘偶尔还会给他加小费。这让他感觉到十分开心，于是分外卖力，一边按摩一边询问她还有哪里不舒服。

苏瑾莘不想说话，她心烦意乱。正不知如何自处，手机冷不丁地响了两声，接着短信提示音响起，是伊晋。

蹲在她身边，正为她按摩的秦楚能明显地感觉到苏瑾莘全身的肌肉一下子就绷紧了。

然后她“嘭”的一声坐直了身子，面无表情地瞪着手机，对着短信的那个图标点开，返回，再点开，再返回……如此反复。

两条短信静静地躺在她的手机里。

“卿卿回来了，说要见你，在兴安大厦二十九楼。”

另一条是在两分钟之后追加的，显然发短信的人并不放心她，于是又补充似的威胁了一句：“你说话小心点！如果你还想坐在鼎盛娱乐总监这个位置上的话。”

苏瑾莘面色一冷，闭上了眼睛。待心底那阵似酸涩又似疼痛的感觉过去之后，她回了一条短信：“伊总，请给我半个小时。”

那边没有回音。

苏瑾莘认命地从沙发上坐起来，上楼换衣服。

距离上一次和伊晋争执已经过去四个月了，可她依然没有缓过来，故而也失去了穿得花哨的心思，只换了职业的套装长裤。可又怕在展卿卿面前显出老态来，难得地选择了米白色，又配上了带碎钻和珍珠的饰品以及高跟鞋。

她还细细化了个妆，虽然宛如素颜，嘴唇却显得格外粉嫩晶莹，看上去年轻了许多。

就这么点小心机，她都暗暗觉得不好意思，苍白的脸上飞上了几抹绯红。

收拾完毕，她一看时间，竟然过去了十五分钟。

匆匆下楼，居家阿姨已经把晚饭准备好，见她拿着钥匙就要往外走，忍不住诧异地问：“苏总不吃了晚饭再出去吗？”

她看了一眼桌上，确实是营养师定制菜单上的那款养胃养生的菜品。

她遗憾地叹了口气：“李婶，我要出去了，时间来不及了。”

随即又看了一眼时间，匆匆低头穿鞋。

秦楚倒是机灵，已经把车开到了门口，此时站在车边，一副毕恭毕敬的模样，头垂得很低，显得十分的温顺：“苏小姐，车已经备好了。”

他的声音带着几分青年特有的清亮稚气，是苏瑾莘羡慕不来的那种年轻朝气。苏瑾莘忍不住看了他一眼，低声吩咐：“待会儿我和伊总不论发生什么，你都不要插手。”

年轻的保镖为难地看着她：“可是苏小姐……我是您的保镖。”

意思是，他不能只拿钱不办事。

苏瑾莘赞赏他的职业态度，却不能放任他的这种想法：“伊总对我有一些成见，我希望能化解，所以你做好本分就好。”

她心里暗暗算计着，若是能引得展卿卿对她泼个咖啡什么的，伊晋会不会原谅她一点点。

秦楚听话地点头：“好的，苏小姐。”

他伸手给对方拉开了车门，又像是想要讨好似的，抿着嫩红的嘴唇，略显不好意思地笑了一下，低声说：“苏总监，请。”

苏瑾莘默默地坐了进去。

她其实心里知道，展卿卿的手段高明，并不是她斗得过的。就像这真人秀，明明是展卿卿自己要去的，却成功地让她背上了恶名，引得伊晋连见都不想见她。如今突然邀约，也不知道存的什么心思。

苏瑾莘正襟危坐，身前交握的手却因为用力而显得有些发白。

她也曾信过星座，展卿卿是机灵多变的双子，伊晋是主宰一切的狮子，而她……在情感上是绝对被动挨打的摩羯。

有个星座博主曾经给过这样一个定位：摩羯——其实就是被阉了的公羊，“闷骚 + 固执 + 选择困难 + 对事情摇摆不定 = 不配拥有爱情”。

苏瑾莘当时有种一箭穿心、正中红心的感觉。

太准了，可是……没法改变。

她悲哀地叹了口气。

女雇主身上的气压莫名地低下来，害得她身边可怜的秦楚一路高度紧张，把车子开出了平生最高水准。

车子在十分钟内准时到达了兴安大厦正门口。

苏瑾莘理了理衣服，带着秦楚坐电梯到了二十九楼。

电梯打开的时候，苏瑾莘愣住了。

沁水间瑜伽会所。

这是一家非常古色古香的会所，想必新开不久，所以她全无印象，而且她没有想到伊晋竟然约在这种地方。

她接到伊晋短信的时候，想着对方应该是要让她和展卿卿一起吃个饭，然后再慎重致歉什么的。虽然伊晋单方面宣布和她不再是朋友，但是根据女人的直觉，展卿卿对她，一定没有玩够。

这种情况从大学毕业起就开始了。展卿卿对她有着猫对老鼠的敌意，她利用伊晋这个诱饵，一点一点地耍着她玩，就为了看她狼狈，看她无路可退。

所以每次展卿卿过来，苏瑾莘都如临大敌，一顿饭都能吃到胃疼。

这次竟然换地方了？

瑜伽会所？难道是因为以往文的不够尽兴，这次要来武的？

她莫名紧张，门口的侍者已经拉开了门，脆生生地出声欢迎。

她只能领着秦楚往里面走。

进门的时候，她突然想起了什么，低声对第一次来这种地方，明显显得格外好奇的秦楚吩咐：“你马上回别墅去取……不，取已经来不及了，去直接买一套瑜伽服吧。要快。”

会所一般都有干净的瑜伽服，但是展卿卿准备的东西，她向来不敢碰。

保镖点了点头，飞快地出去了。

末了，他又退回来，从门口探头进来道：“苏小姐，请等我哦！”

哦哦哦哦哦！

会所十分宽阔，这年轻人声音洪亮清脆，竟然有回音。

半天之后，年轻人欢快的“哦”字，还在会所呈现长长的回声。

苏瑾莘瞪圆了眼睛，一时间反应不过来。秦楚时常脱线，今天可不要出什么幺蛾子，否则她就要扣他薪水。

愣了愣之后，苏瑾莘绕过大厅，瑜伽室映入眼帘。

果然是私人会所，偌大的一间，竟然真的只有伊晋和展卿卿。想来是考虑到展卿卿公众人物的身份，包下了会所。

见她进来，伊晋只是扫了她一眼。确定她按时来了之后，他一言不发，只沉默地站在展卿卿身后，接过她擦汗的毛巾放下，再亲手为她泡花茶。

天哪！泡花茶！

那个冷酷、霸道、任性、酷帅的伊总，竟然在为对方端茶倒水。苏瑾莘突然想起娱乐圈的那个头条新闻。唉，那边故意秀甜蜜的光芒好刺眼。

是真的很刺眼，苏瑾莘只觉得这一幕刺激得她眼睛生疼，连带心口也有微微紧缩的感觉。

反而是展卿卿看到她到来之后，一副激动不已、情难自制的模样：“学姐，你来啦！上次你给我介绍的真人秀项目实在是太刺激了，我在那边玩得很开心，一直想着回国之后一定要请你吃饭，好好谢谢你，没想到今晚就见到学姐你了！”

不是你让伊晋喊我来的吗？做出这一副喜不自禁的模样是给谁看？苏瑾莘心里默默吐槽，可是眼神在接触到伊晋冰冷的视线的时候，突然就失去了开口反驳的力气，只讷讷地想回绝她请吃饭的邀请：“我已经吃过晚饭了……”

展卿卿露出为难的模样来：“学姐已经吃过饭了吗？”

她点头：“嗯。”

展卿卿不是那么好打发的，她想了想，过来扯她的手：“那学姐我们吃夜宵吧！我们先做会儿瑜伽就刚好到吃夜宵的时间了！而且听说运动之后，胃口会大开呢……”

苏瑾莘因为对方的碰触而感觉到宛如被蛇类缠上一般，不由得汗毛倒竖。

见她直觉地想要拒绝，那边的伊晋立即就做出了一副“你敢不去就撤你职”的警告表情。

于是苏瑾莘只好默默地低头，不再说话。

“学姐这是答应了？太好啦！那咱们事不宜迟，开始做瑜伽吧！”展卿卿喜滋滋地站到了瑜伽垫上。

见苏瑾莘没有动，她还连声催促：“学姐过来呀！”

一边的伊晋立刻对她瞪圆了眼睛，一副“你已经坑了人家，如今还不好好赎罪”的模样。

“我不会……为什么没有瑜伽老师呢？”苏瑾莘苦笑。

“有我在，还需要什么老师啊！我可是练了十年瑜伽的人！”展卿卿得意地说。

苏瑾莘心里咯噔一声。

不是她有被害妄想症，实在是每次和展卿卿待在一起就没有好事。可身后伊晋的目光如狼似虎般凶狠，她心里忍不住堵得慌。

于是眼睛一闭，那就上吧！

就在这时，抱着崭新瑜伽服的青年已经微微喘着气推开了门。当他把那粉红色镶着蕾丝边的瑜伽服递给苏瑾莘的时候，苏瑾莘被那恶俗款式刺激到身体一寒。

可是看到秦楚微微喘着气，大圆眼睛带着点儿讨好的模样弯起来的时候，她一时也不好责备，反而是身后的展卿卿发出尖叫："哎呀……你怎么在这里？"

明显是认识的……

苏瑾莘瞬间眼神一冷，秦楚却已经九十度弯下了腰："对不起啊展小姐，我是您的粉丝。上次太激动了，握住了您的手……哈哈哈，对不起哈！"

秦楚竟然是展卿卿的粉丝。

苏瑾莘还没有来得及做出表示，却见对面的伊晋露出了杀气腾腾的表情。

他这样爱吃醋，就连粉丝握了一下展卿卿的手也要失态成这样，而且那次握手还是过去了的事情。

也不知道出于什么样的心态，苏瑾莘默默地站在秦楚身前，替他挡住了伊晋那杀人般的视线："秦楚，你去门口守着吧。"

支开保镖，去更衣室换好瑜伽服，苏瑾莘再次出现在展卿卿和伊晋的面前。

不知道秦楚买的什么破衣服，颜色款式恶俗不说，面料还紧绷得很，让她实在难受。

展卿卿站在她面前虚情假意地夸："学姐应该多穿粉红色的，

多显嫩啊。”

她也就只能显嫩了。

苏瑾莘回了个勉强的笑不说话，跟着她的动作开始做瑜伽。

伊晋在一旁看着，他素来寡言，于是整个瑜伽室内唯有展卿卿指导的声音，以及秦楚偶尔探头来看一眼的细微动静。

瑜伽真是个磨人的运动。

年纪大小，身体柔韧度一眼可见。苏瑾莘似乎突然就明白了展卿卿带她来瑜伽室的原因，因为伊晋的目光只会落在展卿卿的身上。

年轻女孩子身材凹凸有致，青春活泼，做瑜伽姿势的时候也异常漂亮。而苏瑾莘在艰难地跟她学着把身体扭成奇怪的形状之际，忍不住低头看了一眼自己。

一看之下，沮丧非常。

她已经在奔三的路上走太远，身材虽清瘦，可曲线不见，皮肤暗淡。虽然臀部挺翘，但那也不是吸引年轻人的资本。

更何况是伊晋这样少年得志的年轻人。

懊恼之下，苏瑾莘学得愈加卖力起来，虽然脚痛得要抽筋，她还是十分努力地把那小腿往上掰了掰。

“刺啦——”

裤子开线的声音在安静的瑜伽室内分外明显。

这一下不仅展卿卿和伊晋的目光都集中到了她身上，就连门口站着的保镖先生也忙不迭地跑进来查看。

苏瑾莘脸色青黑，右手往后一摸屁股，果然……开线了。

展卿卿一副想笑又不敢笑的模样，倒在伊晋怀里忍到直发抖。看到伊晋黝黑的眸子看过来，面上的神色是万分鄙视，苏瑾莘突然觉得无地自容。

刚刚她就应该想到，款式这么恶俗，制作这么差劲，肯定是路边地摊的货色！

眼看着保镖先生也诧异地走过来，苏瑾莘已经反应过来。她迅速转身，想拿起自己的手工西装外套以便能遮住屁股，然后逃离这个伤心地。

可惜她高估了自己的胳膊腿。

猛然转身的一瞬间，她的脚抽筋了。

她重重地扑倒在迎面飞扑过来接住她的秦楚身上，脸砸在人家青春的胸口上，屁股上的缝线更是大开。

苏瑾莘第一次那么想直接摔死，可惜，欲死不能。

秦楚像只软兔子一般惊恐地被她压在身下，因为害怕她即将到来的暴怒，身体颤抖成了筛子。

但做保镖的人反应是不慢的，他迅速地调整姿势爬起来，抖着手将自己身上的西装脱掉，把苏瑾莘腰部以下裹起来，牢牢地将人抱在怀里，直起身来。

他这一长串动作极快，看得出来倒是有过应急训练，干脆利落——如果他不是抖得那么厉害且咬紧了下唇一副吓得要哭的模样的话。

“展小姐！伊总！很抱歉，我要先送苏小姐回家……很抱歉……”

年轻的保镖不安地呢喃，在伊晋和展卿卿目瞪口呆的眼神中，利落地抱起狼狈的苏瑾莘就往门外冲去。

电梯直通地下车库。

可明显有一堆雄壮的人马挡在那儿，宛如勾魂使者。

苏瑾莘来不及出声阻止，便看到闪光灯大作。

“咔嚓咔嚓”，照下了她惊恐万分的脸，以及保镖先生含泪抱着她的模样。

苏瑾莘脑子里浮现四个字：天要亡我。

幸好年轻的保镖先生十分尽职尽责，用大衣将她裹得紧紧的，怀中抱着她却依然十分利落，迅速隔开了各路记者，将她稳妥地塞进了车子。

回到别墅回过神来，苏瑾莘做的第一件事竟然是强忍着尴尬，给伊晋发去道歉的短信。

他们之间的关系疏远到由不得她任性，更何况是这样紧张的当口。

“伊总，我身体不太舒服，请替我跟展小姐致歉，不能陪她吃夜宵了。祝伊总和展小姐玩得愉快。”

收起手机，也不期待对方会回，苏瑾莘换上浴袍，走到浴室那面豪华的雕花大镜子前。身后巨大的浴池氤氲出热气，把镜子弄得十分朦胧。她抬起眼皮，只见镜子里的女子身材纤瘦，脸色苍白，嘴角有着明显的瘀青，眼神阴霾，整个人透着一种病态的沉郁。

也许女人到了她这个年纪还不能得到心爱的男人，的确是失败得可悲可怜。

听说她这个星座的女孩子，一般来说容易给别人古板、固执、脾气阴郁的印象，实际上，这是内心深处的自卑所致。

她……是自卑的吧。渐渐失去的青春，不被重视的感情，这让她如何能不自卑？

洗好澡，换上睡袍，苏瑾莘走到卧室门口，准备吞下助眠药安心睡一觉，如此一来，明日才能勉力应对那些可能迎面而来的八卦。

可在头靠上柔软的枕头的一刹那，她还是忍不住哽咽出声。

怎么会这样丢脸？怎么会这样尴尬？为什么这样的事情总是要发生在她的身上呢，她又做错了什么呢？

苏瑾莘在床上辗转许久，一直难以入睡，只觉得心情郁结，极端厌世。

每次她见伊晋，都会莫名被偷拍，虽然每次都狼狈不堪，可是从未有如此这般丢人，更何况被陌生男子公主抱出电梯，塞入车子。恐怕明天媒体那边要花大工夫才能压住了。

这么想着，她觉得嘴里很是苦涩，想要下楼喝点水，于是沿着楼梯慢慢地踱步下去。

声控感应灯亮起，眼前蓦然变花。

待看清客厅情况的时候，苏瑾莘倒吸了一口凉气，忍不住噔噔噔倒退三步，抖着手指指着那个莫名出现在客厅里的年轻男人："秦楚！你怎么在这里？"

年轻的保镖先生，穿着素色的家居服，一只手提着一桶水，脑袋上顶着一炷香，扎着马步大大咧咧地站在她的客厅中央，面色通红，神情羞怯，两条大腿微微颤抖，一看就是保持这个姿势很久了。

可是，就算这模样引人同情，也不能改变他半夜闯入主人家客厅，惊吓她的事实啊！

"秦楚！回答我！"她的声音变得严厉无比，连带眼神都开始带着煞气。

可怜的保镖先生竟然就在这样的质问声中，小声抽泣了一下。

他……

抽泣了一下……

大而圆亮的眼睛瞬间就染上了晶莹。

“苏小姐……求您不要赶我走……今天我真的不是故意的……

“前几天我把薪水都寄回家了，身上只有五十块钱……大厦里的衣服我根本买不起，看到路边有瑜伽服，又漂亮又便宜，就忍不住买了……我真的没有想到……”保镖先生声音很是可怜，却依旧强忍着颤抖解释。

苏瑾莘听得怒气又起：“我包里面的卡和现金，你不会用吗？”

五十块以内的便宜货也敢买来给她穿，害得她出这么大的丑！

“苏小姐，今天出门您并没有带钱包……”保镖先生小声地解释，大眼睛又圆又黑，哀求地看着她，仿佛路边被人踢了一脚的流浪狗。

看得苏瑾莘心里一动，软了下来。

“算了，你起来吧！”

得到赦免的保镖先生明显又惊又喜，大眼睛潋滟地朝她飘过来，欲言又止：“苏小姐……明天我还能来上班吗？”

按理来说，这样毛躁的小伙子，留在身边实在是万分麻烦。可是看到对方那样可怜，苏瑾莘也就软了口气，虽然皱着眉，内心郁闷，却还是回答：“明早七点我要出门。你做事小心点。”

“嗯！”秦楚重重地点头。

可惜他忘记自己还顶着一个香炉，这一点头，那个香炉直直掉落了下来。

苏瑾莘双眼惊得发直，几乎不忍去看她那从意大利购入的手工地毯会成哪般模样。

可是等她双眼重新聚焦的那一刻，奇迹出现了。

在炉子掉落之际，秦楚身手伶俐，迅速抬脚，脚尖竟然将香炉稳稳接住。

保持了三秒双手提水，一只脚接住香炉的姿势之后，保镖先生成功稳住了身形，随后赶紧把香炉放下，水桶也在片刻落地。

举动不过眨眼之间，却让苏瑾莘心脏都差点停摆。

刚刚若是他动作再慢一点，她这客厅可就是冰火两重天了。

这么危险的家伙，到底是从哪个角落冒出来当上她的保镖的啊！

背靠在墙上，苏瑾莘感觉自己在一惊一吓之后，腿软得不行。

偏生秦楚还体贴地过来扶她：“苏小姐刚刚惊到了吧，我扶您坐会儿？”

她完全没有拒绝的机会，就被人公主抱起来，沿着楼梯拾阶而上，放在床上。不过片刻之间，那人便礼貌地退开了，跟她道了晚安。

顺便还关上了门。

看上去倒是个教养极好的。

如此体贴，马屁也拍得恰到好处，不让人讨厌。

苏瑾莘愣了愣，突然疑心病又起：不会是展卿卿安排过来离间她和伊晋的“美男计”吧？

刚刚被抱起的时候，年轻人的胳膊坚实有力，身上因为刚刚用力太久，靠近了还能感觉得到那年轻鲜嫩的肉体传来的热度，让她有些眩晕。那人动作十分礼貌，三分尊敬，七分疏离。

耳边又想起很久之前，展卿卿状似天真却带着深深嘲讽的话：“学姐年纪大了，身边怎么会没有几个年轻的男孩陪伴？好好培养吧，又能赚钱又能解闷。伊晋，你说是不是吗？”

苏瑾莘内心一疼。

随即她又自嘲地笑了，自己的疑心病真是又重了。展卿卿根本用不着离间她和伊晋，就算她如此渴望，他们之间除了上下属的关系，什么都没有。

苏瑾莘疲惫地拉上被子，身心俱伤地躺在床上，却因为口渴而睡不着。

她不想再下去，怕再次受到惊吓。她心里难过地想，自己是个病人，却没有人来好好照顾，连喝口水都难。

人总是这样，身体的病痛在没有察觉的时候，都不会被清晰地感知，一旦确诊，却仿佛瞬间严重。

精神恍惚，意识不能自控，这些都是抑郁症的症状，只要小心控制，便不会太糟糕。

如今确诊是中度抑郁，亲耳听到医生说单纯靠吃药不能解决问题时，她才明白，但凡是心上的问题，都无药可医。

好想……和伊晋聊聊天。

好想跟他讲一讲，其实她今天也是尴尬的，她没有别的意思，就是害羞了，所以才不打招呼就走的。

可是伊晋应该不会回吧？

苏瑾莘深深吸了一口气。

她摸到了枕头下面的手机，点开微信，写了一句“伊总，今天很抱歉”，点发送。

发完就后悔了，人家根本不会回复，她却又送上门去让人厌恶。

一时间又是懊悔又是期盼，真希望伊晋善心大发一次，给她回复一次，可是直到过了撤回的时限，对方也没有回复。

而她，也终于在安眠药的作用下，沉沉睡去。

第二日，果然有关她的新闻登上了小报头条。苏瑾莘头疼地坐在办公室里，看着秘书递过来的新闻截图。虽然都是流量不大的娱乐网站，但是报道口径相当统一。

《金童玉女太恩爱，竟让名媛苏瑾莘气得晕倒》

《年轻人秀恩爱需顾及大龄剩女的感受》

《名媛苏瑾莘再次作死，抢男人不成反被气晕》

《S市名媛试图插足女星展卿卿的感情生活，惨遭失败后晕倒》

她在S市乃至娱乐圈的名气，全靠展卿卿在撑，反复炒作之后，竟然比一般三四线明星还红。

可惜的是，那些娱乐新闻总是不约而同地把她写成一个无耻且花痴的女人，这让苏瑾莘怒不可遏。但细想之下，她竟然一阵庆幸，果然没有任何人关注她那廉价的瑜伽服，以及抱着她的陌生男子。

庆幸之后，便是心酸苦笑。

连娱记都觉得她整个人生的悲剧都是因那两个人，可她偏偏放不了手！

也是活该日日被展卿卿的粉丝骂。

倩如战战兢兢地观望着苏瑾莘的脸色，见她果然面色发白，眉头皱得死紧。正想去扶她，却听到清冷的女声沉着地吩咐："下午给各大主流媒体去个电话吧。"秘书点点头出去了。

昨日的娱记中肯定有主流媒体的，不过他们心照不宣，等着苏瑾莘处的电话，故而比小报要迟上半日报道。不过因此有机会能和各大娱乐媒体相处良好，又何乐而不为呢？

下午，秘书进来安排和媒体的电话沟通，身后跟着不知所措的秦楚。只见他将怀中抱着的十几部手机一一摆在苏瑾莘面前，轻声说："苏总，电话都拨通了。"

苏瑾莘点点头，摁着额头开始和各大媒体通电话。无非是说近日十分劳累，又熬夜过度，体力不支方才晕倒，并非去赴展伊二人之宴。晕倒之后，照顾她的人是她的私人保镖，可以给她作证。末了，还对着秦楚一招手：“秦楚，过来说两句。”

年轻的保镖先生明显没有见过这样的阵势，十部手机一起传来各种问题，他一时之间竟呆住了。

苏瑾莘身边的秘书不满地瞪了他一眼，然后将一张写满了字的字条放在他的面前。

等到他结结巴巴地把那段话念完，便被秘书拉开，远远地站在了门边。

年轻的保镖先生紧张地低着头，偶尔悄悄抬起眼皮，看到的便是骄矜的女雇主紧皱着眉头，坐在桌前，用平缓清冷的语气回答着各路记者的问题。

主流媒体的记者虽然敬她三分颜面，但媒体终究还是要靠报道来吸引眼球的，一时之间，各种犀利问题层出不穷。

苏瑾莘应付自然，似乎不紧张也不生气。

如果不是那握着手机紧到发白的手指透露出了她的情绪，秦楚也会和电话那头的那些记者一样，以为这个人和她说话的语气一样，无悲无喜。

他不知怎么，突然想到刚刚在茶水间，那个叫倩如的秘书跟他说起的这些年来报纸上那些不堪的报道，突然为眼前的女人微微心酸起来。

只是片刻之后，这股子心酸便被压了下去。

他保持保镖的本分，低下头，不再看。

回答完问题，等秘书把东西都收走，苏瑾莘捏了捏眉心，看了一下表，时间竟然已经到了六点。

该吃晚饭了。

苏瑾莘的手摁在了电话上，犹豫着该不该打电话请展卿卿和伊晋吃个饭。

昨天不辞而别，是该有所表示……的吧？

拨过去。

等待的时间仿佛一年那么长，她手心冒汗，一如既往的紧张。

终于，电话被人接起：“你好，这里是总裁办公室。”

苏瑾莘顿了一下后说：“我是苏瑾莘，请帮我转接伊总。”

“您请稍等。”

片刻之后，电话被接起。伊晋那特有的、带着点儿不耐烦的声音响起：“苏总监，现在是下班时间，有什么事吗？”

呃……

苏瑾莘被问得愣了一下才说：“伊总，昨晚的不辞而别，我很抱歉。不如今晚由我做东，请您和展小姐一起吃个便饭？”

那头一阵沉默。

就在苏瑾莘以为对方不会答应的时候，那头却传来一句话：“卿卿她今晚已经和朋友有约了。”

这是……拒绝？

她干干地沉默了一会儿：“那……下次……”

“就我们俩一起吃个饭吧，我有事情要跟你谈。”伊晋的声音带着点儿不耐烦，却比以往的完全不想理睬要好得多，以至于苏瑾莘握着电话愣住了，连那边挂断了也未曾发觉。

谈事情。

什么事情？

内心突然升起一股子不好的预感，以至于回过神来的时候，时间已经默默跳过了半个小时。

啊！要死！

她腾地站起身来，就往外边走，把坐在门口沙发上几乎要睡着的秦楚吓了一跳。

他昨晚因为紧张半宿没睡，刚刚忍不住迷糊了一会儿。青年猛然睁开眼睛，黑色的眸子还没有调好焦距，只看见面前有个迷蒙的黑影，身体就已经条件反射似的开工。

只见他一把扯住对方的胳膊，旋身，推倒，反扑而上，动作干净利落，几乎可以得十分。

年轻的保镖先生在心里暗暗得意的同时，脑子开始逐渐清醒。

天哪……

他干了什么……

他心惊胆战地低下头，只见女雇主被他压在沙发上，发型散乱，呼吸不畅，面色青黑得简直触目惊心。

秦楚黑色的眸子扫过莫名被他扑倒的“总监大人”，看着对方白皙的手腕被他抓得发红，而且似乎因为倒下而崴到了脚。见到她又疼又怒，表情扭曲的模样，保镖先生突然打了个哆嗦。

“秦楚！”苏瑾莘气得发抖，黑眸简直要喷出火来。这个保镖，伊晋刚回来就捅娄子，今天上班竟然还睡着了。

脑子不好使，就不要出来工作危害社会！她一定要辞退这个蠢货！

啊！扭到的腰好疼！

为什么还不扶她起来？！

苏瑾莘怒视着上方那张奶白小脸，心里恶狠狠地想着怎么辞退他才能消除心头之火的时候，压在她身上的保镖先生突然面色发白，之后又冷肃。

对方的手依旧死死地扣着底下的她，身子也纹丝不动，只用那黑色的双眸静静地看着她。

办公室一阵诡异的寂静。

苏瑾莘慢慢从震怒之中平静下来，看着明显不对劲的保镖，冷冷开口："下去。"

保镖先生小声说："不要。"

苏瑾莘提高了声音："从我身上下去！"

保镖先生被她的气势逼得缩了缩头，却仍固执："您想解雇我……我不下去。"

被他看出来了，然后要耍无赖？

苏瑾莘冷笑一声："你现在下去，还能得到三个月的工资，如果现在不……后果我怕你承受不起。"

她急着去见伊晋，实在懒得跟这种小人物过多纠缠。

可对方偏偏不依不饶，声音可怜得很："我只想有份稳定的工作！刚刚是因为昨晚太累了，所以不小心睡着了……请不要解雇我……"

苏瑾莘眉头一皱，软了声音："好，你先放我起来。"

等她起来了，去赴了约，再解雇他也不迟。

"真的？"保镖先生迟疑地问，眼睛紧紧盯着她，直到她别开脸之后，他突然委屈地指责起她来，"您骗我。"

怎么这个时候突然聪明起来？苏瑾莘急得发疯，却只能讷讷地回答："我没有。"

保镖先生步步紧逼："那您保证！"

苏瑾莘忍气吞声道："我保证。"

下一秒，保镖先生翻身而起，有力的胳膊穿过她的后背，然后轻轻一抱，她就稳稳地坐在了沙发上。

她的右脚被保镖先生稳稳托起，脱掉高跟鞋。只见保镖先生从西装口袋里面掏出一小瓶药油出来，倒了点儿在手心，搓热之后，给她揉起脚来。

力道均匀，掌心滚烫。

虽然摔倒和扭到都是因这个人，而且刚刚和他的谈判也是以她惨败收场，但被这样服侍着的时候，苏瑾莘还是有那么一刹那想要留这个人在身边。

眼看时间飞快流逝，苏瑾莘忍不住催促：“快点，要迟到了。”

青年应了一声，低头给她穿鞋，末了，抬起脑袋来，大眼睛讨好似的弯了弯：“苏小姐，您试试还疼不？”

眼眸清澈，波光含情。

这人是不是有病啊……

苏瑾莘被他看得肉麻，起身就走。

秦楚跟在身后给她拎着被她遗忘的手包，因为闯了祸还未被原谅，瞬间乖得像垂头耷耳的萨摩耶。

第六章

表白的错误示范

北京时间十八点四十分。

苏瑾莘端坐在“似水流年”私房菜馆一间临湖的包厢里，思绪纷飞，一会儿揣摩着伊晋约她吃饭的用意，一会儿想着要如何说话才能讨得对方欢喜。

展卿卿私下签约江南卫视的事，她百口莫辩，也就不再想着去解释，只将伊晋喜欢吃的菜色点了一桌子，待对方一来，就能直接端上来。

虽然毫无可能，她却还是忍不住期待。也许伊晋这次约她吃饭，代表着两个人关系开始缓和。若是能缓和，是不是意味着慢慢就可以恢复过往，能平静地交谈，偶尔也能一起平静地吃顿饭？

她早已不像学生时代那般天真想着能成为他的女人，能做朋友也是极好的。

这么胡思乱想了好一阵子，便看见包间的大门被人拉开。那个高大的身影大步走了进来，径直在她对面坐定。

苏瑾莘对着服务员点点头，示意可以上菜了之后，才对着对面叫了一声：“伊总。”

伊晋依旧是那般面无表情，却难得地主动开口说了一句：“在外面直接叫我名字就行。”

呃？

苏瑾莘睁大了眼睛，像是有些受到惊吓的样子，随即低声试着喊了一下：“伊晋。”

伊晋的嘴角抽动了一下。

苏瑾莘一向是冷冰冰的女王模样，突然间的娇柔让他十分不适。

但他有求于人，只好强忍着，于是沉默下来，静静等待服务员把菜上齐。

服务员动作很快，满满地摆了一桌子之后，迅速退了下去，还顺带关上了房门。

门一带上，就只剩两人面面相觑。

最终还是苏瑾莘打破了这令人难受的沉默：“伊晋，关于展小姐的事情……对不起。”

伊晋看了她一会儿才道：“卿卿在非洲也没有遇到什么麻烦，而且虽然这个真人秀对提升她的名气没有什么帮助，但是看得出来，她很喜欢这样的公益活动，她是个善良的人。”

言下之意，此事就此揭过。

苏瑾莘讷讷地点了点头：“那就好、那就好。”

“另外，谢谢你安排的保镖，他帮了我们很多。”伊晋说道，随即还递过来一个盒子，“我和卿卿给他买了个小礼物，麻烦你交给他。”

苏瑾莘也不知道说什么，只能接过去，应道：“好的。”

然后两人又陷入了沉默。桌上的菜式虽然丰富，但是两人都心事重重，没什么食欲。

伊晋非常不擅长处理这样的情况，渐渐变得烦躁，很快把筷子一放：“苏总监，你觉得鼎盛发展一下慈善事业怎么样？”

他对她的称呼一变，苏瑾莘就忍不住坐直了身体：“娱乐产业转慈善也不是不可以，能扩大知名度的同时收获经济效益，倒是不错。只是在项目选择上，得谨慎。”

她说得很是官方，伊晋最不喜欢这种感觉，但也耐着性子：“能做就行，我手边目前就有一个比较合适的项目，想跟苏总监商量一下。”

苏瑾莘顿时认真起来：“是什么项目呢？”

伊晋干咳了一声："其实就是江南卫视那个旅游真人秀的项目。我们在拍摄到中途的时候，发现跟进的一所小学突发了一种特殊疾病，原因可能是那里的水源有问题，导致了一批儿童发病致残。项目进行到一半不能继续拍摄，一方面是因为项目组想要救治这批儿童，另一方面确实是资金链不全。我想跟你商量一下，咱们鼎盛是否可以以公益基金的方式对这个项目注资？"

其实若是四个月前，伊晋根本不会跟苏瑾莘商量，直接就成立基金会了。但是他任性地去了非洲之后，调查到原因的伊氏总裁伊云朗顿时气得不行，亲自来公司取消了伊晋的决策权。当时在非洲的伊晋接到通知之后，气愤了很长一段时间，但是最终只能接受这个事实。

不然，他哪里需要这样低声下气地跟苏瑾莘说话？

苏瑾莘坐在那里没有说话。

她脑子里迅速地思索着伊晋提的这个建议的可行性。

江南卫视流量不大，若是要做公益项目，最好是能换个覆盖范围广，和鼎盛合作良好的电视台，而且疾病研究这种事情，想来也不是什么小的投入。她看了坐在对面等她答案的伊晋一眼，小心翼翼地试探："这个项目，伊总可有规划和预算？"

伊晋点点头："嗯，已经安排李平思去做了。"

李平思……

苏瑾莘想了想，再次出声："若是预算在可承受范围内，倒是可以做，但最好换几家流量大的合作媒体和江南卫视一起跟进，再多穿插几个我们公司的艺人，这样可以确保最大程度地影响收益。伊总，您看呢？"

她认真地计划着，满脑子想的都是确保鼎盛公益投入的得利。

对面的伊晋难以置信地看着她：“公益项目你也要赚钱，你这个人是不是没有心？”

苏瑾莘猛然抬起头来。

那边的伊晋已经抓起了外套，看着她的眼神里带着深深的不屑：“苏瑾莘，你这样的女人跟卿卿比起来，真是既市侩，又俗不可耐。”

苏瑾莘脸色煞白。

伊晋站起身来，不再给苏瑾莘说话的机会：“如果可以，我真希望没有认识过你。”

他大力拉开包厢的门走了出去，带起一阵寒风。

甩门的声音很大，让苏瑾莘猛然一惊。

心脏有些麻木，她的目光慢慢转到那一桌子完全没有动过的养生菜色上，感觉失去了那人的注目，连菜也显得冷冰冰的。

深吸了一口气，她拿起筷子开始吃饭。她从来没有如今日一般，恨透了自己木讷执拗的个性，有话不是憋在心里，就是说得太直接。

很显然，伊晋的意思是想要全力支撑展卿卿参加的真人秀项目，完全公益，完美收官。而且他跟着她亲自去了非洲，亲眼见到了那群孩子的惨状，自然恻隐之心萌生，想要做一次救世主。

他那样年轻，做起事来热血沸腾，自然是冲动的。

可是她不行，她虽然觉得此事可以做，却情不自禁地为他考虑周全。社会效益、经济效益和公司利益，她想要三者结合，获得最大成效。

可是这样的她，在伊晋眼里，是市侩和俗不可耐的。

她也想外表温柔可人，说话和缓动人啊，可她这样的女人，太爱伪装了，装坚强，装伟大，装无坚不摧。越是无人宠爱，就越是坚硬清冷。

这样的女人谁会在意，谁会喜欢？

眼睛有点儿模糊，她伸手去抹，一手潮湿，忍不住愣住了。这……难道是伤心了？她原以为自己不会伤心的，那么多年的期待一次次落空，她不是早习惯了吗？为什么还是会难受得哭出来？

门被陡然推开，她条件反射似的抹去泪，抿着嘴看向进来的人。

急匆匆进来的，赫然是她的那个莽撞的保镖。

秦楚进来之后看了她一眼，急忙把门关上，从怀里掏出块帕子就往她脸上抹："苏小姐，我刚刚看到伊总出门了！他是不是欺负您了？您怎么哭了？"

秦楚的手帕意外的清爽干净，她接过来勉强擦了擦脸，这才冷下声音道："刚刚被芥末辣到了而已，不关伊总的事。"她看了秦楚一眼，还是忍不住训斥，"不是说了没有我电话，你不要进来吗？"

对方一脸委屈："我看见伊总出去……"

苏瑾莘无力听他解释，突然想起，他刚刚送她过来应该也是没有吃饭的，索性招了招手，让他坐下一起吃饭。

她毫无胃口，却觉得不能糟蹋了这一桌好菜。

秦楚完全感受不到她身上寥落悲伤的气息，刚刚被训了也毫不在意。他坐下来之后就开始为苏瑾莘盛汤夹菜，还时不时说点什么热点娱乐新闻，完全不顾上司越来越黑的脸，径自哈哈大笑。苏瑾莘听得头昏脑涨。

吃着吃着，秦楚选着调料，一样一样放到碟子里的时候，声音不大不小地"咦"了一声。

苏瑾莘听到，木着脸问："怎么了？"

秦楚睁大眼睛到处看："怎么没有芥末？我最爱蘸着芥末吃清

炖乌鸡了！”

清淡的养生菜配芥末……

怎么可能有那么奇怪的口味！

苏瑾莘想着，突然记起，刚刚是自己撒谎，说吃了芥末被辣出眼泪。

她不由得讪讪的，然后怒道：“都被我吃完了又怎样？你就不能一顿不吃？”

秦楚赔着笑：“苏小姐，没事没事……没有芥末，也省得辣出泪，我不吃也没事。”

他真的不是在嘲笑自己？苏瑾莘莫名地开始怀疑。可细看对方脸色，一脸天真纯洁，又不像是那样的人。

她只好忍气吞声地开始喝汤。

一顿饭吃得揪心到简直要胃疼。

吃完饭，她有些不想回家，破天荒要求秦楚载着她去了酒吧，又破天荒买了一次醉。

她醉了之后安安静静，被秦楚扶了出来，带回了家。

到家之后李婶出来接，看她实在走不了，便让秦楚直接把人背上了楼上的卧室。

趁着李婶去给她弄帕子打算擦脸，秦楚蹲下，小心地给女雇主脱鞋子。

原本脱了鞋子，给对方盖上被子之后，就没有他什么事了。

可在不经意间瞟到对方的脸时，秦楚还是吃了一惊。

那个女人蜷缩着身子，在睡梦里哭得满脸都是泪痕，长睫毛沾了水光，竟是少见的脆弱模样。他一时之间有些怔忪，鬼使神差地伸手，想要擦去那些晶莹的泪。

门被乍然推开，他顿了一下，手放了下来。

是李婶回来了。

“小秦你怎么还在这里？早些回去休息，苏小姐我来照顾就好。”

他点了点头，乖巧地出去了。

酒精的作用很是可怕，苏瑾莘错过了第二天的上班时间，醒来的时候，已经是下午两点半。

而不巧的是，这天是星期三，每个星期三的下午两点，是公司高层例会开始的时间。

她按着疼痛的头迅速爬了起来，收拾完急忙赶往公司，依然破天荒迟到了。

所有人等了她整整一个小时。

伊晋更是面色不善地看着她。

她只好连声道歉。

果不其然，伊晋在这次例会上提出了成立公益基金，助力江南卫视公益真人秀项目的决定，并且要求苏瑾莘亲自跟进这个项目，随时跟他汇报。

苏瑾莘有些麻木地答应下来。

其实伊晋本不愿意让她负责，但是这个项目的预算超过伊云朗给他自己做主的限额，所以他只能让苏瑾莘接手。

他心里憋屈，忍不住在最后恶狠狠地开口训诫：“虽然公司管理比较人性化，但是重要的例会我还是希望能人人在场，特别是身处高位的决策者。”

他话音刚落，好几个高管便朝着苏瑾莘的方向看了看，却只看到对方依然冷若霜雪，和平日没有什么不同。

唯有顾沉心里明白，担心地叹了口气。

果不其然，晚上苏瑾莘带着他们四个人开会的时候，显得十分不同寻常。

她的眼睛黑沉沉的，看不出情绪，可是仔细观察，就能发现那里面什么都没有，空洞洞的。所以好几次说着说着规划的时候，她就哑口无言了，非得让顾沉重复一遍之后，才能继续往下说。

尽管这样，苏瑾莘依然带着她的团队，在短短的一个月内完成了整个公益基金项目的策划方案和相关企划书。

当她把企划书交到伊晋手上的时候，伊晋有一些吃惊。

他花了整整一天的时间来消化这份企划书，最终不得不佩服。苏瑾莘到底是苏瑾莘，虽然她在他心中唯利是图，但还是有本事能将一个原本毫不盈利的项目规划得名利双收，而且完全符合他的心意——既助力了江南卫视的公益项目，又极大地提高了展卿卿的名气，还让公司不至于赔钱。

这样周全的考虑，让伊晋有一些愧疚。

他本就有私心，所以苏瑾莘提到公司利益的时候，才会恼羞成怒。如今对方满足了他的私心，反而显得他过于严苛了。

而且做出这份企划书的那个人，是他以前很尊敬的学姐，到底不同于别的下属，所以在那份企划书上签字的时候，伊晋忍不住抬头说道："苏总监，晚上一起吃个饭吧。"

苏瑾莘双手交握在身前，闻言有些呆滞地把眼珠子转过来："伊总，我今晚有约了。"

她拒绝了他！

她这是在生气吗？伊晋有些茫然，再次开口："那明晚？"

苏瑾莘依然是那副木讷的模样："伊总，若是您想跟我讨论接下来的执行问题，这正是我想跟您说的，接下来的执行，恐怕得伊总安排其他人做了。"

"为什么？"

伊晋不能理解她突然抽身而退，苏瑾莘却非常清楚，她的精神状况在这短短的一个月内迅速溃败下来。时常恍惚，易怒易悲观，情绪的大起大落让她在好几次会议和出差期间失常，差点误了大事。

虽然她已经极力克制，但是越来越容易动怒的状况怕是已经无可挽回。此时抽身而退，让伊晋亲自去跟进这个项目，是最好的安排。

面对伊晋的疑问，她无法完整解释，只能搪塞说："这个项目是伊总您亲自提出来的，不如由您亲自带队来跟进，项目完成之后，伊董和展小姐应该都会很高兴。"

她愿意让权，伊晋自然欢喜，点了点头："那好，这段时间辛苦你了。不如我特批你一段时间的假，你好好休息休息。"

苏瑾莘脸上终于露出如释重负的神色来："谢谢伊总。"

她确实需要一段假期，去一趟Z城见一见她的主治医生。她心里非常急切地想要将自己治好，因为她的秘书已经好几次直接来问："苏总监，您最近是不是不太舒服？"

她害怕，怕再拖延下去，整个公司乃至娱乐圈都会发现她得了抑郁症的秘密。

依然是那个诊疗室，依然是那个让她舒服的医生，结论却并没有想象中的那么乐观。

苏瑾莘的病情不仅没有好转，甚至有加重的趋势，医生建议她住院。

毕竟及早治疗，总比加重到重度抑郁再挽回，会来得容易。

可苏瑾莘拒绝了她的建议。

她在Z城停留了不到一天，就急匆匆地往S市赶。此刻的她，只想回家。

机场里人来人往，秦楚跟在她的身后，拖着她为数不多的几件行李，将她安置在VIP候机室里，再给她端了一杯热水过来，看着她有些灰败的面容，莫名地有些难受。

“苏小姐，您好一些了吗？”他小心翼翼地问。

苏瑾莘不怎么想说话。她只觉得疲惫，全身没有一点力气。

此刻VIP候机室里空荡荡的，除了她和秦楚，就只有一个机场服务人员模样的女子站在那里，拿着手机，似乎在和朋友视频。

见她不说话，秦楚安静了片刻，又开口：“苏小姐，要不，咱们听医生的，先住院吧？”

苏瑾莘瞪了他一眼，示意他闭嘴。

没想到对方振振有词：“苏小姐，如果您觉得天天能够看到伊总就能缓解病情的话，是不可能的。这种病我曾见过，在我小时候，我爸爸也因为妈妈抛弃他而……”

苏瑾莘没想到他居然冷不丁直接戳穿了她的秘密，顿时恼羞成怒，直截了当地打断他：“我没有喜欢伊晋！”

但那头秦楚的吼声比她还大：“可那天喝醉了，您明明叫的是伊总的名字！”

苏瑾莘气得想打人。

她才举起包包往对方身上砸了一下，就见那个机场服务人员突然转过身来："学姐？"

苏瑾莘一开始还没有反应过来，依然拿着包砸着，试图让秦楚闭嘴。

那个人走了过来，举着手机说了一句："对不起大家，我的朋友好像发生了一点事情，直播到此结束。"

那人直接过来架住她，苏瑾莘这才发现，面前的人赫然是展卿卿……

意识到展卿卿刚刚是在做直播，苏瑾莘整个身子都凉了。

她的眼睛瞪得极大，仿佛不认识一般，径直看着面前的女子，喉咙里发出嘶吼："你怎么会在这里？"她抓住展卿卿的衣领，艰难地站立着，头上的青筋一跳一跳，"我说——你怎么会在这里？！"

展卿卿被她吓坏了，对方伸手去抓她的手机她也没有反抗，任由苏瑾莘暴怒地将那价值不菲的镶钻手机恶狠狠地砸在了地上。

可就算是这样，苏瑾莘的脸色依然没有任何好转，惨白得宛如失去了全部的希望。

她身后的保镖用尽全力地架住了她，对着展卿卿拼命挥手："展小姐，你快走！"

展卿卿这才落荒而逃。

苏瑾莘面如死灰，神情呆滞地被神色惊慌的秦楚领回了S市。

两个人的情绪都好不到哪里去。

苏瑾莘极度惊慌，非常担心暗恋伊晋的事情会暴露，而秦楚，却是因为害怕因此而失去工作。

两人俱在惊慌之下，竟然相对平静。

直到苏瑾莘的电话催命一般地响起。

是伊晋。

苏瑾莘一动不动地坐在沙发上，盯着那手机，直到对方打到第三遍才伸手接起。她的手冰凉，颤抖得宛如突发癫痫。

对方的来电一如既往的简短，说完指令之后直接挂断，不需要等她回复。

他说的是——

今晚，七点，来我家面谈，必须到场。

苏瑾莘如幽魂一般看向秦楚，她开的是免提，她知道坐在她对面的秦楚听得见。

秦楚被她看得身体冰冷。

也不知道他是怎么想的，“扑通”一声跪下抱住了她的大腿：“老板，我知道错了！求您不要辞退我！”

苏瑾莘不说话。

她只是用力地把他抓在自己腿上的手指一根根地掰开，然后上了楼。

苏瑾莘在楼上待了整整三个小时。

秦楚在楼下的客厅里走来走去，焦急地等待着。

很久后，听到楼上出现脚步声，秦楚赶忙抬头，眼睛就停在了那个缓缓下楼梯的藕色身影上。

秦楚不知道该如何形容他看到的景象，虽然面前依旧是那个刻板冰冷的女雇主，可他明显能感觉到，对方似乎有哪里不一样了。

精心描画的温柔而潋滟的妆容让她看起来沉静美好，藕色的连衣裙庄重而典雅，她的眼神非常亮，像是扑火的飞蛾，又像是孤注一掷的赌徒。

她看起来非常艳丽夺目。

秦楚看直了眼睛。

他还很年轻，社会经历也不太丰富，接触到的女人少得可怜，根本不能理解这女人突如其来的艳光四射。

这是一个女人受到激烈刺激后迸发出来的巨大能量，她孤注一掷，宛如一夕盛放。

他莫名有些遗憾，不明白为什么那样亮的瞳孔之中，竟然映不出他的身影。明明他是那样年轻强壮，应该更吸引人，不是吗？

“去东城西路 59 号。”她说。

秦楚赶紧应了一声，莫名有些窃喜，想着自己应该是已经逃过一劫了，毕竟她还让他做事，看来是不会辞退他了。

车子一路开得飞快。

苏瑾莘到了目的地，站在楼下怔忪了许久。

“怎么不上去？”黑暗之中有人慢慢地现出身形来。

她浑身颤抖，转头去看的时候，对方已经回过身往前领路。

伊晋喜欢住在市中心，所以他买下了这栋大楼的顶层作为私人住宅。

四百平方米的大平层被装修得十分大气，每个房间都有落地玻璃窗，方便主人俯瞰整座城市。

苏瑾莘此刻就坐在他那巨大的书房沙发上，等待着他最后的判决。

他一定看了那场直播，她非常笃定。

人在害怕到极点的时候，极其喜欢胡思乱想，也更容易从绝望之中生出希望来。她抬头看着他，双手捧着茶杯，双目异常晶亮，仿佛在鼓励着他说点什么。

伊晋把西装一脱，脑子里也十分混乱。

那个惊人的消息是他自己亲眼从展卿卿的直播里看到的，那不是件简单的小事情，他必须快刀斩乱麻。

“苏瑾莘，这些年来你觉得我怎么样？”伊晋冷不丁开口。

“啊？”苏瑾莘一时反应不过来，讷讷道，“你很好啊。”

他虽然一直态度倨傲，但她自己觉得他从未对她坏过，所以……应该是很好的吧。

可伊晋显然不这么觉得。

他有些烦躁地摁摁额头：“不，我不好，我对你从来都没有好过。你觉得我好，那其实只是你的错觉。”

苏瑾莘张了张嘴，突然意识到，这可能不是一个好的预兆。

“苏学姐！说实话，我真不知道你到底想干什么。高中的时候，你是我的学姐，我只是一个问题学生，后来我和卿卿前脚进了娱乐圈，你后脚就跟进来了。你不好好做老师而来影视圈，我就当你对此有兴趣爱好；你不继承你自己的家业，跑来我公司打杂，我就当你喜欢历练。可这五年来，你一直出现在我的周围，打扰我正常的生活……”说到这里，伊晋的声音突然拔高，黝黑的双眸紧紧盯着她，“苏瑾莘，我实在受不了了……你能告诉我，你这么做的原因吗？”

原……原因？

你不是已经知道了吗？她自暴自弃地想。

苏瑾莘沉默下来。对面的伊晋感觉到，那穿着藕荷色衣裙的女子微微垂下了眸子，虽然肩膀依旧挺得直直的，但整个人的气场弱了下来。

又是这样一副委屈到不行，却依旧坚韧固执的模样。伊晋最受不了她这样，明明那么强势，明明是她自己莫名其妙，却仿佛她做的都是十分合理的事情。

他心一横："虽然我不知道苏学姐的用意，但是你既然愿意五年来都屈就在鄙公司做个小小的总监，想必也是会服从公司安排的。那么从这周开始，苏总监你就开始筹备在B城开分公司的事宜吧！请务必在三个月内筹备好，如此一来，分公司总经理一职，就交给苏总监了……分公司的红利分成方案，我也会找人做好，尽快发送到你的邮箱。"

终于说出来了，伊晋长长地吐了一口气，静静地看着对面的苏瑾莘。

很明显，伊晋想赶她走，苏瑾莘想。

她看着自己的双手，那涂了粉色甲油的指甲显得温润可爱，她看着它们，突然觉得自己很丢脸。

他说他不清楚她的用意，看来是不想回应了。

那她是不是应该说点什么，就算为这多年的倾慕做个了结。

说……她喜欢他，说她大三的时候在自家贵族高中实习的时候就喜欢他，这么多年只是一直没有机会开口？说她知道展卿卿才是他喜欢的人，她和他做朋友也可以？

做朋友真的可以吗？

不……

苏瑾莘很清楚，自己想要的不是这样，可是那些期待和暗恋在一天一天的堆积发酵中，变成了习惯，习惯跟随，习惯期许。

可是没想到，对方连最后的机会都不给她，直接就把她发配去了B城。

书房里的气氛一时之间像是被冻住了一般，苏瑾莘勉强笑了一下，轻声问：“伊总为什么突然想开分公司了？这是大事，不如先让董事会商量一下。”

苏瑾莘不想去B城，只能先抬出董事会拖延时间。她抬起手边为对方倒茶边说：“况且我觉得以我的能力，尚不足以在B城这样的地方独自打拼……”

话没说完，她就看到伊晋渐渐失去耐心的表情，之后内心一紧，那茶壶在空中画了个半圆，最终尴尬地慢慢倒退回了原地。

她在生意场上的那些手段，在这里似乎完全施展不开，唯独能做的，就是沉默。

伊晋面色青黑：“你不想去？”

苏瑾莘移开了眼睛：“是。”

早知道她会拒绝，可不想拒绝得这么直接，伊晋愣了愣，盯着她死死地看了一会儿之后，冷不丁问了一句：“你该不会是……喜欢我吧？”

他刚问出口便后悔了，那个冷冰冰的女人，就算做出奇奇怪怪的举动，也绝不可能是因为幼稚可笑的感情。

就算……就算她在直播中那样说了……也只可能是误会。

听到这话，苏瑾莘动了一下，在他问出来的那一刻，她好像微微抖了一下，然后抬起头来，眼睛亮得惊人，衬得脸色更显苍白。

一贯沉稳的伊晋被吓坏了，慌忙开口：“抱歉……我不该乱猜。”

苏瑾莘的眼神瞬间黯了下去，突然觉得自己很可笑。喜欢了一个人十年，对方却完全不明白，是因为他太迟钝，还是因为自己太不主动？

她抬起头，细细打量伊晋，试图让眼神柔软一点来肯定对方的想法。

可惜，那双眸子却寒光毕露，丝毫不听她的使唤。

伊晋被她的眼神看得胆战心惊。他还是太年轻，面对苏瑾莘虽然时常恶声恶气，内心对这个冷冰冰又阴魂不散的女人却还是怕得够呛。

他匆匆起身，丢下一句："你要么负责分公司，要么就不要来上班了……公司不需要这样不服从安排的下属。"然后拿起西装起身速速离去，大喊着管家送客。

他的背影惊慌失措，简直是夺路而逃。

看到一向冷酷的伊总露出这样慌张的表情，实在是好笑。

可惜苏瑾莘笑不出来。

她感觉自己全身轻飘飘的，宛如一抹游魂一般，她呆呆地下了楼，上了秦楚的车。

对方看着她不善的脸色不敢说话，她却突然觉得对方很是可恶。

是谁造成的这一切？

是谁让她如此难堪？

是他！

这个神经病！

车子稳稳地停在车库里的时候，苏瑾莘向对方伸出了手："交出所有的钥匙。"

秦楚张大了嘴巴："啊？"

回应他的，是女雇主冷冰冰的声音："你被辞退了。"

秦楚还没回过神来，就被剥夺了上楼的权利，随后就看到对方亲自跑到他的房间，将他所有的行李从窗户丢出，砸在了篱笆外面。

秦楚站在窗外想要解释，却耳尖地听到女子微弱的啜泣声，忍不住安静了下来。

他想了想，抱着被子，默默地蜷缩在了别墅后面的一个凉亭里。

苏瑾荦史无前例地旷工了。

顾沉来了一趟之后，为她向公司请了长假。去批假那一天，伊晋面色古怪，死死地盯着病假条看了半晌，却终究没有再说别的话。

苏瑾荦整整七天没有出别墅半步，第一天李婶做了饭，喊她去吃的时候，她还发了很大的脾气，强行让李婶休了假。

只剩她一个人之后，她抱着枕头，坐在书房的沙发上，盯着对面摆着的厚厚一沓日记发呆。虽然年近三十还写日记确实可笑，但是对于一个闷骚且口拙的人来说，这是唯一的情绪发泄方式了。

看了很久，她也不敢打开，只好又将那堆日记放回去，再进浴室洗漱。

靠在床上默默地看了一会儿账本和报表之后，又到了该睡的时间，苏瑾荦有点儿伤心地关了灯上床睡觉。

可是怎么也睡不着。

两米宽的大床仿佛怎么滚都滚不到边，她一个人孤零零地躺在床上，拿手盖住眼睛，面无表情地小声哼哼唧唧。

其实这就是哭了。

尽管没有眼泪，可是伤心是实打实的。作为一个接近而立之年的女人，她的个性是闷骚无趣了些，是固执刻板了些，可这就活该连暗恋都不被允许吗？

年轻的时候，她也激进过，为了接手家族事业拼命学习和工作，像个男人一样兢兢业业，拼命奋斗，却在路过自家私立高中的时候，遇到了那个不羁的黑眸少年，就此怦然心动。等到对方大学毕业，她毅然决然地匆匆放弃读博，也放弃继承家族事业，追随对方进入娱乐圈，五年内步步小心，这才终于有了今日的地位和身份。

可是那又怎样呢？昨日的交锋让她突然清醒了过来。

这些年来，她打着暗恋的名义，沉浸在自己的世界里不能自拔。

一个人的喜欢，就算内心百转千回，为对方揉碎了心肠，也只是感动了自己，叨扰了对方。

十年单相思，不如一开始就来一句大胆的“我爱你”。

一夜思绪纷飞，竟然失眠了，直到凌晨五点才沉沉睡去。

大概是太累了，竟然不曾做梦。

苏瑾莘醒来睁开眼睛的时候，直直地对上了一双黑色的眸子，对好焦距之后，赫然看见那双眸子的主人手里举着一根闪烁着寒光的针管。

天哪！秦楚！

他怎么会出现在这里？

他想要干什么？！

说时迟那时快，苏瑾莘迅速往后一滚，掀开被子就打算夺路而逃。

很可惜，她跑出去不到半米，就被两个五大三粗的护士拦住了。

一个护士毫不留情地开口训斥：“身体不好，输个液瞎跑啥！这么大的人了，还害怕打针不成？”

一边训斥一边毫不犹豫地把她往床上摁。苏瑾莘的四肢在被窝里无力地挣扎，最终还是被成功制服。护士大妈接过站在床边的秦楚手中的针头，干净利落地扎了下去。随即对站在床边的秦楚昂起了女王般的下巴：“喏，脱水严重，挂完这一瓶，差不多就可以出院了。小伙子，你跟我来拿点药。”

秦楚忧心忡忡地看了她一眼，说：“苏小姐，您等我一下。”

苏瑾莘把脑袋埋进了被窝。

待对方出门之后，她脸“腾”地一下就红了。

为什么这么尴尬？

旁边的病友却还不肯放过她，絮絮叨叨七嘴八舌地跟她讲，那个小伙子是多么的英勇，抱着脱水的她从大门直接就冲进了急诊室……

“小姑娘，你怎么就哭到脱水了呢……进来的时候眼睛肿得跟桃子似的……”

“哎呀，小姑娘……”

苏瑾莘听着病房里的嘈杂声，觉得头大如斗。

她已经能猜到，多日的精神恍惚让她甚少进食，更是早已忘记饮水，加上昨晚不自觉地流泪到天明，脱水是必然的事情。睡过去之后，人太疲倦又睡得太死，而秦楚以为她晕过去了，急急忙忙就把她送进了医院。

可他不是被她辞退了吗？

为什么还会出现？

而且依他穷苦简朴的作风，肯定是舍不得花钱送她住 VIP 病房的，她的窘困平白让这么多大妈、大爷看了去。

一时之间，她羞愧、懊恼、尴尬，负能量爆表。

太丢人了！

跟秦楚在一起怎么就能憋屈成这样！

那头的秦楚已经拿了药过来。旁边的大妈热心地送了她几个水果，她来不及婉拒，就看到她的前保镖美滋滋地接过来，认真地削起来。

“你怎么进门的？”她忍不住问。

秦楚挠了挠头：“您最近受了这么大的刺激，我不敢走太远，就一直守在别墅后面……昨天晚上您睡着了，没有喊伊总的名字，我有些担心，撬了门进去……就看见您脸色煞白了。”

原来是这样……

苏瑾莘有一点感动，正想要说点什么，却看见对方有些不好意思地笑了笑：“您还没有给我结账呢，可不能出事……”

那一点点的感动瞬间烟消云散……

她有些气愤，却无法发泄，只能接过对方递过来的苹果，大力地咬下去，咔咔直响。

可在外人看来，他们低声交谈的样子看起来很是温柔，围观群众又一阵八卦：“小伙子真俊，真体贴……”

苏瑾莘在这样难熬的环境中待到痊愈才出院。

出院之后，秦楚又留了下来。

因为害怕她再次出事，秦楚总是三更半夜地敲她的房门，一点男女有别的意识都没有，只为了确定她安好，把她闹得只能白天睡觉，差点作息颠倒。

想到这些，苏瑾莘咬牙不止，捶着床暗想：不能再这样下去了，得赶紧想办法，哪怕是破财消灾……

苏瑾莘向来是个行动派，立马给家里挂了个电话，大致说明了一下情况之后，希望母亲能收留他。

可电话那边的母亲颇为难，因为父亲一般自己开车，不需要什么司机。她说，若是苏瑾莘觉得自己不需要保镖，那就直接辞退吧，不要搞什么保镖转司机的事情了。

对于母亲的提议，苏瑾莘斩钉截铁地回答：“不行！”

母亲于是问，那你打算怎么办？

苏瑾莘说：“妈……要不让他来给您开车。”

母亲很是惊诧，之后突然像是明白了什么一般大喜过望：“我很少出门，要什么司机！瑾瑾，这个司机是不是和你有什么瓜葛？还是你欺负了人家……然后被娱乐记者发现了，你要送来我这儿避避风头？没问题，包在妈妈身上！人呢？什么时候送过来？”

苏瑾莘的妈妈言情小说看得太多，总是胡思乱想过了头，苏瑾莘已经不想去反驳她了，只好含糊说：“妈妈，我和他不是你想的那样。他去了你那边，你就偶尔给他找点事干，别让他看出来……”

“别看出来什么？”青年的声音带着微微的疑惑。

苏瑾莘握着电话的手瞬间僵硬无比，他为什么每次都踩点踩这么准？

她顿了一下，语调不变，跟电话那边说：“妈妈，这两天我会安排他过来的，再见。”

苏瑾莘打完电话抬起头，看着手上拎着药的秦楚，淡淡地说：“我刚刚跟我妈妈聊天，她说她的身边目前正缺少一个司机，我想让你过去。”

她面上一片清冷，语气也毫无起伏，唯有袖子里的手指交握在一起，掩藏了她即将暴走的情绪和担忧：为什么会觉得这么尴尬？如果对方不答应怎么办？从保镖变成司机他会不会恼羞成怒？

果不其然，对面的青年像是一下被踩了脚般跳起来：“司机？”

呃……

果然他是嫌弃的，苏瑾莘慌张地想，于是又补充了一句：“薪水和你做保镖时候的一样，如果你不愿意去……”

“为什么不愿意？”青年睁大了黑色的眸子，怒气瞬间降了下来，一脸喜气洋洋，惊讶地看着她，声音微微拔高，“薪水那么高，只要开车不要卖命。去！肯定去！”

年轻人，你的武术精神呢？

苏瑾莘瞠目结舌：“从保镖到司机，你真的不介意吗？”

秦楚笑得很是甜蜜，一副看到人民币就开心的甜腻模样：“苏小姐，职业无贵贱，能赚钱就好！”

呃，你开心就好。

本以为是很麻烦的事情，没想到这么轻易就解决了，苏瑾莘长舒了一口气的同时，隐隐觉得失落。这就好像你拼命练武十年，只为打败魔教教主，最后却发现魔教教主根本不会武功。

这种失落直到她看着秦楚签下解约合同，又转签了另一份雇佣合同的时候，还没有散去。

她愣愣地看着青年将合同递到了她的手上，又交代了她这几天药物的服用方式，之后要了她父母家的联系方式，微笑着站在客厅中央。

十分钟之后，他还在客厅中央。

难道他改变主意了？

苏瑾莘忍不住开口：“你为什么还不走？”

青年背对着灯光，看上去有些局促不安。他搓着手问：“苏小姐，这个月我虽然只在您手下上了几天班，但是您的瑜伽服，那天的咖啡，还有之前住院的医药费都是我给您付的，您看能不能……”

苏瑾莘不知道为什么，突然很想打人。

可是最终她只是默默地从皮包里摸出钱夹来，给了对方她钱夹里所有的现金。她很少使用现金，一般是刷卡来着，所以包包里也不过那么几百元钱。

支付宝啊微信啊他都没有，他一般只收现金。

偏偏苏瑾莘身上的现金压根儿就不够。

掏空了所有的口袋……

还差八十元……

她钱包里竟然连最后的八十元都凑不全，苏瑾莘几乎想直接将那个价值上万的钱包从窗口扔下去。

最终，她没有办法，只能面无表情地在对方谄媚的眼神中签下了一张八十元的欠条。

今苏瑾莘，欠秦楚 80 元。一月之内还清。

×× 年 ×× 月 ×× 日

秦楚拿着欠条，露出小市民特有的心满意足的神色来，黑色的眸子瞬间光彩照人，连声道谢离去，还不忘礼节齐全地给她道了晚安，甚至仔细地带上了门。

隔着门板都能听到他开心地哼着小曲儿的声音。

苏瑾莘当场差点气出心脏病。

可是没一会儿，对方又回来了，给了她一个大大的欧式拥抱，还在她耳边说："苏小姐，我走了，不管您心里怎么难受，您也一定要记住，您还欠我钱，您要好好地活下去。"

苏瑾莘蓦然掉了眼泪。

这家伙！

为了让她有点牵挂，就要这样笨的心机吗？

他怎么这么"二"啊！

第七章

向着新征程出发

不知道是因为尽情哭了一场，还是因为秦楚这些天给苏瑾莘的刺激太大，以至于她在对方走之后，反而能直面自己已经被伊晋发配B城的事实了。

如果不能再见到他，那么还不如把工作辞了。

苏瑾莘脑子里默默地掠过这么一个想法。

随即她自己又摇头否定了，如果辞了工作，她该干什么呢？家里的事业在她撂挑子的时候，早已经有了新的接手人员，那个人被她的光芒压制多年，早已恨她入骨。上次老王儿子的升学名额，还是她最终请了父亲出面才办妥，自己再回去，也是没脸了。

可是她如今除了做娱乐业，其他方面不够擅长。在鼎盛多年，也未曾为自己谋划过什么，目前自己创业，显然不妥；可和上司伊晋的关系已经彻底恶化，再使尽手段勉强留在公司，结局也未必会好。

这么一想，她突然觉得很委屈。

人们常说，这是个最好的时代，人人都活得有尊严，有希望。

这同时是最坏的一个时代。

节奏太快，人人活得很累，害怕被淘汰。生活如是，工作如是，就连爱情，也如是。

在这样的环境下，所有人都在追求表现得更好、更完美、更强大，小心翼翼地收敛着自己的脆弱、恐惧、懒惰，维持着外人眼里的光鲜亮丽，维持着自己在各个圈子里的价值。

可人终究只是人，这样久了，也会逃避，也会疲惫，也会……崩溃。

她的人生一直按部就班，唯一想去努力拼搏一番的爱情，却未开始就已经终结，连带影响了她人生中的第一份事业。

她也没有想到，工作五年，如此努力，还要重新考虑就业择业问题。

苏瑾莘坐在沙发上，重重叹了口气，然后打开了电脑。

十天时间一晃而过。

等到再次上班的时候，苏瑾莘心里已经做出了决定。

通过总裁秘书，她约了伊晋。

摁下总经理层的电梯按钮，苏瑾莘抱着早已整理好的文件，来到了伊晋的办公室门口。伊晋干练的男秘书推推眼镜，为她推开了门：“苏总监，请。”

苏瑾莘站在门口稍微调整了一下呼吸和表情，直直走了进去。

伊晋在宽大的办公桌后面抬起了头，面色沉静：“苏总监请坐。”

秘书早已端来咖啡，出去的时候，还顺手关好了门。宽大的总裁办公室顿时变得安静无声，隐秘的压抑感弥漫开来。

苏瑾莘稍微顿了一下，之后将那摞文件放在了伊晋的办公桌上，在他的对面缓缓坐了下来，端起咖啡慢慢喝了一口。伊晋常年外出，整个公司这些年其实她打理的时间居多，所以就算处于下位，她的姿态和气势也是和伊晋比肩的。

伊晋看她这般模样，只当她是同意了自己之前的建议，不由得语气轻松起来：“苏总监这是考虑好了？”去了分公司，百分之十的鼎盛股份将划入苏瑾莘的名下，用这些来换得她的卖力工作，于鼎盛和苏瑾莘，都是一笔划算的买卖，伊晋不信她会拒绝。

苏瑾莘闻言抬头，阳光从巨大的落地窗照了进来，照在伊晋年轻冷峻的面容上，光芒万丈。他神情倨傲，有着年轻人特有的自信飞扬，这样的神态一如十年前，是让她心动的模样。

咖啡浓郁而芳香，连带一贯冷清的苏瑾莘也显得温暖起来，她慢条斯理地出声：“是的，伊总，我考虑好了。”

他就知道她会同意。伊晋勾了勾嘴角，从办公桌上拿起那两份早已准备好的合同，扔到苏瑾莘怀里："签了它，你就是分公司的总经理了。另外一份，是鼎盛百分之十股份的转让书，也一并签了吧。"

伊晋在钱上倒是从来都很大方。苏瑾莘轻轻叹息一声，拿起那两份合同，放到办公桌上，慢慢推了回去

"伊总误会了，我考虑的结果是——我要辞职。"

伊晋不敢相信地看了一眼苏瑾莘，印象中苏瑾莘是个十分严谨且对待工作很认真的人，他甚至听下面的员工私底下叫她"工作狂"。如今这么好的机会，她根本不应该拒绝才对。

可是她拒绝了。

有那么一瞬间，伊晋以为自己听错了。

"为什么？给我个理由。"他逼问。他的脑子里飞快权衡着苏瑾莘离去的利弊，以及苏瑾莘如果离开鼎盛，他需要采取什么补救措施。

两分钟紧急计算下来，伊晋冷汗直冒，他发现，若苏瑾莘中途撂挑子，跳槽去对手公司，鼎盛将会有很长一段时间缓不过来，更别说开分公司。

这么一想，伊晋顿时沉下脸："你忘记了我们是签了合同的？"

苏瑾莘微笑道："伊总真是贵人多忘事。我刚进入公司的时候，签的是五年期限，我们的合同到上个月就已经到期了，新合同还未续签。这不就是伊总您对我说，不去分公司就滚蛋的原因吗？"

她的声音平静，看不出情绪。伊晋听了却倒吸了一口冷气："你……你早就打算好了？"

做满五年就走，然后在他准备全面接手总公司，打发她去分公司的时候辞职，断他左膀右臂。如果是这样，苏瑾莘未免也太恶毒

了！伊晋这么想着，看向苏瑾莘的目光顿时锋利如刀。

苏瑾莘也不避开他的眼神，只是摇了摇头。

他猜错了？伊晋茫然："那为什么突然这么决定？"

苏瑾莘低头喝了一口咖啡，小声嘟囔："来的时候伊总您也没有问过我为什么要来，那现在为什么要问我因何要走？"

在那一瞬间，她的少女心有点儿泛滥，心里其实是怨恨自己，也怨恨伊晋的。

她开不了口，可伊晋也没有问啊。那个时候他被逼着不读书就接手公司，他想玩不想读书，想来想去只好接手公司。正愁没人帮他扛大局，苏瑾莘就在那时出现在他的面前。他那个时候着实还对她怀有感激的。

那个时候为什么不问问她，为什么对他这么好，为什么突然来帮他？

如果他问一问，她一定会说：我想追求你。

这样一来，也许一切都会不一样。同校情谊不会只剩下怨愤，同事相处不会只剩下猜忌和防范。

可她的这些心思，伊晋都不知道。他只看到苏瑾莘的"面瘫脸"，那脸上毫无表情，冷硬得不像个女人，他顿时觉得她只是在找碴儿："你当年莫名其妙说要帮我的，苏学姐！现在你又莫名其妙说走就走！我承认在你把鼎盛打理到这般好之后再来要回主事权，确实是我不大好。但是你别忘了，这鼎盛至少还是我家的，你待在这里，我永远也没法独自经营。而且你还老找卿卿的碴儿，于情于理，你都不该跟我赌这口气！"

伊晋烦躁地扒拉着头发。

他和展卿卿暧昧多年了，想要有个结果了。展卿卿越来越红，跟个妖精似的，他觉得应该早点绑定，以免夜长梦多。男人要结婚，就得有事业，可是苏瑾莘在他人生的道路上横插一脚，这算怎么回事？

他发了一通脾气之后，看向苏瑾莘。见她还是那般毫无表情，只是抬头看着，带着微微的歉意向他说：“抱歉，伊总。”

伊晋喝了口水，接着发脾气：“让你去分公司也没有让你白去！股份都在老头子手上，我把手上的股份给了你一半，你还想要怎么样？”

苏瑾莘截断他的话：“伊总很想让我留下吗？”

这不是废话吗？

伊晋没好气地扫了她一眼，用鼻孔哼了一声。

苏瑾莘低头拨弄着她带过来的那一摞文件，文件的最上面是一张辞职报告。

伊晋随着她的动作，也看到了那张辞职报告，顿时气打不一处来，看向苏瑾莘的目光像是要吃人。

苏瑾莘当着他的面将那张辞职报告拿起来，压在了文件下面，然后取出三份文件递了过去：“这是我走之后，公司可行的一些运营策划，以及我整理的一些运营方面的资料，希望伊总多看看。”然后她又拿起一份文件，递到了伊晋的面前，“这是我这些天赶出来的B城娱乐市场的报告。以鼎盛目前的实力，去那样的地方开分公司，很容易被大公司碾压，根本做不成气候。”

伊晋快速扫过那些文件：“所以？”

苏瑾莘平淡地开口：“无功不受禄，您给我百分之十的股份，却让我去经营一家完全可能拖公司后腿的分公司，我受不起。”

伊晋目瞪口呆。

看吧，他就觉得这个女人的“脑回路”不同于常人！刚刚害他猜忌、愤怒，情绪起伏不定，就是为了这狗屁理由？

伊晋没好气地看了一眼被他鉴定为精神不大正常的女下属：“你只管去！这点风险我还是承受得起的！”

苏瑾莘依旧是那副模样：“不，我拒绝。”

伊晋快要抓狂了：“你想怎么样？”

苏瑾莘低头想了想，抬头的时候，眼眸清澈，神智清醒：“如果分公司让我和鼎盛五五投资，股份和总公司分开，我也承担百分之五十的风险的话，我就去。”

伊晋低头看了一眼手上的报表，风险分析得确实无可挑剔。可眼前这个女人，为什么要提出替他分担这百分之五十的风险？就算她疯了，也不该如此啊！

见伊晋沉吟不决，苏瑾莘突然笑了，把剩下的那摞文件朝他推了推：“伊总，如果您同意，那么签了这摞文件，我就去筹办分公司；如果您不同意，那么下面的那张辞职报告，请您签字。”

她语气平平，看不出喜怒，可这话明显是逼他的意思，伊晋想。

翻开合同查看的时候，他听到苏瑾莘那边有微微叹气的声音。他吃了一惊，立刻悄悄竖起耳朵，只听得那个淡淡的女音说道：“您一定觉得我疯了，这么做不可思议。您也许在想，我是不是别有所图。”她陈述着，然后自嘲般笑了一下，“哈！其实有什么好图的呢？伊总，我才来公司的时候，董事长丢给您这个烂摊子，我都没有嫌弃，我把它弄好了，您觉得还有什么让我可图的呢？没错，我这么多年做的事，确实有很多看起来很奇怪，可是您不妨做个大胆的假设……这一切说不定就解释得通了。”

伊晋的心随着她的话陡然提了起来，他侧过脸望去，那个女人少见地穿着素色的风衣，规规矩矩坐在那儿，脸上一片云淡风轻，声音却无比疲惫：“您不妨假设一下……我这些年，都是因为喜欢您，才愿意留在您的身边……而这次，也是因为喜欢您……才愿意为您承担这百分之五十的风险。”她慢慢侧过脸来，对上他震惊的目光，“伊总，您这么一假设，是不是就觉得说得通？”

伊晋感觉自己脑子被驴踢了一般，僵住了，半天都回不了神。

在直播里面看到和亲口听她说，完全是两回事。

直到苏瑾莘那张“面瘫脸”上露出似笑非笑的神情来，他才意识到，就在刚刚他发呆的那段时间，他已经条件反射般地把那几份合同全部签完了。

他想让她离开他的视线，竟然已经这么明显了吗？就算极度震惊，也能条件反射般地紧急避险。

一纸合同就能让她从此远离吗？

伊晋被自己脑子里的这个念头吓坏了。慌乱了片刻之后，他从桌上拿起那份股份转让书，唰唰唰地签了名，递了过去。

他突然有点不敢直视苏瑾莘的眼睛。

苏瑾莘也没有拒绝，拿过文件收好，又找出那张辞职报告，当着他的面放进了文件粉碎机。最后她对着他轻声说：“再见，伊总。”

随即抱着合同转身离开。

自始至终，苏瑾莘都没有顺应内心的渴望，称呼他一声“伊晋”。

今天这一局，一如她想象中的那样，尽在掌握。

可是她突然觉得自己很可笑。

明明想拥有伊晋，却一直暗恋。

明明想留在对方的身边，却考虑再三后，也能接受离去。

明明喜欢，最后却变成事业争取的手段。

苏瑾莘把文件默默地捂在胸口，那种疼痛憋闷的感觉能把人逼到发疯。她走进原来的办公室，锁上门，告诉自己，再也没有资格喜欢那个人了。因为刚刚，她用那份喜欢，换了分公司的主控权。

她再也不配坦荡地暗恋他。

那就好好工作吧。

摩羯座的傻瓜，只配好好工作。

娱乐圈的工作，说简单也简单，不过是签下艺人，拍电视剧拍电影出唱片，整合播放平台，做综艺节目等，再加上接广告拉赞助，无非是为了博得眼球，获得利益。若是在自身势力范围内，相对是要好发展一些的，一些地方性娱乐节目，自然是和本土的伙伴合作才如鱼得水。

可惜这里是B城。

她人生地不熟，早有几家娱乐大公司盘踞此地，小公司更是遍地都是，多如牛毛。来这里发展，原本就不易，如何定位公司的方向和运作模式，如何创下独有的品牌，这些非常重大的问题更是让人伤神。苏瑾莘坐在飞机上默默地想。

公司的办公地址早已敲定，是伊晋早年在B城不错地段买下的商务写字楼，足足三层，对于刚起步的分公司来说，大得离谱。

她的身边是她自己培植起来的小团队，一共十人，她只把大秘留给了伊晋，希望伊晋有了这个好帮手后，能迅速成长起来。

怕是前面的一两年，他们这个分公司都只能做些前期筹备工作了，苏瑾莘想。

现实总是很辛苦，不管是对大人物还是对小市民来说。想要过好一些，不想庸庸碌碌，不想醉生梦死，就得努力干活。苏瑾莘忙死忙活，带着小团队勤勤恳恳、认真努力地做了很多基础工作之后，总算把公司装修妥当，请好了法务，做好了工商登记，挂起了牌子，这才稍微松了口气。

至少……可以开始招人和做计划了。

这么一忙，两个月的时间悄然过去。

B城的秋天静悄悄来临。公司新招的星探、IP（指知识产权运营）策划、采购经理已经像探测器一样地发了出去，可是公司亟待确定的发展方向，依旧没有着落。

这个分公司开得仓促，其实是没有筹备和底蕴的，全是因为她被伊晋摒弃，被踹出鼎盛总部，被迫到外地自立门户。

啥都没有想好。

苏瑾莘开着车，漫无目的地在这座陌生的城市闲逛，怎么也整理不出头绪。虽然她知道，一个娱乐公司的定位和特色一般都是在发展中慢慢确立起来的，但是，她经不起时间的缓慢消耗，需要找准方向，有的放矢。

因为她穷……

多年的积蓄得在公司做固定投资的时候使用，绝对不能轻易动用。

找家里要钱？

她丢不起那个脸。

所以只能快一点，再快一点，让公司尽快走上正轨。

她开着车漫无目的地到处走，竟然一时不查，把车开到市郊去了。

不远处，一个工地正在动工，尘土飞扬，看上去危险又无聊。她撇撇嘴，打算把车转个弯，开回去。

这一转弯，轮胎仿佛压到什么一样颠簸了一下，“吧嗒”一声之后，就听到一声惨叫。

一声……男人的惨叫。

苏瑾莘打了个哆嗦。

刚刚明明没有人啊，为什么会听到一声惨叫？

苏瑾莘在车里思忖了半晌，还是下车去看看。

不看不要紧，一看吓一跳。

一个赤裸着上半身的建筑工人，一动不动地趴在她车前一米处，一块木板砸在他的头上。

头盔盖着他的脸，他一动不动，不知死活。

苏瑾莘心跳得快要爆掉，紧张得手心直冒汗。

她的车转头的右边有口井，原本用木板盖着，她没有发现，她车头一转，那块木板不知怎的，竟然因为车轮的转动而被推起，砸到了这个不知道从哪儿冒出来的工人。

这个工人看起来像是死了。

苏瑾莘哆哆嗦嗦地掏出手机拨 120 急救电话，然后蹲在那个人的边上等车来。

她身体抖得厉害，强迫自己镇定下来去查看那个工人有没有死。

她伸出手去凑到那个人的脸边，打算试探呼吸，可是那人的脸埋在木板下面，怎么试探得到？苏瑾莘只好去搬木板。

在她搬动木板的一刹那，那个原本压在木板下面的人陡然伸出了一只手，“啪”的一声，用力把木板推开了。

可怜的苏瑾莘吓了一跳，闷哼一声倒在了地上，那块木板不偏不倚正砸在她身上，把她彻底砸蒙了。

她直挺挺地倒在泥土里，木板盖在她的身上，迷糊中她听到一个熟悉的声音说：“啊，刚刚发生了什么？我怎么在这里？”

那个人摸着脑袋站了起来，看见一块木板不偏不倚压着一块布……

那布下面什么东西动了动，依稀是一双鞋子！

天！木板砸到路人了！

饱受惊吓的建筑小哥赶紧把木板搬开，准备去扶那无辜的路人，不料正巧对上苏瑾莘睁得大大的眸子。

四目相对间，两人都吃了一惊。

“苏小姐！”那人惊喜地叫出声来，马上把她的脑袋扶起来，让她枕在他的大腿上，喜不自胜地问，“苏小姐！您怎么在这里？”

苏瑾莘说不出话来，被一惊一吓再一砸，她觉得头好疼。

眼前这个人分明是秦楚，不知道他为什么会一副建筑工人的模样，出现在这偏僻杂乱的工地。

秦楚见她没有反应，抱着她轻轻摇晃了一下：“苏小姐！您怎么啦？”

她嘴巴张合了好几次，依旧没能说得出话来。惊慌失措的青年顿时吓到了，抱着她拼命地摇晃起来：“苏小姐、苏小姐，您不要吓我啊！您是不是被我砸傻了呀？！”

苏瑾莘成功地被他摇晕了过去。

晕倒之前，她听到了救护车响亮的鸣笛声。

再一次在狭小的病房醒来的时候，苏瑾莘又看到了秦楚那有些熟悉的侧脸，灰头土脸的青年戴着灰头土脸的头盔，靠在她的病床旁边打着盹，长睫毛微微颤动。

护士见她醒来，问了几句之后，随即离开。

两人的说话声惊醒了秦楚，他揉着眼睛把脑袋抬了起来。

苏瑾莘愣愣地看着他。她受到惊吓之后脑袋被砸伤，又被猛烈摇晃，竟然轻微脑震荡。

刚好救护车赶到，她的问题处理得很及时，休息一下就可以出院。

苏瑾莘想，我猜到了开头，却从未想到这结局。

思绪不清晰之下，她便没有管自己的身体，直接道出了最大的疑惑：“不是把你安置好了吗？你怎么会在这里？”

这句话一问出来，原本因为看见她醒来而面露喜色的青年，顿时垂下了眼睛，抿紧了嘴角，十分委屈地问：“不是您让苏夫人辞退我的吗？”

怎么可能？

苏瑾莘惊讶：“我没有让妈妈辞退你啊。”

秦楚生气地看着她：“那天我女朋友来找我，苏夫人看到了，说我职业素养低，还说苏总监您绝对不想看到这样的我在家里，就给了我钱，把我赶走了。

“我女朋友因为我没有了工作，也嫌弃我，和我分手了。”

“职业素养低？”苏瑾莘听不大明白。

“嗯。”青年低头回答，大头盔让他看起来有点垂头丧气，半晌他又闷闷开口，“我总觉得苏夫人是故意的，因为借口也太差了。所以我想，是苏小姐不喜欢我，又觉得不能直接辞掉我，所以才叫苏夫人这么做的。”

妈妈这事干得不符合逻辑啊！苏瑾莘愣愣地想。

把她发呆的表情当成是默认了之后，青年忍不住有点悲愤地说道：“苏小姐！您不喜欢我就直接辞退我好了，为什么要这样耍着我玩？苏夫人辞退我就算了，还扣了我半个月工资，导致我父亲没法及时收到汇款，都不能买票回国了！”

大概是说到伤心事，青年眼眶都红了。

苏瑾莘一面忍受着脑袋里面一片嗡嗡声，一面还要手足无措地哄着突然哽咽的青年，说不清到底谁比谁可怜。

“那个……”苏瑾莘出声解释，“要不我打个电话问问我妈妈，她这样对你实在太过分了！不过真的不是我的意思啊。”

青年倔强地看着她：“那您就在这儿打好了，我听着。”

他摆明了还是不信她。

苏瑾莘叹了口气，拨通了家里的电话。

是保姆苏姨接的，然后转给母亲。

只听到她家母上大人大大咧咧的声音：“死丫头舍得打电话回来啦。”苏瑾莘感觉自己脑震荡更严重了，于是她决定直奔主题：“妈妈，我有件事想问问您。”

“哦，敢情你打电话回来，不是因为想我和你爸爸了，是有事！我不听我不听……”

“妈妈！”苏瑾莘微微提高了声音，“妈妈，我想问，上次我给你们安排的那个司机，现在做得还好吗？”

苏妈妈被问得一愣，随即怒道：“小瑾，亏你还记得那个小白脸！那个混账！你心心念念把人家弄进来，不让干活，让捧着，他竟然出轨！你知道吗？他居然带着女人来我们家，他这是偷情啊！小瑾，妈妈早就和你说了，相亲多好，知根知底，你非要在外边养人！这下养了个白眼狼吧？！”

苏瑾莘越听越愣，突然发觉，自己母亲是不是误会了什么。

“妈妈……您在说什么呀！他不是……”

“怎么不是？”苏妈妈中气十足地打断女儿的反驳，怒道，“这样的人，绝对只是图你的钱！他那么年轻，长得那么好！图你的钱也不稀奇，问题是他竟然把女人带家里来，如果我做母亲的还不能给你管好，我就不是你妈！”她家女儿确实是当男人养大的，可不代表就能给别人欺负。苏瑾莘的妈妈这么一想，突然老泪纵横，“瑾瑾啊，找不到真爱不要紧，但不要什么歪瓜裂枣都凑合！妈妈替你做主，把这个男人打发了，你不要难过。”

“妈妈！他真不是啊！！”苏瑾莘哀号。

转头一瞥，看到秦楚的脸色，她顿时吓得噤了声。

那头她的妈妈准备挂电话了：“瑾瑾，天涯何处无芳草，妈妈给你另外找个好的，你等着啊！我挂了！”

“啊！妈妈！妈妈！！”

“嘟……嘟嘟……”

病房顿时安静得吓人，苏瑾莘紧张地去看秦楚的脸色，想要解释却完全不知道说什么。

许久之后，一个男声平静地传来，听不出喜怒：“她挂了。我明白了，这真是个误会，怪我运气不好。可能是您对我太照顾了，她误解了什么。”

苏瑾莘感激地点头，直到把那有些脑震荡的脑袋又点到嗡嗡直响，这才头晕目眩地靠在了病床上。

她认真起来的模样十分严肃，但是因为带伤，显得格外傻气。

对面的青年“扑哧”一声笑了起来：“苏小姐您真可爱！”

苏瑾莘瞪圆了眼睛，心说，这世上还没有一个人敢说她可爱……

可是青年微笑着，凑过来，捏起她的脸：“苏小姐是个有趣的人，完全不像我刚去你们公司时，她们口中的那个魔教教主。”

怎么有种人身攻击的味道呢？

苏瑾莘顿时冷了脸：“下去！”

“呃，好吧。”青年看着她面无表情的脸，觉得隐隐有杀气弥漫开来，顿时直冒冷汗，慢慢坐下来。

愣了片刻，他对苏瑾莘说："苏小姐，时间到了，我要去搬砖啦！我一个月的工资都为您交医药费啦，您记得还我哦，这可是正儿八经的血汗钱。"

他依旧是那副小市民吊儿郎当的态度，这一次她却没有反感，只点了点头。

青年站起来要走，手机却在这个时候响了起来，他毫不避讳地接起来："喂，头儿！什么事？"

山寨机声音出奇大，苏瑾莘在看到青年脸色渐渐苍白下来的同时，听到了手机里传来的那句话："你这一整天死哪儿去了？翘班这么爽，你就不用过来了！工资过会儿拿给你，你另谋高就去吧！"

"喂，老板你听我解释！"

"我不听！"

"老板我真的有要紧的事啊！"

"嘟嘟嘟……"

同样被挂断电话，同样不是好消息。

苏瑾莘心里咯噔一声，抬头去看那站在门口的青年。

他脸色苍白，脊背突然微微驼下来，看得她心里有点酸。

记得刚刚离开的时候，这个青年如画一般的眉眼还让她感叹，小门小户的男孩长得这么秀气，精致得跟贵族一般，还真是不容易。

哪知道才过去两个月，他就露出精瘦的脊背，在秋日下搬砖，如今看着晒黑了不少不说，脸颊也消瘦不少。

现在他连工作都没有了，又能去哪儿呢？

秦楚看到苏瑾莘望向他，有点尴尬似的，匆匆把手机收回口袋里："我下次再过来看您。"然后不待她回复，就匆匆往外走了。

听着那急匆匆的脚步声，苏瑾莘陡然惆怅起来，她刚刚应该开口把人留下的。

至于留下来做什么，她还不知道。

可是不到片刻，门又被人“砰”的一声推开了。

神情沮丧的青年要哭不哭地站在门口，艰难地吞咽着唾沫：“我忘了拿头盔了。”他站在那儿呆滞了几秒之后，这才走过来拿那个遗忘下来的头盔。

黄色的头盔，沮丧的人，看起来犹如路边的流浪犬。

苏瑾莘这下反应过来了，她伸手，扣住了青年的手腕：“你别走，我签你！”

“啊？”青年的嘴张得能塞下一个鸡蛋，显然是不敢相信，“你……你不是那个什么签明星的吗？”

苏瑾莘微笑：“嗯，是的！”

青年更加惊诧：“可……可我不适合做明星啊！”

苏瑾莘眯了眯眼睛，招了招手，青年就像小猫般温顺地走了过来。她拉扯着他的衬衫将他拉到和自己齐平，细细打量了一下他的脸。

的确是非常漂亮。

不同于一般男人的过分粗犷，也不同于日韩男星的太过阴柔，秦楚的面容是非常精致贵气的，眉眼舒朗，带着少年特有的清新，却又有棱角，显得气质独特，平静的时候高贵宛如神祇，笑起来的时候又阳光亲和。

难得的一张好脸。

苏瑾莘又让他退后几步，看了一下身段。一米七八的身高，可暖萌可性感，身材纤细却有六块腹肌，块垒分明，虽然最近晒黑了些，却反而更有味道。

苏瑾莘越看越觉得踏破铁鞋无觅处，得来全不费功夫！

这张脸不管是做模特还是做明星，都是妥妥的好棒啊！

打定主意之后，苏瑾莘点了点头："嗯，我给你工作。这次，咱们先签约。你看，五年怎么样？"

青年局促不安地看她一眼："我怕我做不好……要不只签两年？"

苏瑾莘摇头："你不相信我的眼光？"

青年赶紧点头："好好好！就听苏小姐的！"紧接着他又小声地发问，"我能不能做兼职啊……如果我做不好明星，我还能去卖卖东西什么的或者去搬搬砖。"

他倒是个勤奋的人，还想着兼职，只怕以后娱乐圈的事情会忙得他彻底没时间呢。苏瑾莘有些好笑，却没有拒绝："好。合同上给你写明了，只要不影响工作，并且是不同的行业，允许你兼职。"

"嗯，谢谢！"青年高兴地笑着回答，声音又甜又腻，那一瞬间苏瑾莘差点以为自己能看到他身后竖起来的那条讨好的尾巴。

"那你出去吧。我睡会儿，等这瓶水吊完了，我就带你回公司。"

青年"嗯"了一声，扶着她让她躺下，又给她掖了掖被角，体贴得要命。

苏瑾莘收了一个还不错的新人，于是心里稍微有些开心，忍不住闭着眼睛直接睡去了。

青年看着她睡着之后，对着她的脸虚虚捏了一下，双手合十，把对方当财神似的拜了拜，露出感激的如释重负的笑容来。

拜完了，他直起身，这才出了病房门。

第八章

谁是命运的宠儿

等到B城开始进入冬天的时候，影视圈这一年的竞争也进入了真正的白热化阶段，一时间热闹非凡。

这个秋天苏瑾莘过得忙碌而紧张，甚至没有时间去看一眼她亲自签下的秦楚。

倒是过年的时候，对方拎了两只活鸡来到了她在B城的公寓。

她才从公司归来，电梯一开就看到了那个靠在她家门口抱着双腿，等得快要入睡的青年。

他的身边摆着一个巨大的编织袋，隐约可见里面有东西在微微地动。

苏瑾莘一时无语。

像是意识到来了人似的，迷糊的青年身子动了动，然后抬起头来看着她："苏小姐……你回来啦！"

男色醉人……

这半年来的艺人训练，让秦楚迅速地成长了起来。他就像是一块璞玉，剥落外在的土气和傻气之后，光芒逐渐散发出来。

苏瑾莘看着他。

对方喜滋滋地挠挠头发，将那编织袋举在她的面前，笑得老实巴交："苏小姐，我买了乌鸡！我们一起跨年吧！"

好吧，她想收回她前面的评价，这个人，依然很土……

不过她还是打开了门，让他进去。那个青年自顾自地进了厨房，开始喜滋滋地杀鸡煲汤。

一顿年夜饭，两人都吃得很香。

吃完饭秦楚就被苏瑾莘撵了出去，她没有留宿男人的习惯，好在对方也不以为意。他在国内没有亲人，也没有容身之所，他和她一起在B城，自然而然地就跟她亲近。在这陌生的城市里，有人陪着吃一顿年夜饭就已经很棒。

苏瑾莘这半年来坚持吃药，忙碌压制住了她的抑郁症，却让她愈加消瘦和冷冽，身上的女人味更是荡然无存。

时光飞逝，转眼间又是半年。

B 城热起来的时候，苏瑾莘的公司也终于走入正轨。由于背靠鼎盛，她的资源还算过得去。公司人员渐渐齐备，一些影视项目的合作和商谈也在启动。最成功的是，她联系到了一家流量不错的卫视，进行了一场规模较大的活动，成功地给公司打出了名号，同时筛选出了好几个不错的小花小草，都签下了合约。

这一天，苏瑾莘从 H 市归来的时候，秘书 Vicky 敲响了她办公室的门。

“进来。”她道。

Vicky 一袭白色的职业套装，显得分外清新雅致，然而她的脸上乌云密布。

“老板，展卿卿的生日邀请函。”

她很不喜欢这个女星，以前在鼎盛就够她老板和一众秘书头疼了，没想到到了 B 城依然无法摆脱她。

苏瑾莘接过那张精致素雅的卡片。

上面是对方秀气飞扬的字迹，邀请她携伴参加她二十五岁的生日宴会。

见她沉默，Vicky 试探着提出建议：“老板，要不我们不去？”

她摇了摇头：“帮我准备礼物吧，贵重一些的。”

Vicky 看着她的脸色，咬了咬牙回道：“好的，老板。”随后转身出去了。

握着这份邀请函，苏瑾莘的内心有些复杂。半年前，展卿卿参与的真人秀就已经在国内播放，她本人却执意留在那边，继续做公益。由于鼎盛巨大的资金投入和操作，再加上展卿卿本人的影响力，这个公益真人秀节目有着极高的收视率，并且离奇地给她带来了“爆棚”的好感度，让她今年一开年就成了炙手可热的流量女星。

同期的综艺节目和选秀节目基本上被压制了，她这边公司举办的活动也只能算平平无奇。

所以就算没有拿得出手的作品，展卿卿的风头俨然直奔一线女星而去。

这背后带来的巨大利益，都直接涌入了她本人开办的工作室，没有人知道鼎盛的付出，更不会有人想起苏瑾莘在这事件中扮演了怎样的角色，付出了多大的心血。

苏瑾莘把邀请函放入抽屉中，收起思绪，开始工作。

才忙了一会儿，私人手机突然响起。

是伊晋。

苏瑾莘愣了愣，对方已经许久没有给她打过电话了，一般公事都是线上沟通。这回是怎么了？

虽然疑惑，她还是接了起来：“喂？”

“是我。”伊晋的语气依然很自我，这次却不知为什么有些迟疑，“卿卿的生日宴会你会去吗？”

得到苏瑾莘肯定的答复之后，对方似乎松了一口气：“记得带男伴。”

苏瑾莘一头问号。

伊晋给她提示：“私人聚会，会比较热闹，你一个人不太方便。”

哦……

所以伊晋这是在关心她？虽然不解，但是苏瑾莘依然诚心诚意地道谢："我明白了，谢谢伊总。"

对方"嗯"了一声就把电话挂了，留下苏瑾莘独自揣摩他的意思。

可是在想着带谁去的时候，苏瑾莘犹豫了一下。

以往在S市的时候，她但凡出席商务聚会，身边的男伴都是大秘顾沉。顾沉谨慎圆滑，又十分善言，为她办成了不少事。

如今一手调教出来的大秘早已拱手送给了伊晋，她团队的其他人虽然也都是精英，却未必具备可以和她一同出席展卿卿私人聚会的能力。

这让苏瑾莘感到头疼。

也许……剑走偏锋的话，该带个出挑的新艺人去搏一搏，苏瑾莘想。这么一思忖，脑子里又情不自禁地浮现出那个黑色大眼睛、老实巴交的青年。

将近一年过去了，不知道经纪人把他调教得怎么样了。上次选秀节目，她刻意让自家艺人去客串，却独独未让他出场，对外宣传的文案已经发出去了——一个神秘的东方贵族绅士。

也不知道何时才能调教、包装好……

她安排的那个经纪人性情十分严厉刚正，秦楚那么好的底子，想必经过一年的训练，成果不会差到哪里去，带他出席应该不会太丢人。

苏瑾莘这么一想，就给秦楚的经纪人去了个电话。

和预料中的相反，经纪人没有多高的热情，反而问了一句："这个秦楚真的是您亲自签的人吗？"

得到肯定的回复之后，经纪人又问了一句："您打算带他出席展小姐的生日宴会？”

这下苏瑾萃觉得有些不大对劲了。

“沈清，他表现怎么样？”苏瑾萃谨慎地发问。

按理来说，以秦楚的颜值，就算星路不能走长远，也不应该得不到沈清的垂青。可他反应这么冷淡，怕是那小子什么地方得罪了他。

沈清在业内可是叫得上名号的，她把秦楚托付给他，也是存了点儿私心的，想弥补一下秦楚被赶出苏家的委屈，可是今日看沈清的态度，苏瑾萃突然有种不好的预感。

虽然相处不久，秦楚却好像自带“倒霉系统”，这孩子该不会是把沈清折腾得霉运连连，所以坐了冷板凳吧？

沈清在电话那头果然唉声叹气起来，一副想抱怨又不敢抱怨的语气：“苏总，秦楚的确是个很努力的好苗子，但是他实在太过老实了，不懂人情世故，不太好调教。而且他面对镜头，会习惯性地躲闪，还说是以前丛林训练久了，躲避追踪习惯了……”

苏瑾萃点点头：“他以前确实是在澳大利亚当过雇佣兵。”

沈清无奈：“您对他的要求太高，您让我带出一个完美的贵族绅士，可他恐惧镜头，又有读写障碍，我能力不足，难以弥补他这些缺陷。苏总您看……要不带他参加宴会之后，为他谋一个更好的经纪人吧。”

沈清一向是个直接的人，他能把“退货”的话说到这么委婉，想来也是看在苏瑾萃的面子上尽力圆滑了，可是那意思斩钉截铁——这个新人有毛病，我带不了！

呃……

秦楚有那么差吗？

苏瑾萃皱了皱眉，道：“他现在在哪儿？叫他来我办公室一趟。”

见她没有生气的意思，沈清在那头也松了一口气：“他在进行形体礼仪训练，我马上就让他上去。”

苏瑾莘回了一句“好”，把电话挂上了。她想着等秦楚上来之后问清楚情况，再做打算。

在等人的时间里，苏瑾莘默默地望着窗外，平复自己的心情。

平心而论，秦楚的个性是不大适合在娱乐圈混的。他那老实巴交的性子太受限，偏生长了一张那么俊秀的脸。之前想着，他格斗技术不错，又有她在，只要有心护着，将来的发展不至于太坎坷。

偏偏在这个关键时候，沈清跟她说，秦楚恐惧镜头，甚至读写困难……

这也许就是他直到现在还用着老年机，以及只会使用现金的原因吧。

这对混娱乐圈的人而言，简直就是绝症。

那……签下他来能干什么呢？

五年内不干活，专门做摆设吗？

苏瑾莘突然觉得，这事情越想越闹心，以至于秦楚敲门进来的时候，看到的是年轻的女上司靠在办公椅上，眉头皱得死紧，一副痛不欲生的模样。

在苏瑾莘脸上看到如此阴郁的表情，他不由得诚惶诚恐：“苏小姐，您找我？”

苏瑾莘抬头看了他一眼，瞳孔微微睁大，有些惊讶。

刚刚还在嫌弃对方是个无用之物，不知道要把他往哪里摆。可是当人活生生站在眼前的时候，她忍不住惊艳了。

沈清原本是把他往贵族绅士那方面打造的，故而特意顺应他原本的气质，只稍微调整美化了外形，锻炼加强了气场。经过一年的基础形体训练和一些身材面貌护理，面前的青年长身玉立，肤色白皙，眉目舒朗，唇色浅淡，原本是略阴柔的长相，偏生了一双深情的眸子，因而显得格外清爽动人，有了几分神秘的贵族气质，优雅又纯情。加上皮肤好得吹弹可破，气色又分外好，从门口走进来时感觉整个人都会发光。

苏瑾莘感觉整个人有点蒙，眼珠子一时没法从对方身上挪开，脑子里响起狂暴的咆哮。

这样品相的优质璞玉，要她活生生浪费，她想告诉整个世界，她做不到！

她内心纠结，整个人显得有点呆，于是那个光芒万丈的青年，在轻声唤了她几声没有得到回复之后，就毫不避嫌地走到她的前面，伸出五指在她面前轻轻晃了晃。

青年的手指修长，骨节分明，指甲圆润干净，好看得要命。苏瑾莘定了定神之后，终于反应了过来。

眼前的这个人是一块大鸡肋！

这就好比守着一座金矿，别人却说这个金矿有辐射……

苏瑾莘这么想着，不由得憋屈了，干巴巴地招呼人："坐吧。"

青年傻气地"哎"了一声，然后在她的对面坐下，规规矩矩地把手平放在两条大腿上，直愣愣地看着她。

苏瑾莘只觉得有些头疼："你面对镜头的时候，是太紧张，还是完全无法自控？"如果只是紧张，那可能只是不适应，经过特殊的矫正还是能改善的，虽然可能要花些时间，但是她受得住。

"我情不自禁想排除它。"青年老老实实回答。

你是防暴警察吗？你要排除它！

苏瑾莘仿佛听到了希望的水晶球崩裂的声音，可又不甘心，忍不住接着问："那反应怎么样呢？你自己能掌控吗？"

被问到这个问题的青年好像很沮丧："我会努力的……"看到苏瑾莘脸上微微变色，青年又着急地辩解，"我一开始不知道自己情况这么严重才和您签约的……"

苏瑾莘不说话，只是叫秦楚站了起来，然后从抽屉里摸出台相机来。对方看到相机，脸上的表情就变得极其阴冷。

他的眼神从柔和到锐利只在刹那间，似乎忍不住想要全神贯注查看周围的动静。

当苏瑾莘叫他笑一个或者换成其他表情的时候，他依然宛如捕食的鹰一般，目光炯炯，杀气腾腾……

苏瑾莘放下相机，整个人感觉不太好了。

可是相机一放下，那青年就迅速放松下来，还凑到她面前可怜巴巴地问："苏总，您会不会因为我残疾而嫌弃我？"

苏瑾莘眼珠子一格一格地转向他，眼里的怒气值以肉眼可见的速度蓄力，直到爆表，最终化作一阵咆哮。

"有病去吃药！

"装可怜难道我就会养你这个吃闲饭的？！"

苏瑾莘猛然捂住了嘴，惊讶得舌头都差点打结。

在青年惊愕到眼睛都快要脱眶而出的神情中，她的理智迅速回笼。

她刚刚干了什么？她莫名其妙地咆哮大叫，说话顺利但语气诡异！这简直是作为大家闺秀的她，活了三十年来最"脱线"的时刻，堪称羞耻！

苏瑾莘的脸色迅速红成一片。

反应过来之后，她板起脸道："你这毛病我以后再想办法，这两天好好准备一下，二十五号我要带你出席一个聚会。具体的事宜，你的经纪人会好好指导你的，出去吧。”

她面无表情垂着眼角吩咐完了之后，把巨大的老板椅一转，便背过了身子不再看他。

内心懊恼，自我嫌弃到爆表。

她的表现又可怕又好笑，青年捂着嘴巴，脸色发红，赶紧遵从她的吩咐快步走出门去，仿佛屁股着了火一般。

等把她办公室的门关上，青年迫不及待地靠着墙爆笑出声。

办公室的门并不那么隔音，苏瑾莘自然听见了秦楚在外面发出的震耳欲聋的笑声。她好想出去怒骂对方一顿，但只能压抑着情绪，恼怒地坐在办公椅上，独自生闷气。

难怪沈清不喜欢他！

难怪母亲不喜欢他！

他真是倒霉扫把星！

时间转瞬即逝，到了展卿卿生日宴这天，秦楚作为一个展示品，为了最大限度地发散他的荷尔蒙，以及无限充分发挥花瓶的职能，一大早他就被送去细致包装，从衣服到面部都精心打理。且不说如今展卿卿在娱乐圈炙手可热的地位，单单凭她那显赫的家族背景，这个聚会也必然资源丰富。

携带秦楚出席，就算不能为他立即打开人脉，让娱乐圈各界知道有这么一号美男子也是好的。

苏瑾莘坐在自家的沙发上边盘算着，边看着电视上播放着的娱乐节目。

B 城是块巨大的硬骨头。娱乐圈内人才辈出，各种资源都是国内顶尖的。她目前手上特别出彩的，拿到圈子里一看，都完全被掩住。

这么一想，她突然感觉特别伤脑筋。

今晚是免不了要见伊晋的，展卿卿的生日宴会，伊晋都是出钱又出力。明明知道展卿卿裙下之臣众多，他还巴巴儿地送上门去，一副甘心付出的模样，和自己何其相像。

明知道伊晋不喜欢自己，她依旧想要去看他一眼，寒暄两句。

明明内心柔情百转，却始终保持沉默。

苏瑾莘悠悠叹了口气，看了眼时间，已到下午，便让司机开车载她出门做造型。

等她做完造型化完妆，再换了衣服，便让司机顺道去接秦楚。

她知道秦楚很帅，可看到精心打扮之后的秦楚，还是吃了一惊。不知道造型师是怎么个想法，发型和长相明明是尊贵无比的模样，偏生在选择西服的时候，选了件修身至极的，硬生生把眼前这个男人衬得更为纤瘦高挑，腰身细长。

这是准备连男人都不放过的节奏啊！

造型师你为何如此霸气？！

B 城的娱乐圈是不是和你有什么仇怨？

这是打算要秒杀全场，片甲不留吧？！

苏瑾莘嘴角抽搐，招呼秦楚上车。

青年明明光芒万丈，坐到她身边的时候，却像只幼犬一般，露出新奇却胆怯的神色来。苏瑾莘不由得拍了拍他的肩膀以示安抚。

等车子按照导航开进了展卿卿在 B 城的庄园时，苏瑾莘这才发现，这场宴会比想象中的规模大得多。

这地方离市区不远，修建成英伦田园的模样。进了大门之后，花田顺着道路蔓延，车子就在脉脉花香之中，缓缓地开进那占地庞大的别墅。

待得苏瑾莘下了车，门口早就有侍者迎上来，万分殷勤地打开车门。她发现，原本是清雅田园风格的别墅已经改头换面，整个大厅和正门被重新设计，装饰成复古城堡的模样，里面更是各种华丽灯饰和复古装饰打底，服务生要么是露着大腿、头上戴着羽毛或犄角的恶魔侍女，要么是背着翅膀、裸露上身的天使执事模样。

这……

玩的是角色扮演？可来的时候没有人告诉她是化装晚宴呀！

所以她只穿一身黑色旗袍，男伴也只穿黑色条纹西装，两人中规中矩，看起来和整个晚宴格格不入。

青年像是第一次参加这样的聚会，尽管沈清已经让他把该背下来的一些注意事项通通背下来了，一些可能出现的场景也给他分析过应对方案，他依旧十分紧张局促。

苏瑾莘眉头一皱，顿时明白展卿卿爱捉弄她的毛病又犯了。不过，只是不告诉她宴会的形式，总比在晚宴上给她使绊子好得多。

问了化妆间在哪里，苏瑾莘从一个侍女头上借来了几片羽毛，扯了秦楚就进了更衣间。她从手包里掏出补妆的小套盒，把秦楚摁在椅子上，先给他涂上了黑色的唇膏，再拿了唇线笔在他脸上细细勾勒起来。

作为一个世家千金，她自然是学过专业的化妆技巧的，只是多年不用，手生得紧，画了许久才勉强勾勒出一朵过得去的蔷薇，从他的眼角直达脸颊。

等最后一笔画完，她长舒了口气，捧着秦楚的脸查看成果。

贵气变邪气，俊美依旧，倒是没出什么差错。她忍不住勾了勾嘴角，道了声："好了。"

青年依旧在发愣。安静的化妆间里，他的心跳剧烈而急促。苏瑾莘却完全没有注意到似的拿起唇膏，凑到镜子前为自己改妆。

黑色的旗袍就是这点好，配上不同的妆容能应付不同的场合，也算是以不变应万变。

待她加深了眼部烟熏效果，画长了眼线，涂上了黑色唇膏之后，陡然发现……

呃，好像和秦楚整成情侣妆了……

正想擦掉重新来，却听见外面有敲门声。展卿卿甜腻的声音响起："学姐在不在？我听说你到了。"

对方都这么说了，她难道还能装不在？

她画下脸上最后一笔，叫秦楚去开门。开门的瞬间，明显可以感觉展卿卿看着秦楚愣了一下："是你？"

秦楚有些不明所以，但是马上露出惊喜的表情："展小姐还记得我？"

展卿卿面色不悦。

虽然知道秦楚是展卿卿的粉丝，但是两人的互动让人看了真不怎么舒心。苏瑾莘对自己旗下的艺人一向护得厉害，忍不住出声："展小姐来找我有什么事情吗？"

展卿卿一向八面玲珑，喜怒不形于色，可看到苏瑾莘将秦楚往后扯的维护动作，竟然顿时黑了脸："学姐，来参加我的生日宴会，你也要带个保镖吗？"

这话真是奇怪，不过苏瑾莘没有跟她计较，只是解释："他不是我的保镖，而是我旗下的艺人。"

展卿卿一双美目瞪得溜圆，看着秦楚几欲喷火："挺会爬啊！"

她这是什么话？

秦楚听不懂，苏瑾莘却明白了，微微皱起眉：“展小姐，你误会了。”

出乎意料的是，展卿卿不依不饶地凑过来，甚至有些抓狂的模样：“学姐，为什么偏偏是他？伊晋之后，那么多男人，为什么偏偏是他？”

真是越说越离谱了，展卿卿和秦楚难道有什么旧怨？

当苏瑾莘朝着秦楚看过去的时候，对方也是一脸莫名其妙，显然不懂展卿卿一个人在激动什么。

可对方直直地看着秦楚，满面愤恨，又不像是作假。

苏瑾莘不知道如何是好，只好从包包中掏出那个精心准备的礼物递了过去：“生日快乐。”

展卿卿收了礼物，低声说了一句“谢谢”。

外面有人喊着展卿卿的名字，她胡乱应了一声，再抬头的时候，又恢复了镇静：“学姐你好好玩，一会儿我过来找你。”

然后她狠狠地瞪了秦楚一眼，匆匆走了。

她走之后，苏瑾莘盯住秦楚：“你和她认识？”

秦楚茫然摇头：“我只见过她一次，后来脱粉了，之后就再也没有关注过她。”

“哦。”苏瑾莘更觉莫名其妙。

既然化好妆了，两人就往外走。

在酒水区拿了香槟，苏瑾莘便拉了秦楚，在大厅的一角坐了下来。

秦楚第一次见到这么多明星，忍不住有点兴奋，双眼到处乱瞟。苏瑾莘给了他一记眼刀，他便乖巧了下来，按照沈清教他的，开始扮优雅高冷。

他相貌生得极好，气质也浑然天成，隔得远的看不见他眼睛骨碌碌地兴奋乱转，倒也能唬人。

孺子可教。

苏瑾莘松了一口气，喝了一口酒之后跟他解释：“现在时间还早，来的都是一些二三线的小明星，导演、经纪人什么的也不是一流的，等再过段时间，进入高潮的时候，来的就是真正的大人物了。”

她说的不过是寻常规则，秦楚闻言却苦了脸：“可是苏总，我刚刚笑得脸都僵了，如果现在还只是小菜，那接下来的大菜和海鲜，我怕我扛不住！”

德行！

苏瑾莘瞪他一眼：“一会儿伊总来了，我让他单独带你去认识一下人。他毕竟是展小姐的……男伴，面子比我大，而且你算是鼎盛的人，让他带出场也说得过去。你一会儿可千万别怯场。”

“哦。”青年无奈地应了一声，然后问，“那你呢？”

苏瑾莘皱眉：“你还管起你上司的事来了？今晚若表现得不好，回去训练强度加三倍！”

她小口小口抿着香槟，耐着性子等。今晚有个一线的大导演要过来，此人和她合作过，有不错的交情，参加宴会前她就和他通过电话了。这次特意带秦楚给对方看看，若是对方觉得合适，她便可以趁机启动明年开年的第一个大项目。

时间一分一秒过去，来的宾客越来越多。

大厅里突然响起了八点整的钟声，室内的礼花在一瞬间同时炸开，整个宴会场有了片刻的安静，众人纷纷看向二楼走廊处。

礼花落下的那刻，展卿卿挽着伊晋出现。他的气质还是一贯冷酷，而今晚的展卿卿则美艳到耀眼，艳色的长裙搭配金色的王冠。

她扮演的是吸血鬼女皇，风华绝代。

在她的身后还跟着另外几个类型不同却同样俊雅的男人，显然，今年伊晋是她的男伴，其他人只是配角。

这个女人的拥趸真是多到令人发指！

偏生大家都相安无事。

伊晋那样霸道的人，也看不出嫉妒。

苏瑾莘微微有些心酸，有些人真的是命运的宠儿，不管是出身还是运气，总是高人一等，而她，不管怎么努力，都只能狼狈倒地。

没有人记得，她的生日和展卿卿的生日，只相差一天。

她花了那么长的时间，用尽了全身力气倾慕的男人，此时正站在大厅中央，挽着别的女子微笑发言，讲述着对方的美好，最后还不忘祝福人家二十五岁生日快乐，祝大家玩得开心。

“苏小姐！老板！”秦楚叫了她好几声，她才反应过来。

“老板，您怎么了？”他问。

苏瑾莘喝了一口酒，不说话。

晚宴正式展开。

等待几场舞过去，跳舞的人不再那么亢奋之后，苏瑾莘将秦楚带到了伊晋面前：“伊总，这是分公司新签的艺人，综合条件还不错，伊总一会儿有没有时间带他去转转？”

伊晋看了一眼秦楚，百年难得一见地夸了一句：“这个新人资质不错，你辛苦了。”

展卿卿在一旁微笑：“既然是学姐带来的人，哪能让伊晋一个人带呢？”她伸手就去拉秦楚，硬生生在苏瑾莘和伊晋的面前将人扯了过去。

苏瑾莘来不及反应，展卿卿就将她辛苦调教许久的秦楚带走了，像拎只兔子一样，迅速而狠辣。

只剩下面面相觑的伊晋和苏瑾莘，以及两人间快速弥漫的尴尬。

最终还是伊晋先开口：“上次的事……对不起。”

上次的事？是指她说喜欢他，所以他回答对不起；还是把她发配B城，所以他感觉对不起？苏瑾莘茫然地抬头去看他，对方却像是因为很少道歉而尴尬似的，迅速别过脸去。

会让他尴尬的……看来只有告白了。

时隔一年，他终究选择了当面拒绝。

苏瑾莘顿时心酸得不行。这就是她暗恋的人，粗暴、直接，却从来不会逃避。可是，她终究是不适合他的。

她勉强抬起头来，说了一句“没关系”，然后迅速扯了个理由转身离开。

如果不离开，她终究无法掩藏那一抹脆弱。

没一会儿，在宴会人群中苏瑾莘陡然看到业内某个知名制片人的身影，脑子里顿时灵光一闪，举着酒杯，露出优雅的笑容，缓缓地向那人走了过去。

在宴会的另一端——

不出意外，秦楚被展卿卿玩弄得够呛。那女人仿佛从来见不得苏瑾莘身边的男人，一定要捉弄到底才甘心。

可这一次感觉展卿卿不一样，等她捉弄够了，盯着对方仔仔细细地看了片刻，猛然问：“你老老实实待在澳大利亚不就好了，为什么要回来呢？”

秦楚惊讶地抬起头：“你……你知道我在澳大利亚长大？你认识我？”

展卿卿冷笑一声："你回来也就罢了，为什么还要把你那个神经病父亲弄回来呢？"

秦楚来不及分析她话里的恶意，更加惊讶："我爸爸？他回国了吗？"

他的茫然不像是作假，也许那个男人什么也没有跟他透露。这一认知，终于让展卿卿失去了兴趣，警告道："你最好老实一点，不要想着回来，否则，我会让你和你那个神经病老爹再也回不了国，明白吗？"

她说完，不等对方回应，转身离去。

而秦楚只觉莫名其妙，静静呆立思忖一会儿后，他才回过神来急急忙忙赶往他家老板身边。

此时这场宴会接近尾声，大家还是颇为兴奋，苏瑾莘正在人群之中缓缓地往这边走。她嘴边噙着礼貌的笑意，却不能缓解她气质的高冷。她身形消瘦，又饱受抑郁症的折磨，就算有了开心的事，她也很难展颜微笑，所以这礼貌的笑意并不能让她显得多有亲和力。

秦楚看着她找了个角落的位子坐了下来。

然后她缓缓地抬起头来，便看到了他，对着他抬了抬下巴，示意他过去。

秦楚快速地过去，端端正正地在苏瑾莘面前坐好，睁大双眼看着对方，一副标准的乖巧模样。

苏瑾莘对他的态度很是满意："待会儿伊总会带你去见一个知名制片人，你好好表现。"

他干净利落地点头："一切听从苏小姐的安排。"

见他还是有点紧张，苏瑾莘缓缓宽慰他："你不必太担忧，到时候会有老练的人陪你去，而且摄像头什么的在暗处，对你有好处。"

秦楚依旧一脸哀伤，仿佛他马上要把事情干砸了似的，低垂了睫毛。

苏瑾莘被他这模样弄得闹心，刚要发作，伊晋就过来领人了。

高大的男人快步走近，站在他们面前显得愈发气势逼人。苏瑾莘安抚地拍了拍秦楚的肩膀，又低声宽慰了他两句，就把人交了出去。

伊晋带他去见制片人，苏瑾莘自然是放心的。所以她端坐在阴影里，手拿着酒杯，一心想着工作上的事。灯光暗暗的，阴影打在她的身上，显得格外安静，和整个宴会格格不入。

伊晋带着秦楚和那位大制片聊得并不算太久，二十分钟之后，秦楚独自一人归来，看到的就是苏瑾莘这副略微失神的样子。

她未必擅长交际，却能把交际的活儿做得很好，想必十分艰辛。

展卿卿的宴会宏大而华丽，形形色色的人都有，每个人都努力想要在这个圈子里拥有一席之地。而他，也在这样的场合，站在人群里面，正在朝某个闪光处迈开第一步。

秦楚蓦然生出那么一股子异样感觉来，莫名有些感慨。

他走过去，在桌子前站好，轻轻地提醒自家老板：“苏小姐，我回来了。”

苏瑾莘蓦然回神，眼波扫过来，声音平静：“如何？”

秦楚咧开了嘴：“比我自己想象中的表现要好！”

苏瑾莘挑眉：“对方当场就表示要你了？”

秦楚表情垮下来：“那……那还没有。”

苏瑾莘嗤之以鼻：“那就不用邀功了。”

扫了一眼远处的大厅中心，灯光已经暗淡下来，气氛却更热烈了。

这个时候，再也没有人拉关系聊工作，人群真正地开始享受一场狂欢。

此时，展卿卿站在大厅中央，像女王一样，开始了和“骑士”的贴面舞蹈。

苏瑾莘愣愣地看着那个高大冷峻的男人，对着展卿卿露出一抹温柔的笑。

她垂下眼帘起身，拿过自己的晚宴包，准备悄悄离开。秦楚默默跟在她的身后，似乎察觉到她忧郁的情绪，夹紧尾巴乖得像只大型金毛犬。

B城夜色繁华，秦楚跟着苏瑾莘埋头快步走向停车场。苏瑾莘内心有着掩盖不住的烦躁，她的裙摆有些长，高跟鞋也不太合脚，这些都是她心情不好的原因。

当然，最大的原因是，她内心的无力感。

她以为她做出那样的决定之后，再见伊晋，应该能平静面对。

然而并不能。

她虽然不再那么渴望拥有对方，却不能阻止自己在看向对方的时候，眼睛像被尖刀刺入一样疼痛。

也许，感情真的不像合同签约就已成定局。

就算行动上做得再坚决果断，感情也依旧没法如行动般收放自如。

更何况，她是那样孤独。

从二十九岁跨到三十岁的这个夜晚，没有一个知心的人陪伴度过。

苏瑾莘闭上了眼睛。

也许，她需要一条臂膀，需要一条将她从旧爱、孤独、抑郁之中拯救出来的有力臂膀，

她内心疼痛，脚步瞬间停了下来。

她微微驻足，想要思考一下有没有什么办法去寻找这样一个人，然而一停顿，身后那个疾步跟从的人就结结实实地撞了上来。

她被巨大的冲力撞得几乎要向前飞出去，却在跌倒的瞬间被人迅速拽住了手腕，一拉一拖再一转，她就被一双强壮的胳膊牢牢地揽在了怀里。

事情发生得太快，她还没来得及尖叫就被稳住了身形，只剩下与人四目相对惊慌无措。

她还在失神和惊吓之中，对方却喘着粗气，紧紧抱着她的腰肢，着急查看她有没有事。

她穿得十分轻薄，丝质的黑色旗袍勾勒出纤薄的曲线，装饰的披肩早已飞了出去。此时秦楚和她靠得极近，由于惊吓和用力，他的身体热力惊人，竟然让她在惊慌之中，也感受到了这个男人那有力的胳膊和热腾腾的胸膛，还有那快速有力的心跳。

苏瑾莘定下神来，细细打量了一下眼前的这个人。

对方眉目如画，身体结实有力，肌肉漂亮，身手敏捷，明明拥有强大男性应具备的一切生理因素，眼神却非常老实，像是只任劳任怨、天真无邪的幼犬。

不管吩咐他做什么事情，他都从未做好过。

想来他除了外貌身段，其他一无是处……

这样的人应该是极其听话、好拿捏的。

而这个人，就在她的身边。

苏瑾莘突然不皱眉也不烦心了，就着对方揽着她的姿势，缓缓

站稳了身体，却不着急转身离开，而是靠近了对方，在对方惊疑不定的眼神之中，直接问出来：“秦楚，你想不想跟我？”

对方微微一愣，随即乖巧点头：“苏总，我当然是想跟着您的，我努力训练……”

他思想简单，显然没有明白。

苏瑾莘不耐烦地打断他，之后站直了身体，和他四目相望。穿了跟高十二厘米的高跟鞋，她不用费力抬头，竟然也能平视对方。

她苏瑾莘出身名门，位高权重，在业内是数得上号的人物，长得也不算难看，如果不是性子清冷且多年来痴情于伊晋，想要靠着她在业内捞点好处的人，多得很。

她想，秦楚应该不至于蠢到当面拒绝。

这样一想，话也就说得更加气势十足。

她说：“秦楚，我说的是，你愿不愿意成为我的人！”

她的人……

她的话说得掷地有声，秦楚明白之后瞬间大惊失色，他噌噌噌后退了三步，双手抱住胸部，用难以置信的眼神看了过来。

苏瑾皱起了眉。

他这是……不愿意了？

哪知道，对方岂止不愿意，站在那边不肯过来，还用颤抖的嗓音大喊：“老板，我没想到你居然是这样的人！

“你签我，难道一开始就是看上了我的肉体吗？枉我还把你当大姐一样敬重，你真是太猥琐了！”

他刚被签进来的时候，就有几个同是新人的人，跟他“科普”说这个圈子是多么黑暗，像他这样没有背景又长得好的，将来怕是要面对“潜规则”。

能去巴结富婆还算好，就怕到时候连男人也要过来揩油。

之前他是绝不相信的，虽然苏瑾莘这个人看起来冷漠无情，年纪也大，但她亲自招他进来，应该不会让他做那种龌龊的事。

当时他对跟他“科普”的人怎么说的来着？

哦，他说，不会的，我是苏小姐招进来的，她说会罩着我的。

他是那么相信她啊！

至于别人说的那些可怕的交易，他觉得，跟着苏瑾莘是不会遇到的。

万万没想到第一个想要“潜规则”他的，竟然就是他的老板苏瑾莘！秦楚顿时有种被拐骗的委屈，瞪着苏瑾莘的眼睛都要喷出火来。

苏瑾莘站在原地，气得直发抖，又尴尬，又愤怒。脸皮一阵通红之后，又气得青黑。她只是试探性地问一问，就算不愿意，也可以委婉拒绝，她以后也不会再提，没想到对方直接将她骂了一顿。

就算是伊晋，也不敢这么当面骂她。

来之前，沈清说这孩子心直口快，如果混圈子怕迟早要吃亏。

她今天就要让他知道什么叫吃亏！

她拿起手机，直接拨了个电话给司机：“我在停车场东边，你把车直接开过来。”

司机在那头应了一声，行动迅速地把车开了过来。到地儿看见她披肩掉在地上，司机还赶紧拾起来抱着，拍拍上面的灰尘，却不敢直接递给脸色青黑的苏瑾莘，只能尽量减少存在感地站在一边。

苏瑾莘伸手拿过披肩，转身就走。

司机赶紧跟上。

待她上了车，司机眼观鼻鼻观心，没有等秦楚上车就一脚油门，一溜烟出了停车场。

他心里默默地为那身后大步跟过来的青年哀悼。

从未见过能将苏总气成这副模样的人。

小子，你可真有本事。

愿你能平安顺利地度过这个晚上。

苏瑾莘坐在车子里还是气得不行，她坐在后座上，左右换着跷二郎腿也不能平复心情，真是越想越怒火滔天。

她恨不得时间倒带回还未开口的时候。

她为什么要问这个笨蛋，还白白受了这样的屈辱？明明知道对方脑子不太好使，若是换个人来问，结果怕是要好得多。她偏偏看着对方的脸一时冲动，不是自己作死是什么？

苏瑾莘在后座上懊恼得快要翻滚的时候，司机把车稳稳停在她公寓的车库里，然后轻声开口："苏总，到了。"恰到好处地止住了她即将伸手猛拍自己脑袋的自残行为。

苏瑾莘拎起包就下了车，带着青黑的脸色，还带着一肚子的懊丧和自恼。

秦楚是来参加宴会的，他的钱包和手机都还在司机这儿保管着呢。她存心给他个教训，不让他上车，也一分钱没有给他留。他若想叫人来接，至少要先找个地方打电话。等到他从展卿卿开宴会的那栋半山别墅走下来，走到最近的公共电话亭，至少要两个小时，累不死他。

这么想着，苏瑾莘总算心里面平衡了些。

她勉强给自己卸了妆，泡了个澡，又敷着面膜看了一会儿文件，这才在床上躺了下来。

一开始翻来覆去睡不着，总想着如何才能给秦楚一个大大的教训，以报今日羞辱之仇。

冷藏吧，他说不定会去兼职搬砖，貌似之前他还搬得挺高兴。

把他送给有特殊爱好的老板吧，可他武力值挺高，就怕到时候吃不到教训，还会得罪生意伙伴。

找个人把他打一顿？未必打得过他。

越想越觉得这是一块难啃的骨头，她恨不得把他挫骨扬灰，偏偏找不到合适的工具。

最后她只能幻想着自己把他毒打一顿，直到这小子哭着求她。

这么一想之后，她果然舒服了很多，成功地在凌晨三点半迷迷糊糊睡了过去。

自然睡得不太安稳。

连梦里面也是在和各种怪兽做斗争。

更可气的是，就在她即将打倒梦里面的那个怪兽的时候，手机铃声突然惊天动地地响了起来。

苏瑾莘带着睡意被打搅的怒气摁掉了两次。

在铃声第三次响起的时候，她终于清醒过来。

带着浓浓煞气的眼神，扫向了那放在床头的手机。

她突然觉得不对劲。

她自己的手机是例行睡觉前关机的。

怎么还会有手机铃声响起？

而且明显响的不是自己手机的铃声。

那老旧的黑色手机，因为长久没有被接起，而且因为另一头来电人的执着，声音越来越大。

雄壮的军号声瞬间充斥了整个卧室。

苏瑾莘觉得自己快要控制不住体内的煞气了。

她只能勉强忍耐着坐起来，打开床头灯。

瞄了一眼，来电显示是个固定电话，并无备注。

她怒气冲冲地深呼吸了三次，然后接起了那个电话：“你好！”

电话那头一片沉寂，只有粗重的喘息声。

苏瑾莘一下子就毛骨悚然起来。

她胆子并不小，只是一个女人独自生活久了，难免会生出些被害妄想来。她握着手机略微稳定了一下情绪，这才小心地说：“你好，这个电话并不是我的，如果你打错电话了，那我就挂了。”

她说完之后稍微等了等，那边依旧是一片粗重的喘息声。就在苏瑾莘打算挂掉电话的时候，那边传来了响亮的哭泣声，伴随着秦楚几近崩溃的呼救声：“老板！救我！”

苏瑾莘吃了一惊，暂时忘记了怒气：“你怎么了？”

对方像是吓坏了，抽抽搭搭地，只报了个地址，然后说，好可怕。

好可怕……

这个城市有免费的公用电话，方便市民在紧急状况之下求救，但是免费通话时间不足以让一个惊恐的青年描述完他的悲惨处境。

所以苏瑾莘还没有听明白事情的起因经过发展，电话里就传来嘟嘟嘟的声音。

挂掉电话的那一瞬间，苏瑾莘突然有了一丝恶念。

如果不去救他，会怎么样呢？

这恶念一冒出来，就一发不可收拾。

她清醒着从床上坐起来，慢慢拖着时间。

把玩着对方的手机，想着那边的秦楚在承受着怎样的煎熬，她感到一阵莫名的快意。

她纤长白皙的手指漫不经心地划过那老旧的诺基亚手机，看着时间一分一秒地过去。

一不小心，手指按到了通讯录。

界面一切换，苏瑾莘的眼睛瞬间睁大了。

对方的通讯录里面，除了她和她母亲的电话、她司机的和经纪人沈清的电话，就再无旁人。而这些人的联系方式，似乎都是通过她和工作才得来的。

而她的名字，稳稳地排在第一位。

寥寥数人。

简单得可怕，也干净得可怕。

苏瑾莘突然冷静且清醒过来。

这是个傻瓜。

她为什么要和一个傻瓜置气？

这简直有损一个淑女的教养和气度。

她快速地换了一件衣服，拿起车钥匙，戴上帽子，下了楼。

车子在宽阔的马路上飞驰。

天边启明星已经出现。

苏瑾莘火急火燎地往那个地址赶，心里面也有点儿着急起来。也不知道那个笨蛋遇上了什么事，竟然吓成这样。

想到那人吓得号啕大哭，再想到自己的诅咒，苏瑾莘眉头皱得死紧，这家伙该不会遇上手段强硬的人了吧？

那么她故意拖了这么久没有去救人，该不会事情已经发生了吧？

苏瑾莘一阵后怕。

于是把速度又提了一挡。

莹白色的小跑车像屁股着了火一样，在昏暗的清晨疾驰而去。

越是接近那个指定的地点，苏瑾莘越是心惊胆战。

到达之后，她发现那是一片低矮的居民区。

很是脏乱和复杂。

绕过一排不怎么整齐的树木之后，一条长而黑暗的巷子出现在她的面前。

车子无法从巷子里开过去，苏瑾莘只能隔着车窗，尽力往里面看。

狗叫声此起彼伏，从巷子的尽头传了过来。

苏瑾莘心下一动。

她下了车，打开了手机的手电筒，带着防狼电击棒，小心翼翼地朝着巷子走过去。

巷子里漆黑一片，群狗乱吠的声音格外刺耳。

越近越大声。

苏瑾莘推开了电击棒的开关，随时戒备。

等终于走到巷子尽头的时候，拿着手机一照，苏瑾莘的瞳孔陡然缩小了。

这是一条死巷，巷子的尽头是一堵高大的墙。

而墙下面，围绕着一群愤怒的流浪狗。

有几十条。

这群流浪狗仰着头，对着墙上面的某处高声狂吠，龇牙怒吼。

苏瑾莘把电击棒横在胸前，摆出戒备的姿态来，拿手机朝狗叫的地方照。

一照之下，苏瑾莘顿时哭笑不得。

秦楚那一身昂贵的西服早已被扯成一片一片，七零八落地挂在身上。就连裤子，也已经破烂不堪。西裤大腿根部的部分早已被撕烂，露出大半个穿着白色内裤的浑圆屁股，苏瑾莘看得心惊肉跳的同时，留意到在他小腿上赫然有个大大的狗咬的伤口，血液早已蔓延成片，有些凝固了。

整个人看上去凄楚而狼狈。

他呈“大”字形撑在巷子两边的墙上，以一种可怜且可笑的姿态，高挂在她头顶斜上方。

秦楚在看见苏瑾莘的那一刻，放空的眼神陡然出现一种耀眼的神采，他几乎是感激涕零地朝着苏瑾莘笑了一下：“老板，您总算来救我了！呜……”

被他这么一叫，那些狗朝着她齐齐看过来。

我的天！

苏瑾莘从来不知道被一群狗怒视着是这样恐怖的事情。

她后背上沁出了冷汗，汗毛直竖，忍不住握紧了手上的电击棒。

她朝着上面的秦楚大喊：“车停在巷子口，你能下来不？”

秦楚大声回她：“能！”

她戒备地看着狗群：“那你快下来啊，我们跑过去就可以了。”

秦楚在上边喊：“你先退出去，去开车，我从上面过去，走下面不安全……小心！”

大概是两人喊话彻底把狗群激怒了，苏瑾莘只来得及看到一个黑色的影子朝自己扑了过来，就下意识地将电击棒挥了过去。

一条狗“嗷”的一声，直挺挺地弹飞回狗群。

狗群安静了几秒之后，愤怒地咆哮起来。与此同时，几个黑色的影子从狗群中扑出，直直冲向苏瑾莘。

苏瑾莘已经吓呆了。

早知道场面如此凶险，她发誓，她绝对不会过来，真的。

但是她过来了。

什么也来不及想了，她只能凭着本能，一只手挥出电击棒，握着手机的另一只手死死地护住脸。

身后传来“噗”的一声轻响，苏瑾莘握着电击棒的手被人握住了。那手滚烫有力，抓着她的手，迅速转动，空气中传来一阵沉闷的响声。

扑上来的三条狗整齐地“嗷呜”叫了一声，被击飞回狗群里面。

那一瞬间，秦楚在她耳边低喝一声：“跑。”

然后她感觉自己的手被拉起，整个人被扯着向巷口狂奔。

也许是刚刚被击飞的是流浪狗中的“精英”，也许是两个人逃命的姿态太过凶狠，狗群“嗷呜”叫着足足愣了半分钟。

也就是这半分钟的时间，苏瑾莘被秦楚拉着冲到了巷子中间，这时狗群才反应过来，群起追之。

两人身后汪汪嗷嗷声不绝于耳。

苏瑾莘惊魂未定，双腿发软，几乎就要跪倒在地。秦楚一把将人扯起，继续拖着飞奔，同时大声喊话：“车在哪儿呀？快点打开车门！”

苏瑾莘手忙脚乱地一边狂奔一边掏出钥匙，跑到车边。

待到上了车，关上车门，她整个人还在发抖。

副驾驶位上的人还没坐定，就急不可耐地催她：“快开车啊！老板！”

她绷紧了面皮，止住了颤抖，铁青着脸不说话。

但见到外面的流浪狗对着车子大声狂吠，有几条还试图扑上来，她还是急忙启动了车子，一踩油门，离开了这可怕的地方。

大脑一片空白，全凭本能逃离。

等车开到大路上的时候，苏瑾莘的情绪总算稳定了一些。天色也渐渐亮了。她长舒一口气，把紧绷的后背靠在座椅上，然后转动方向盘，朝着医院的方向开过去。

到医院的时候，时间不过六点。见她一路黑着脸，坐在副驾驶位子上的秦楚几次想要开口，都被她一句“闭嘴”堵了回去。

那人只能委委屈屈窝在位子上，时不时拿那双俊秀的眼睛哀怨地瞅她一眼，再瞅她一眼。

瞅得她突然有想抽他一顿的冲动。

车子缓缓驶进了医院的停车场。

苏瑾莘的声音冷得能冻死人：“下车！”

被狗咬了之后必须打疫苗，伤口也需要处理一下。

只是想小小地教训一下这个笨蛋，没想到善后的居然是她。

麻烦得要命。

郁闷得要命啊！

她烦躁地用手扒了一下头发，一抬头就看见对方下了车，站在她这边的车前，跟只犯了错的萨摩耶似的，傻乎乎地杵在那儿，一脸的不知所措，外加一脸的委屈凄惨。

在心里骂了无数句脏话之后，苏瑾莘推开了车门，拿起包包准备下车。

右脚踩在地上的那一瞬间，剧烈的疼痛袭击了她的大脑，整个人不受控制地跪在了地上。

生平第一次，她抬起头龇牙咧嘴地骂了一句脏话："秦楚！你这个天杀的！马上给我滚！"

秦楚并没有被天杀，也没有马上滚，还巴巴儿跑上来扶她，问："你是不是扭到脚了？"

这不废话吗？！

她抬头怒目而视。

对方咬着唇，低头看了她一眼。

蒙蒙亮的天色中，他显得格外灰头土脸，不仅两手沾满了泥灰，衣裳还破烂了，甚至带着血迹。

秦楚偏着头想了想，把手在背后擦了擦，一弯腰，将她打横抱了起来。然后一转身，用她没有受伤的那只脚把车门推上，大踏步朝着医院大门走去。

苏瑾莘被他抱在怀里，一股子闷气出不来，反倒冲淡了尴尬。

为防止被人看见自己的脸，她强忍着洁癖，埋头在对方脏兮兮胸口，还紧紧揽住了对方的脖子。

由于来得早，医生和病人都不是很多。

两人原本可以分开医治，可秦楚非要看着苏瑾莘的脚治疗好了之后，才肯去注射疫苗和处理伤口。

也许是因为秦楚觉得事情是他惹的，所以格外负责。他将人紧紧护在怀里，护士想上来帮忙，他还是固执地不肯放手。

苏瑾莘拗不过他，只能一路忍着，让他扛货物似的将自己从一楼扛到四楼，足踝复位，推拿上药，然后再看着他拖着伤腿去领消炎药，拿着她的钱包去交钱，最后将她抱到病床上，收拾干净，安放整齐，这才满意地去处理伤口。

背影可怜兮兮却乖巧异常。

等到全部处理好，已经是上午九点。

秦楚依旧在苏瑾莘黑沉的脸色下，将人打横抱起，穿过医院大厅，出了正门，到达了停车场。

这个时间段来看病的人多了起来，医院里人满为患。

秦楚就在这样的人堆里，打横抱着苏瑾莘大大咧咧地走了正门。

他一身破烂的衣裳分外惹眼，又长得好，吸引了格外多的目光，再加上他怀里抱着一个看不清容貌的女人，一时之间各类路人简直像是看奇珍异兽展一样，议论纷纷地将目光朝着两人射了过来。

中间还夹着手机摁下快门的声音。

秦楚浑然不觉，他身板挺得直直的，牢牢护住怀里那个脚肿得跟包子似的女人。

苏瑾莘埋着头，像鸵鸟一样缩在他胸前，千万遍祈祷，别遇上熟人，千万别遇上熟人。

上天听到了她的祈祷。

他们顺利到达了苏瑾莘的车上，并没有被熟人叫住。

运气好得令苏瑾莘简直感激涕零。

她不能开车，于是让秦楚坐在了驾驶位上，自己冷着脸不说话，往副驾驶座上一窝，摆出了一副“请勿打扰”的姿态。

秦楚坐在驾驶位上没一会儿，肚子发出响亮的一声“咕嘟”，其声之大，简直令人侧目。

他似乎愣了一下，然后哀怨起来，抚摸了一下肚皮，沉默良久之后，扭过头来，认真地看向她，一字一句地问：“苏总，在不潜规则我的情况下，您能请我吃个早饭吗？昨天为了宴会，我一整天没有吃饭，晚上好不容易在宴会上偷了一块蛋糕放在衣兜里，正边走边吃呢，谁知道遇上了狗，狗追了我一路，连蛋糕也没有了。所以苏总，能请我吃个早饭吗？员工餐的标准就可以。”

在清晨的阳光下，那小子认真求食的脸显得格外俊秀，也映衬出他的话格外天真。

苏瑾莘气笑了。

她沉默了片刻，然后半侧过身子，冷笑着用一只手捏起对方的下巴，咬牙切齿道：“秦楚，你听着——”

青年眨巴着眼睛，认真看着她，表示洗耳恭听。

苏瑾莘深呼吸了一次，接着道：“昨晚上说的话，我收回。今天的早饭，我也会请你，但是有句话我要跟你说。”她长长吐了一口气，“以后，你跟着沈清好好干，别再说什么你是我招进来的人。你和其他新人一样，没有什么不同。我以后也会避着你，请你也注意点你的行为，免得我又抽风不要脸。你看可以不？”

她不是故意训他，只是昨天晚上，他骂她太狠，“不要脸”是出现频率最高的一个词，她忍不住拿来用了。而且她突然觉得，就算要换个新人来摆脱旧爱之伤，也没必要去潜规则自己公司艺人，特别是面前这个人。

她苏瑾莘，还没有那么差。

她现在只想珍爱生命，远离蠢货。

她说得正义凛然，对面的小伙子明显有点被吓着了，明白了她的意思之后，一脸难以置信地瞪着她。

苏瑾莘别过头去，假装看风景。

于是可怜的秦楚嗫嚅了半天，脸上慢慢露出受伤的神情来。苏瑾莘以为他会继续指责她，可他居然没有开口，只是抿紧了嘴巴，直接发动车子，开上了马路。

苏瑾莘反而惊讶了。

一路上任肚子里的咕噜声震天，对方也鼓着腮帮子，愣是没有再开口说过一句话。

第九章

同意你们在一起

自那天起，苏瑾莘就再也没有见过秦楚。

为了防止秦楚胡说八道，她特意嘱咐沈清将他送进了格斗特训营，说是为半年后开拍的某个野外真人秀节目做准备。

秦楚一开始还给她打了好几次电话，可苏瑾莘没有回应。

秦楚刚进公司不久，便得到了苏瑾莘如此费心的栽培，在宴会上还被伊晋亲自带出去引荐给制片和导演，沈清虽然不喜欢他，但也不敢大意，赶紧安排了最严苛的特训营，将人火速送走。

苏瑾莘听到他已经上了飞机的消息，坐在办公室长长地舒了一口气。

可是秦楚走了没多久，公司立马就传出苏瑾莘受了情伤之后，火速包养小狼狗的流言。还说苏瑾莘为了培养秦楚花费巨大，不惜砸重金走关系，助力对方事业，甚至不避嫌之前的求爱对象伊总。

甚至有人说秦楚以前是苏瑾莘的司机，流言愈演愈烈，在公司里传得沸沸扬扬。

整个公司在一片粉红色的八卦气氛笼罩下，乌烟瘴气。

这让苏瑾莘分外恼怒，直接砸重金去猎头公司找了个专业的人事经理。

新人事经理上任第一件事，就是彻底整顿公司的不良风气。

其实苏瑾莘没期望能有多大效果，没想到新人事经理十分强势且手段高明，上任不到三天，便将流言轻松化解。公司内部不仅再无人提起这茬儿，而且工作气氛空前暴涨。

苏瑾莘耳根清净了之后，开始认真审视这位新来的人事经理。

新经理名叫郑九州。

和名字的霸气截然相反的是，他极其温雅，明明已经四十好几岁，可气质温润如玉，看起来三十多岁的模样。

可喜的是，此人手段和名字一样霸气，来了不到三个月，在处理人事事务井井有条的前提下，还抽时间整理了一份公司未来运营方向的报告给苏瑾莘，表示想要拿下运营经理的职务。

苏瑾莘将那份报告看了整整两个小时，最后决定召开一次高层经理会议，商讨一下这份非常新锐的公司发展报告。

因为这份报告，用专业眼光审视，非常冒险。

他在报告中指出，B 城的娱乐产业，模式和套路实在太过固定，而且运营方式过于老化，在这样的环境下依旧走前人的娱乐路子，不太容易，公司应该有所创新。

而他认为，创新的方式之一就是将娱乐网络化。简单地来说，就是将主战场放在网络传播，而不是电视媒体。

他详细列举了各路数据，还展示了几个成功的网络剧进行佐证，用它们发展良好的例子作为结尾。

他的报告做完，整个会议厅一片安静。

一片沉默之后，苏瑾莘手下的一个经理突然问："郑经理的意思是，我们要做娱乐圈的异类吗？"

他这么一说，会议室顿时一片反对的声音。

这些人都是娱乐圈的老人了，他们见到的模式从来是大把赚钱或者赔钱，不求干干净净，但求轰轰烈烈。

娱乐圈不就是这样吗？不仅要光鲜亮丽，还要有冒险精神，玩得起。

然而，现在冒出一个非专业人士来告诉大家，应该玩一票小的，不仅要玩这票小的，还要全公司来玩这不入流的小打小闹。

网络运作模式，无非是拍网剧，然后在不知名的小网站上播放，或者经营属于自己的网络产品。

在传统娱乐人眼中，这终究是小打小闹，而且难免落入俗套。况且就算成名之后，也很难摆脱最初娱乐民工的背景，所以就算有公司考虑投入这一领域，也终究没有人真正开始往这里伸触角。

把明星硬生生拉低成网络红人，就好比贵族王朝一秒变成“杀马特”。

这个郑经理脑子是不是有病？

几个元老级别的经理简直恨不能手撕傻子。

一连串的反对声音简直要掀翻会议室。

然而站在投影仪前的郑经理依旧是一脸的云淡风轻，条纹西装裹着他清瘦的身体，显得他态度格外不温不火。他推了推眼镜，并没有说话，只是把眼神投到了坐在下面的苏瑾莘身上，挑了挑眉毛问：“那苏总的意思呢？”

苏瑾莘皱起了眉，低头思索了一阵之后，抬起头来，开了口：“郑经理，如果不是内行，就请不要浪费大家的时间，好好做一个人事经理该做的事情。”

她带头走出了会议室，其他人跟着鱼贯而出。

而站在台前的郑经理依旧是那副沉静的样子，只是拿中指顶了一下眉心。

再抬眼，见苏瑾莘回过头来看他，一副若有所思的样子，他便抬起头来，礼貌地点头示意。

苏瑾莘想，这个经理可能是太闲了。

然而郑九州的人事工作的确做得极好，用人手段刚柔并济，处理事情井井有条，给出的每一条意见都十分中肯，短短的三个月就让她感觉十分顺手。

偏偏他还长得十分耐看，相貌英俊，身板笔挺，没有啤酒肚，甚至穿着贴身衬衣的时候，隐隐能看到完美的胸肌轮廓。

白天走在办公室里，甚至能引得某些女员工小声尖叫。

如果不是这个人事经理神奇地越权提出公司发展路线规划建议，而且提出的方案这么不靠谱的话，苏瑾莘这样挑剔的人，都能给他打个完美的一百分。

瑕不掩瑜，她决定不追究他的责任，只要他安分地做个人事经理。

下班之后苏瑾莘按照惯例回了家，吃过晚饭一个小时之后去了健身房。例行健身过后，她回家洗漱，之后早早吃了助眠药睡下。

她慢慢站在了女人最美年龄的尾巴上，巨大的工作压力让她不得不把保养工作做得勤奋且到位。

早睡早起多锻炼，美容护肤勤养生，以便让自己看起来更精神，气色也更红润些。

抑郁症经过治疗已经颇有好转，但陷入过泥潭的人，紧绷的情绪总是像一颗定时炸弹，不知道何时就会爆炸。她必须小心谨慎，以便在一次次的失望中变得平静。

第二天早上五点半的时候，苏瑾莘在她绵软的床上准时清醒过来。

梳洗之后，她接到了司机的电话。

司机的语气有点犹豫，他是继秦楚之后，苏瑾莘用的第三任司机兼保镖，没有老王周到，但也不至于像秦楚那么“脱线”。不出意外，他应该随时跟在雇主的身边，以备不时之需。而且保镖的本分之一，就是不插手雇主的私生活。

所以面临某些突发状况，他也不知道如何处理才好。

因为此时在他开的车子前，直直堵着一辆Mini。那辆Mini嚣张地横在苏瑾莘家的大门前，一个男人斜着身子靠在车门上，对着他温雅地点头致意。

于是他讷讷地拿着电话，开了口："苏总，车子已经备好了。但是郑经理……"

隔着电话，他听到女雇主清冷的嗓音："什么事？"

于是他赶紧如实汇报："郑经理说他六点左右就在您家门口等着了。他开车来，说是接您去吃早餐，您看？"

苏瑾莘愣了一下。

郑九州？

接她去吃早饭？

这两件事情放到一个单身人士或是熟悉的朋友身上都很好理解，但是郑九州已然四十多岁，恐怕不是单身，又和她并无工作之外的交流，贸然邀请她吃早餐，真是令人费解。

不过不管怎么样，她还是决定下去看看。

想了一下之后，苏瑾莘对司机说："你回去吧，九点来公司上班就行。"

她在玄关处换了鞋子，拎起包包开了门。

开门的一刹那，她瞬间愣怔。

一个成熟英俊的男人站在车子旁边，摘下了上班时惯常戴的眼镜，穿着浅灰色的休闲服，整个人挺拔高大，一改往日的斯文俊秀，隐隐透出一股子霸道的气场。

有着和伊晋隐隐相似的男性魅力，却并没有伊晋带给她的紧张压迫的感觉。

这是来自成熟帅气男人特有的费洛蒙。

可那容貌的轮廓，又似乎很是熟悉。

苏瑾莘看着他，微微有些出神。

然而对方并没有让她出神太久，走上前来自然地接过她手上的包包，然后微笑着打招呼：“苏总，早啊。”

苏瑾莘瞬间回神，莫名地觉得脸上有些热，讪讪地打招呼：“早。”

对方将她的包放在后座，然后问：“苏总吃早餐之前是要例行去兜风吗？”

他问得十分自然，淡雅的口气也很平静，半点没有打听人家生活习惯之后的尴尬，以至于苏瑾莘张口结舌了半天也没说出什么来。虽然觉得很是奇怪，但她并没有瞬间竖起防卫的盾牌。

她木着脸回答了一句：“是的。郑经理对我这么了解，特意早起来登门，看来今天不只是想请我吃早餐这么简单吧？”她不太喜欢这种走后门的职场手段，于是顿了一下，又加了一句，“如果郑经理是想要谈公事，那么不如在办公室谈，更方便些。”

她这种拒绝走后门的姿态摆得太过明显，对方微微一愣之后，随即好笑地摇了摇头。

他走到车子的另一边去，替她开了车门，然后在她进入车子的时候，轻笑着回答：“还真是只想请苏总吃个早餐，谢谢昨天苏总给了我发言的机会。”

原来是讨原谅来了，苏瑾莘瞬间明白过来，顿时觉得是自己多心了。

像郑九州这样的成熟人士，就算眉眼清秀，长得和秦楚一般英俊，可不是每个英俊的人都如同秦楚一般缺心眼。

可笑她居然因为对方长得略像秦楚，便认为他会和秦楚一样想要的会直接开口。在听说郑九州来请她吃早餐后，她还想当然地以为他是要走后门，劝说她采用他的计划。

认识秦楚久了，思想都退步了，真是后怕啊……

想来，郑九州昨日在公司的提议折戟，绝大部分的人否定他，这并不可怕，只要苏瑾莘能忽略他这一次失误，以后再想要徐徐图之，也是可以的。

那么请一顿早餐，献一次殷勤，又何妨呢？

默默地在心里把这个男人的为人处事之道权衡分析了一番之后，苏瑾莘放心地靠在了椅背上，系好安全带看着窗外。

她说了条路线，就不再开口。

郑九州含笑将车开上了路。

清晨的风吹进车窗，十分清凉，甚至带着几分寒冷。此时是六点三十分，天色依旧暗着，路边的灯一排一排孤孤单单亮着，虽然两盏灯相隔不过二十米，却依旧照亮不了对方的区域。

这条路，她已经走了好几个月。

将秦楚送去训练之后，苏瑾莘莫名有了个习惯，那就是在清晨天微亮的时候，开车出门兜风。总是特意选择那天逃亡的那条路线，让司机将车开得不紧不慢，半开着窗，让清晨的风从窗口吹进来。属于深秋清晨的凉意，会让她头脑思路十分清晰，也能让她感觉放松。

她并非刻意如此，只是因为那天落荒而逃虽然十分狼狈，却意外地发现这条路风景十分别致，早上的时候车辆和行人十分少，绿化也十分到位，算是这座城市里最美的一条路。

苏瑾莘看着外面的风景，脑子慢慢放空，整个人显得有点呆。

郑九州开的车，座椅十分舒适，和他的人一样，应该备受女性青睐。

车速不快，四十分钟之后，郑九州突然改变了路线，车子从一条侧路开了过去，苏瑾莘并没有阻止对方，而是静静地等着目的地的到来。

车道边种满了高大的银杏树，黄色的叶子在晨风中轻轻摆动，悠然到不可名状。

苏瑾莘一只手托着腮，另一只手的手指轻轻地有节奏地敲打在车窗上。

开车的男人扭过头，看着她笑了笑，然后一打方向盘，车子转了弯。

一个巨大的湖泊蓦然出现在了路的尽头。

好一片连天的水色。

湖泊的一头连着不远处的河流，湖泊的中心有一个小小的浅滩，几位早起的老人家搬着凳子坐着垂钓。

湖边一栋不大不小的木制楼房宁静地立在晨曦里。

郑九州在路边把车子停了下来，然后扭过头来对苏瑾莘说："苏总，下车吧，我带你去吃早餐。"

他先下了车，然后给苏瑾莘开了车门。带着水汽的新鲜空气扑面而来，苏瑾莘微微瑟缩了一下。

对方恰到好处地递过来一条披肩，在她惊讶的目光中为她围上，道："上次跟苏总去巴黎出差的时候买的，一直找不到好的机会送给您。"

这么一说，苏瑾莘反而不好拒绝，只好轻声说了一句："谢谢。"

他微微一笑："您这么正直，到时候礼物不收，还怪我贿赂上司，我就惨了。"

他语气故作可怜，逗得苏瑾莘"扑哧"一笑："那现在就不算贿赂了？"

郑九州给她围好披肩，礼貌地退开半步："事到如今，我就只能做个贴心的下属了，还求苏总高抬贵手，以后多多照拂。"

披肩柔软温暖，刚好抵挡这深秋的寒意，但是莫名收到礼物，听起来还是蓄谋已久，苏瑾莘略微有点不适。

她拢了拢披肩，抬头凝视着对方的双眼，表明了态度："你是个很有能力的人，我不知道以前你待的公司是怎么样的，但是在我这里，至少你会得到和你能力匹配的待遇。你不需要做这些，我原本也没打算追究。"

不待对方回答，她抬起脚朝着那栋唯一的小楼走了过去。

这是湖边唯一的小楼，建得又那么简单古朴，如果没有猜错，必然是个别致的会所或者酒楼。

她的猜测当然是正确的。

身后男人含蓄微薄的热情，因她的几句话迅速凝固在空气里，然后再被她的一个转身击碎在空寂之中。

男人微微垂下了头去看路，跟上的时候，突然明白了这个女人单身多年，就算主动追求一个男生，也得不到回应的原因。

实在是坚挺得宛如周围开启了十层以上结界的堡垒。

就算是火力全开也没法愉快地摧毁。

而且这样的女人，随着年纪的增长，会更加坚挺。

到最后，就算是爱情的导弹射过来，她也能灵活避开，哪怕避不开也能直接反弹。

对爱情绝缘的程度，简直令人心疼。

他叹了一口气，加快步子跟上了对方的脚步。

在和苏瑾莘并肩而行的时候，郑九州跟她柔声介绍："这地方是我最近发现的，早上的时候，会有几个老伯在这里钓鱼，钓到的鱼卖给这家酒楼，然后厨师熬成汤，加白米煮成粥，或者煮一碗粉丝。刚刚我看见那个老伯钓了一条大的，咱们赶紧预订。"

他声音温软，到了门口，还为她撩起帘子，仿佛刚刚一瞬间的被冷待，他全然不放在心上，然后不待她回答就赶紧进了后厨。

苏瑾莘愣了一下之后，自己随意地找了一张靠窗的桌子坐了下来。

这个酒楼里面的设计和外面一样简单古朴，原木的桌椅摆放得十分稀疏，来的人也不多，各自悠然地坐在桌子边享用早餐。

苏瑾莘瞟过去，便惊讶地发现，这些人的衣裳看似简单随意，但都价值不菲，隐约露出的手表甚至价值连城。

她突然明白过来，刚才的路线，正是那天秦楚从展卿卿家别墅出来到大路的路线。刚刚郑九州转了个弯儿，可不就把车开到了这附近的那个巨大别墅区范围内了嘛。

那个别墅区占据了这个城市最好的地理位置，自然住着的人也是非富即贵。

难怪这里有这样别致的酒楼，以及这样身价的食客。

她正想着，突然厨房的帘子掀开，郑九州走了出来。他用一块手帕擦拭着手指，语气难掩高兴，问她："鱼已经订了，我看了一下，个头不算小，苏总你要鲜鱼粥还是鱼汤粉丝？"

她从小不喜欢喝粥，闻声立即答应：“我要粉丝。”

“好！我去厨房传个话。”对方答应一声后就往厨房走，那稳重的背影居然透出一股子活泼的劲儿来，看得苏瑾莘直发愣。

总觉得他哪里有点儿熟悉，却始终想不起来。

郑九州很快传话出来。

他出来的时候，携带了两杯柠檬水和一盘蔬果沙拉，放在苏瑾莘面前对她说：“鲜鱼做好估计要半个小时，你先尝尝这儿的蔬果沙拉，都是极其新鲜的。”

他真是体帖至极。

苏瑾莘在他的劝说下尝了一口，果然十分鲜甜，不由得抬起头来微笑着夸了一句：“郑经理真是会挑地方。”

得到夸奖的男人显得十分高兴，笑了一阵之后，像是想到了什么，露出伤感的神色来：“这酒楼很多年前就有了，大概十几年前吧，我还年轻的时候，经常来这里吃。”他顿了一下接了一句，“只是没想到时隔这么久回来后，这里还跟以前一模一样。”

他环顾了一下四周，眼神略微显得忧郁。

苏瑾莘回想起郑九州的人事资料，这个男人今年四十三岁了，是个海归。资料并没有显示他老家是 B 城，可是从他现在的话看来，十几年前，他年轻的时候，应该是在这里长住过。

苏瑾莘不知道接什么话，就顺口问了一句：“以前郑经理是住在这块吗？”

如果住这边，那么想必家里非富即贵，为何要屈居于一个小小的经理之位？

没想到对方摇了摇头，神情似追忆似怅惘：“我不住这边，但是我前妻以前住这边。”

“哦。”苏瑾莘点了点头，侧过脸看窗外的湖光水色，两人遂不再说话。

恰好这时早餐端上来了。

一碗鱼汤粉丝，一份鲜鱼白粥，一份小配菜和几个酱菜碟子，摆得细致整齐。

郑九州似乎还沉浸在对往事的追忆之中，一时没有说话。

苏瑾莘于是招呼他：“郑经理，先吃早餐吧。”

她顺手给对方盛了一碗粥，想打破这奇怪的气氛，谁知道男人转过脸来，表情似怨似怒，语出责怪：“苏总您为什么不问？”

“啊？”

“我提到我前妻，您为什么不问？”他道。

“问……问什么？”根本没有什么好问的啊，苏瑾莘觉得。而且问的话，万一是什么不太好的回忆，岂不很失礼？

对方却明显很是气愤：“可是您不问的话，我们就根本聊不下去了啊。”

呃……可是她并不想知道对方的私生活啊。于是她开口道：“郑经理，你这样子让我突然觉得，现在的你和在公司的时候可太不像。”

“我工作和生活是分得很开的，苏总。”对面的男人挑起一边眉毛，用一种很正经的语气出言证明自己的个性和行事风格，然后很是苦恼地问，“难道苏总一点也没有兴趣了解我的生活吗？对我这样有魅力的男子！”

这下他完全脱离了那股子沉稳，变得离奇古怪了！

苏瑾莘觉得尴尬之后，决定绕开这个话题：“郑经理，先吃早餐吧。这鱼汤做得真香，看着都让人食欲大开。咱们先开动，不然凉了就不好吃了呢。”

为了表示真的好喝，她先喝了一小口汤。

蓦然，苏瑾莘的眼睛睁大了，然后难以置信似的，她又尝了一口。

然后……一口接一口，根本停不下来了。

奶白色的鱼汤鲜美无比，不知道加了什么配料，又用的是什么样的做法，竟然鲜甜之中带着丝滑，好喝到不可思议。

“味道怎么样？”头顶上传来郑九州声音的时候，苏瑾莘陡然发现，她在对方没有动筷子的情况下，已经将那碗鱼汤默默地喝掉了一半。

她抬起头来尴尬地扯出一个笑，然后默默地放下了筷子。

谁知道对面的男人突然露出让人毛骨悚然的梦幻般的笑容来，之后伸手摸了摸她的头顶。

男人掌心的温度透过头发沁入她的头皮。

这惊吓太过刺激，让她连人带椅退出一米远。

“你干什么？”她拿起包包横在胸前。

和她防卫的姿态截然不同，男人放松地笑出声来：“你和她一样，也喜欢喝这里的鱼汤。”

他露出明媚的笑容，看起来竟然有了几分孩子气的天真：“苏小姐，我很喜欢你。”

啊？

苏瑾莘已经诧异到说不出话来了。

难道继秦楚之后，她又遇到了一个神经病？

她在脑子里迅速地计算，如果回公司就和郑九州解除合同的话，她要赔偿对方多少损失费。

还是留着他，但是把他送到总公司？毕竟他能力还是不错的。

思维几乎要爆表，却想不到最好的办法。

她只能眼睁睁地看着高大的男人站起身来，走到她的面前，微微弯下腰，对着她轻声说：“重新认识一下吧，苏小姐。我是秦楚的父亲。”

温润且不容置疑的声音轻轻地吐出，却像是惊雷劈在了苏瑾莘的眼前。

对方的表情和语言太过奇怪，即使第六感迟钝如她，也感觉到了危险。

她预感到，接下来的话，绝对不会是她想听到的。

苏瑾莘大脑出现了一瞬间的空白，她急切地想要张嘴说点什么，却发不出任何声音。

郑九州也完全没有给她大脑再次运转的机会，再次抛出了一个巨大的炸弹：“这里是我和他的母亲，也就是我的前妻定情的地方。经过这么多天来的相处，我发现您和小楚的母亲有的地方很像，我很欣赏您的能力，也很喜欢您的个性。我听说您要追求小楚，甚至想要将他养在身边。”高大的身影弯下腰来，接着，一双有力的双手摁在了她的肩上，不顾她发抖的身体和惊悚到快要扭曲的表情，对方郑重其事地说，“我代表他的家长，同意了！”

说完，他还露出期待的神色来，似乎希望她能说点什么。

苏瑾莘瞪圆了眼睛。

等到脑子终于反应过来之后，她强作镇定地推开了对方压在她肩头的手，冷冷开口：“郑经理，我根本不懂你在说什么。”

说完这句话，她拿起包包，不顾对方惊诧的神色，快步走开。

她一路快步走向车子。

没有等对方给她开门，她就自己坐在了后座上，摆出了生人勿近的姿态来。

她没有开口，郑九州只得叹了口气，然后问她："苏总，去公司？"

"嗯。"

得到一声清冷的回答之后，郑九州识趣地发动了车子，快速朝着公司开了过去。

到了公司之后，苏瑾莘依旧冷着一张脸，也不去看郑九州的神色，径直走进了总经理办公室，然后把门上。

关上门之后，她就崩溃了。

抓了一把头发之后，苏瑾莘忍不住将脑袋砸在沙发上，懊恼不已。

她这是造了什么孽啊？啊啊啊啊！

上次为什么犯傻，为什么会生出那种逆天的想法？

现在人家家长找上门来了！

而且他摆明了一副"我家是权贵，我前妻家也是权贵，你这事办得不太周到，我们来找碴儿来了"的姿态。

她现在可怎么办啊？

怎么办怎么办怎么办啊啊啊啊！

就算完全不害怕对方拿家世打压，以后低头不见抬头见，若是牵扯下去，后果她真的不敢想。

苏瑾莘在办公室里不停地扒拉着头发，一头原本顺滑的长发被扯得凌乱无比，还掉了一堆，简直触目惊心。

时间一分一秒煎熬度过。

苏瑾莘痛苦地熬过了这个上午，中午焦虑得毫无食欲。

到下午的时候，她勉强打起精神来，拨了个电话给人事处，约了郑经理去附近的咖啡厅细谈。

事到临头，逃避和迂回从来不是她的行事作风，她决定把这事直接和对方的家长说清楚。

下午三点十分。

公司附近一个绝对安静和隐秘的咖啡厅包间里。

苏瑾莘沉默地坐在桌子的一方。对方为她点了一杯咖啡之后，又点了一份三明治，然后周到客气地说："听说苏总今天中午没有吃好，不如尝尝这里的秘制三明治，听说是添加了这里的英国甜品师从家乡带过来的独特香料，特别香甜。"

郑九州似乎对各国文化和饮食特别熟悉，品味和气质也非常不错，而且他的学历和见识都显示，这是一个有着深厚底蕴的男人。

苏瑾莘脑子里突然灵光一闪。

虽然秦楚和郑九州眉目间有些相似，可是气场截然不同。

秦楚骨子里散发着节俭、自控和吃苦耐劳的品质，很明显和眼前的男人格格不入。

而且从年龄来说，面前的郑九州太年轻，也不太可能是秦楚的父亲。

所以，对方很有可能是在诓她？

这么一想，苏瑾莘的脸色便冷了下来。

她拿过三明治吃了一口之后，又端起手边的咖啡喝了一口，然后放下杯子，等待对方先开口。

果然对方沉默了一会儿之后，问："苏总叫我出来，是为公事还是私事呢？"

苏瑾莘直视他的眼睛："原本是私事，现在看来，应该是为公事了。"

"哦？苏总的意思是……"郑九州扬了扬眉，问。

苏瑾莘双手交叠放在桌子上，也不想绕圈子，直接道："郑经理，说吧，你进入公司，原本只是人事经理，后来又打算插手公司事务，今天又冒充秦楚……我的一个艺人的父亲，到底是为了什么？"

她生平最讨厌欺骗和公事扯上私事，这下好了，眼前的人进来不过几个月，却全部做到了。

她不由自主感到了厌恶："我希望郑经理能如实回答我的问题，不然我将让律师来调查这件事情。"

她非常在意这件事，所以才会偷偷将她的手机放在包包里，打开录音功能。

嗯？对面的男人先是露出大吃一惊的表情来，然后突然"扑哧"一声笑了。

苏瑾莘冷冷地看着他笑得毫无形象，前仰后合。

直到对方笑够了，她才冷冷地掏出电话，拨通了私人律师的电话。

"嘟——嘟——"的声音响起，对面的男人才觉得她的反应有点过度了。

他慢慢收敛了神色，然后皱起眉心对着苏瑾莘说："所以你是不相信我是他父亲？"

他头疼似的揉了揉眉心，然后一抬手，从西装上衣的口袋里面掏出一张照片来，放在了苏瑾莘的面前。

照片上是一个少年和另一个男人。

少年赫然是十几岁的秦楚，而男人，就是眼前的郑九州。

如果两人分开来看，不会觉得相像，只是偶然间会让人觉得有点相似，可是当他们俩同时出现在照片上的时候，苏瑾莘发现，两人的眉眼还是很像的。

只是气质和脸型完全不同，才使她完全没有想到，这两个人会有血缘关系。秦楚长得俊秀尊贵，却掩饰不住那股子淳朴和傻气。郑九州却长得儒雅温和，气场是从容成熟的，带着隐约的气势。所以，她就算早上听到对方那么说，清醒之后也越发怀疑。可是现在照片摆在眼前，她无话可说。

对面的郑九州在这个时候突然认真起来，他收回那张照片，小心翼翼地放在口袋里，然后抬起头来问她："苏总想不想听听秦楚的事情？"

并不……

她本能地只想逃跑，明明不相干的人，偏偏要被迫了解，她自然是不太愿意的。

但是很明显，秦楚和他爸爸在她公司待着，在不能辞退的情况下，听不听显然会决定接下来她生活的平静度，以及他们以后能否建立正常的上司和下属关系。

所以她只能勉强微微颔首。

郑九州从怀里摸出了一沓照片，然后，缓缓摆在了她的面前。

"小楚不到七岁的时候，我就和他的妈妈分开了。因为一些事情，我被迫带着小楚逃到澳大利亚。"

他将一张最上面的照片拿了出来，放到了她的视线下方。

"这是我们到达澳大利亚的第一个月，那个时候我还很年轻，身上没有带很多钱，我们在那里生活得很是艰难，但是小楚很懂事。这是他在帮忙做家务。你看他认真的样子是不是很可爱？"

苏瑾莘看了一眼，照片上的小男孩搭着凳子，艰难地站在厨房里面，在台上刷碗，鼓着包子脸十分认真，眼睛又圆又大，十分可爱。她于是点点头："嗯，是很可爱。"

郑九州又拿起几张照片推到了她的面前："这是小楚八岁的时候，那个时候我们的日子好过一些了，但还是比较穷，而且东躲西藏，过得不太容易，不过小楚每天去上学的时候还是很开心。"

在说到秦楚的时候，郑九州的声音十分温柔，隐约透出掩饰不住的慈祥："你看他背着书包的样子是不是很酷？"

照片上的男孩似乎在长高，身形已然是少年该有的单薄高瘦，眉眼间带着倔强和傲气。

苏瑾莘又点了点头。

郑九州笑了一下，但那笑容扩大到嘴角的时候，慢慢地褪去，他眼神黯淡了下来。

"可是这么好的小楚，我没有让他过上好生活。"

他推出一张照片，照片上年幼的秦楚眉目已渐舒朗，带着倔强和固执。

郑九州看着那张照片，手指轻轻摩挲着桌面："在他十岁那年，我们终于东躲西藏得十分累了，于是来到了澳大利亚比较偏远的乡下。几个月之后，他做出了要加入雇佣军的决定。"

秦楚从小就倔强，他们相依为命，亦父亦友，所以秦楚做出的决定，郑九州也不曾真正反对过。

"从那以后，我和他就只能通过电话和信件联系，直到现在。"

可是秦楚的身上，并没有血腥气息。

苏瑾莘愣了愣，看了一眼郑九州。

对方身上的气息温和儒雅，秦楚身上的气息也是无害懵懂的。

她突然想起秦楚刚给她当保镖的时候，老王介绍说他格斗很厉害，所以……

郑九州看见她的表情，安抚说：“这支雇佣兵并不是你想的那样是过血腥生活的，所以我才放心让小楚跟着他们。”

他那时候也还年轻，但是并不糊涂和冲动，儿子的决定，他慎重考虑之后就同意了。

“小楚从小就是个要强且很不错的孩子，他在部队受了点儿伤之后，就打算换份工作。原本我是劝不动他的，直到他突然想找个女朋友，却发现这份工作没法好好支撑他和女朋友的生活，他就毅然辞职来到了中国……”说到这里，他看了一眼苏瑾莘，“后来的事，苏总您也知道了。他的女朋友因为您的某些关系，跟他分手了。”

是的……离开她家不久，她的母亲害得他和女朋友分手了。

前不久……她又突然冲动，试图“潜规则”人家。

现在在人家父亲面前，她宛如被曝光的罪犯。

恶名昭彰，无法反驳。

苏瑾莘仿佛被抽光了全身的力气，后背重重地靠在了身后的椅子上。

她抬起手来朝着对面的男人摇了摇：“你让我缓缓。”

她不笨。

她大概可以猜出来接下来对方想要说什么，但是她一时还不能接受。

她极力表现出楚楚可怜的模样来，希望对方因此打住。

可郑九州面对她的示弱，依然面不改色。

“小楚那孩子特别死心眼，苏总跟他说想要跟他在一起，他原本是觉得不太合适的，所以说了不该说的话。但是那个清晨苏总又出手相救，改变了他对苏总的偏见。他因为执行任务受伤那次，是遇到狼群，所以后来他变得特别怕狗。那晚被狗群围攻，如果不是苏总出现，小楚怕是要受重伤。所以他对苏总格外感激。小楚给我写信说，当时出现的苏总，简直就是他生命里的天使。”

他每说一句，苏瑾莘的脸就白一分。

说完这些之后，郑九州突然摆正身体，显得格外庄重。

苏瑾莘心里咯噔一声。

预感到对方接下来可能会说的话，苏瑾莘简直要面无人色。

她恨不得扑上去捂住对方的嘴。

然而她不能，所以只能眼睁睁地看着对面的郑九州微笑着做出最后的审判：“所以小楚告诉我，他决定以身相许了。”

以身相许了。

身相许了。

相许了。

许了。

了。

宛如晴天惊雷炸响，苏瑾莘张口结舌，说不出话来。

好半天，她才喃喃地表示拒绝：“举手之劳……真的不必如此回报！”

“应该的！”郑九州站起身来，将那沓照片整理好，郑重其事地交到了苏瑾莘的手里，然后合拢她的掌心，坚定地说，“既然苏总已经有意，小楚也希望能把自己交给您，那就请苏总以后好好地对待他。不管你对这段关系的定位是什么，我只想告诉苏总一句话——那孩子很固执。”

他说完便起身离开，到包厢门口叫侍者结账。

苏瑾莘颓然倒在椅子上。

她清楚地知道对方有多固执，所以，郑九州的意思是——

她作的死，跪着也要做足全套吗？

第十章

骑虎难下的人生

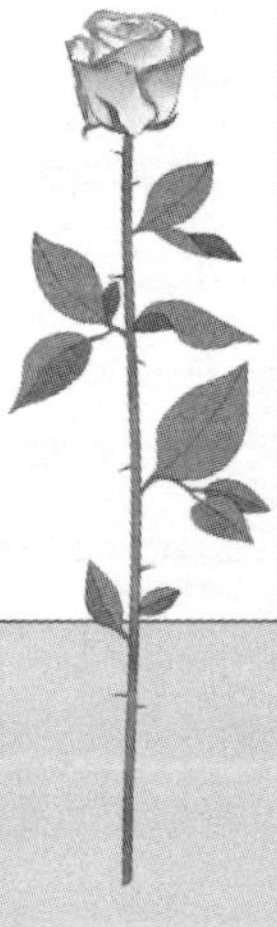

第二天上午上班的时候，她在电梯里再次遇到了郑九州。

对方嘴里叼着半个窝窝头，手上却捧着一杯星巴克的咖啡，见到她很是兴奋，把窝窝头拼命咽下之后，满面笑容地跟她打招呼：“早上好！”

苏瑾莘吓得包都掉在了地上。对面的人一边道歉一边帮她去捡包，声音温和慈祥：“怎么吓成这样？没吃早饭吗？”

他不提早饭还好，一提早饭苏瑾莘顿时想起昨日，觉得心脏病都要犯了。

她拿过包慌慌张张地退出电梯，也不顾对方在身后大声呼喊，一口气狂奔三层楼梯之后，才停了下来，懊恼地靠在了墙上。

“我到底做错了什么，要这样躲藏？”

她烦躁地抓了一把头发，决定慢慢走上去。办公室在九楼，不算太高的位置，偶尔运动一下也很合适，她这样安抚着自己。

可是好不容易在爬到七楼，到达公司大厅的时候，她愣住了。

一堆人围在前台吵吵嚷嚷，密密麻麻，也不知道在干什么。

她试图挤进去看看发生了什么事，可人实在太多了，她累得慌，只能不悦地扬起眉，咳嗽一声，高声道：“你们在干什么？不用工作的吗？”

人群静默了片刻，待回头看见是她之后，顿时作鸟兽散，各自回到岗位干活去了。

只有那被围在中间的两个男人，以及他们身边四个看起来面色不善的跟班依旧待在那里。

他们闻声回头，看着她：“你是？”

苏瑾莘冷笑一声：“在我的公司耍横，还问我是谁？”

她看了一眼面前的郑九州，只见他看起来十分狼狈，整齐的西装上面有明显的脚印，袖子脱落，脸颊也高高肿起，双手被两个黑衣男子一左一右地抓着，显然被殴打过。

他眼神愤怒，几欲喷出火来。

而趾高气扬地站在他面前的陌生男子，打扮得十分精致，明明从眼角看上去有些上了年纪，却不仅像个年轻男子一样穿着时尚，还明显能看出涂了粉，刷了睫毛膏。

精致的妆容愈发显得他眼神妩媚，不似正经男人，开口讲话也十分讨厌："原来是这家公司的老板，怎么这么个老狐狸精你也敢用，不怕惹得一身骚吗？"

"你胡说八道什么？"她还没开口，那头郑九州就愤怒地咆哮出声。

男子讥讽地抬眉："我说错了什么吗？你偷偷跑回国，昨天还去了云水小筑，难道不是又想回来勾引倾城吗？"

他话音刚落，那头的郑九州就奋力摆脱了身后的钳制，一记勾拳重重地打在了对方的脸上："你有什么资格讲这句话？倾城是我的妻子，就算有误会也轮不到你在这里叫嚣。"

他的挣扎很快就被挡住，对方这下下了狠手，抓得紧紧的，让他再也不能动弹。

对面的男人摸了摸脸颊，感觉到火辣辣的疼痛之后，不怒反笑："倾城从来没有跟你结过婚，也从来没有跟我解除过婚约，你想要回来跟我抢人，也不掂量掂量你自己的分量？二十年前，我家能让你们全家再无翻身的机会，二十年后，我也照样能让你尸骨无存。"

"你……"郑九州愤怒地大骂。

"别跟我抢女人，你知道我疯起来根本不是人！"那男人大笑一声，示意手下放开郑九州，然后大大咧咧地往门口走去。

被扔在地上的郑九州气得要命，抓起一旁的椅子就想要砸过去。

一只白皙的手阻止了他。

他抬头，看到紧紧皱起眉头的苏瑾莘，这才微微清醒了过来：“抱歉……”

苏瑾莘不答话，只见那领头的男人已经走到了门口，他身边的黑衣男子一拉门，门没有开。

再用力一拉，那巨大的、厚重的玻璃门依然岿然不动。

这下，一行五人都发现不太对了。

那个男人转过头来，几步踱到她的面前，嚣张地一扬眉毛：“这位老板，你这是什么意思？”

苏瑾莘将郑九州扶了起来：“你先去会议室等我。”

然后她转头，对着不安地站在她身后的前台质问道：“公司是什么人都可以进来的吗？”

原本外来人员至少得先登记，经过楼下的保安致电前台之后，才可以上来。可眼前的陌生男子，不仅上来了，还带了四个打手，现在又想走。

当她这儿是饭店吗？

前台不安地站在她的身后，连声道歉：“对不起老板，他们冒充面试的，我还以为只是造型有些奇怪，没想到……”

她这样无视对方，终于成功地引起了对方的愤怒。那男人再次开口，不过语气依旧很是不好：“喂！我跟你说话呢！”

她转过身来，眼角瞟到门外匆匆赶来的保安和民警，终于放松了紧皱的眉头：“有什么话，你跟警察说吧。”

她示意前台打开门，然后简单地跟警察交代了情况，转身上了楼。

她的秘书Vicky原本上午应该外出办事，此时也匆匆赶了回来，还带着公司的律师，一行人跟着警察去派出所善后，郑九州也被带去验伤，公司这才安宁下来。

她站在原地叹了口气，前台的妹子不安地站在她身边试图解释：“老板我……”

“扣掉这个月的奖金，长个记性吧。”她道。其实那五个人打扮成这样也能看成是面试的，前台要长的不只是记性，怕是眼力见儿也该提升提升了。

小姑娘松了一口气：“谢谢老板！”

“干活去吧。今天的事，吩咐公司的人不要外传。”她道。

小姑娘郑重其事地点头：“好的，老板。”

按了按疼痛的额头，她慢腾腾地朝着电梯走过去，直达自己在第九层的办公室。翻看文件的时候，苏瑾莘突然觉得——也许，不需要再找借口辞退郑九州了。

一想到自己要跟这个人一直共事，她就感觉自己抑郁症又要复发了。

哦，可能不止抑郁症，尴尬癌也要犯了。

今天的事，正好给了她一个让他离开的完美借口。

长舒了一口气之后，连带一整天的工作都顺利了很多。晚上的时候她还约了朋友去打了一阵子网球，整个人兴致勃发，惹得朋友频频问她：“你是发生了什么好事吗？怎么今天感觉完全不一样了？”

她摸了摸脸：“怎么？”

朋友思索着：“往日你都是一张丧气脸，今天这么神采飞扬，简直不像是同一个人。”

呃……

晚上回到家躺在浴缸里做面膜的时候，她又有些惭愧，不知道辞退对方是不是妥当。但郑九州能力卓越，想必找一份可心的新工作不难，可若是秦楚知道了原委，又不知如何想。

但人一定是不能留下的，且不说对方知道她是如何想他儿子的，就从今天的情形来看，他也是个大麻烦。

苏瑾莘想了很久，决定开一张支票当作补偿。

谁知道第二天，在她将郑九州叫进办公室，尚未递出这张支票的时候，对方就已经递过来一纸文件。

赫然是一封辞职信。

“昨天很抱歉，苏小姐。”郑九州抱歉道，在她惊讶的眼神中露出安抚的笑，“好不容易想来看看秦楚看上的女孩子，没想到给你带来了不必要的麻烦。”

他这副模样，苏瑾莘反而不知道说什么好了。她犹豫着收下辞职信，从口袋里掏出早已准备好的支票，递了过去：“这是离职赔偿……请你收下。”

郑九州愣了愣，随即接过支票看了看，爽朗的笑声响彻办公室：“哈哈哈哈，苏小姐，十万块赔偿费是不是太多了啊？”

她被笑得有些恼怒：“你不收就算了。”

对方止住了笑声，深深地看了她一眼：“我收下。”

他很需要钱，不管是为他的身体考虑，还是为接下来要应对的凌墨然的手段考虑，有些钱财傍身总是好的。他不能永远拖秦楚的后腿。

他从办公桌上扯过一张A4纸，唰唰几下，一张借条就打好了。他再签上自己的名字，将借条递了过去：“算我借你的。”

苏瑾莘看着那张龙飞凤舞的借条，突然想起了秦楚，最终还是问了出来："秦楚的读写障碍……是怎么形成的？"

郑九州脸色瞬间黯淡了下来，考量了许久，才道："小楚他以前……被绑架过。

"那时候他才五岁，他原本很聪明，别人不会写的字，他会，算术也比同岁的孩子厉害，所以就直接读了一年级。他很喜欢他的一个老师，因为那个老师动不动就夸他。

可没想到就是这个老师，伙同外面的人将他带走，把他关在材料室里面整整七天。其他的孩子上学玩耍，他却被封着嘴巴，被关在漆黑的柜子里一动也不能动。过了七天，他们把他带到外面的工厂，要他跟我们通电话，他不肯出声，那个老师就拿戒尺打他。

"我们把他接回来的时候，他就不会写字了……

"我和他的妈妈努力了好久，看了许多医生，也没有办法……"郑九州的眼眶微微有些发红，"所以……请苏小姐好好待他，他是个可怜的孩子……"

好好的，怎么又提这茬儿？

可是看到对方通红的眼眶，她又无法出口拒绝，只能胡乱地点头："嗯，我知道了。"

郑九州露出堪称慈祥的笑容来，将那支票收进口袋，转头离开了她的办公室。

苏瑾莘一人呆呆地坐着，许久才拿起手机，给那个格斗特训营去了一个电话。

电话接通之后，她又不知道该说些什么，只简单地问了两句秦楚的情况。那头的负责人热情地回应道："苏小姐，现在是休息时间，秦楚刚好在，您要不要跟他说两句？"

她刚想拒绝，那头的话筒就已经被人拿起："瑾莘！"

苏瑾莘愣了。

“是你吗？真的是你吗？你终于给我打电话了！”对方哇哇大叫。

“你刚刚叫我什么？”她以为自己听错了。

“瑾莘啊！我爸说，我既然打算追求你了，就不能叫你老板了，听起来太生疏了。”他道。

苏瑾莘当场就想挂电话。

她的脸莫名地热起来，语气却硬邦邦的：“你不要乱说话。”

对方顶嘴：“我没有乱说。前一阵子你不接我电话，我还没有来得及告诉你，我要追求你。现在你打过来了，我说一声有什么问题吗？”

她真会被他气死，脑子一抽，就道：“追求我？你会吗？”

对方还真被她问住了：“不会啊……”

她气急：“那别追了。”

那边的人老实巴交地反驳着：“不行啊，我爸说，我不追的话，你就会被别人追走的。”

才不会呢……她三十岁都没有被人追过，何来追走一说？主动去追人，十年也没追到手。

她心里难过地想着。

那头见她没有说话，就继续讲：“对了瑾莘，我爸爸跟我说，他来公司工作了，你见到他了吗？他那人可懒了，特别爱指挥人，你多担待啊。”

她犹豫着说道：“我见到了……但他今天辞职了。”

秦楚那边很是惊讶地问：“他辞职了？他是不是旧病复发了啊？他早年被人伤了肺部，身体不好。”

苏瑾莘想了想说：“不是旧病复发了，是有人来公司找麻烦。”

“找麻烦？”那头秦楚显然急了，“苏总，我可不可以请假回来啊？我爸爸有个情敌，那人可坏了，逼得我跟我爸在澳大利亚十八年回不了国。”

苏瑾莘突然不敢听下去。

感觉是一个家族的秘密，她作为一个外人，若是知道，怕是无法独善其身。

可那头的秦楚全然不避嫌：“前一阵子我爸爸非要让我把他带回国内，说想要见见你，我就想办法让他回来了。没想到这个坏人，这么快就找到我爸爸了……”

“你妈妈呢？”她问。

“我不知道，我爸没有跟我说过，只说她被那男狐狸精迷了眼。”

这家人可真够乱的。

她看了一下墙上的日历，还是打消了对方想要回来的想法：“你先别担心，过几天《绝战丛林》真人秀节目就要开机了，你得把握住这个机会。至于你的父亲，我会安排人去照顾。”

《绝战丛林》是橘子台推出的一个偶像求生的真人秀节目，苏瑾莘觉得非常适合秦楚。出挑的外形、游刃有余的野外生存能力，以及不弱的武力值，加上橘子台巨大的流量，一定能提升他的好感度。

那么接下来那部大制作的电影，让他去竞争那个沉默寡言、武力爆表的男二号就理所当然了。

这些都是她亲自出马争取来的，可那头秦楚依然在犹豫：“可是我爸爸……”

“没那么多可是！这是在中国，法治社会，对方还敢犯法不成？”她道。

秦楚苦笑：“可我爸爸其实是‘黑户’，身份证和护照都是假的……”

这就难办了。

她心里权衡了片刻，道：“你不相信我吗？

这次秦楚没有再啰唆：“嗯，我相信你。”

她的脸上这才有了笑意：“嗯，那就这样吧。你的爸爸我会托人照顾，一有事就及时通知你。”

听到她准备挂断，那头的人急匆匆地喊了一句：“苏总！”

“还有事？”

那边大声地喊道：“我喜欢你！”

“啪”的一声，电话被挂断了。

而苏瑾莘，原地“石化”。

燥热的红色从耳朵到脸颊，一点一点地爬满。

她不知道为什么自己的心脏会跳得那么快，喝了好几口水，依然没有让脸上的温度降下去。

“真是见鬼了。”她喃喃。

也许是第一次被追求，所以才这样不淡定？

在接下来的那个下午，她不管看什么文件和电邮，都忍不住走神，她忍不住骂脏话了。

女人到了三十岁都这么禁不住撩拨吗？

还是因为她从来没有被人追求过？

不去思考这个问题，她用私人号码给伊晋打了个电话。伊晋的姑父在B城身居要职，平日很是疼爱这个小侄儿，若是他能帮忙，不管那男子来头多大，应该也没办法动郑九州。

原本她还担心伊晋不会接电话，可没想到，对方不仅接了，在她说有一件私事想请他帮忙的时候，他连想也没想就答应了，甚至没有问是什么事。

于是她把事情的经过说给他听了。伊晋简单地问了一下郑九州的情况，就表示会派人过去保护，还顺口问了问她的状况。

她低下头，看了看自己："我很好。"

伊晋"嗯"了一声："公司呢？"

她语气平静："都好，下个月我会把报表给你送过去。"

伊晋回道："你办事，我放心。"

他说完就挂了。

苏瑾莘突然觉得，也许过去十年，自己真是做错了。

伊晋一向是个仗义的人，对身边的人照顾有加，所以苏瑾莘才敢对他提出请求。

也许请求，才会让他们之间的关系更亲近。毕竟像他那样冷酷霸气，还有点大男子主义的男子，其实是并不太喜欢被给予的。

只是过往的很多年，她因为怀着爱意，总在默默付出，却从不向他索取，像是在坚持着什么似的，反而让他在疑惑中觉得她另有所图，一次次条件反射地拒绝她的靠近。

今日看来，这样简单的朋友间的对话，好过以往任何一次两人之间的聊天。

她从身边的包包里掏出自己的钱夹，打开，最底层的地方小心地保存着一张照片。

那是一张合照。

她，伊晋，展卿卿。

苏瑾莘看着这张照片出了神。

伊晋一定不知道，当年他逃课归来，问一句“有人吗”，还没得到一声回应，就“啪”地先把书包从墙外扔进来的时候，那个守在厕所外面给他乖乖抱着书包的，不是那个精灵古怪的少女，而是他一直厌恶的女助教——那个大他五岁的乖乖学姐。

对方呆呆地带点迟疑地接住那个书包的那一刻，突然感受到了那股子潇洒的畅快。

而就是这股子我行我素、肆意妄为的潇洒，让她羡慕了许多年。

没有人知道，那个一直是模范生的学姐，站在男厕所的外面，忍受着三三两两过往学生异样的眼神，心里却是战栗般的激动。

也许有一天，她也可以这样。不管家长的期望，不管老师的眼光，想出去喂喂流浪猫就顺着厕所的窗户爬出去，想出去飙车，就假装晕倒，在被送进医务室的路上逃跑，然后大笑着在老师的追打之下，吹个响亮的口哨。

如果不可以，那么她希望，能让她来守护这份潇洒肆意。

可是啊，她这样的心声是不会被墙里的人知道的。

反而有个貌美的少女漫不经心地走过来，厌恶地看了一眼墙里的人，伸手夺过她怀里的书包，皱起眉毛问道：“那家伙又欺负学姐了？”

她被问得一愣，结巴起来：“没……没有啊。”

反而好像坐实了被欺负。

少女咬牙切齿：“欺负学姐，他这是想死。”

她被少女吓到，却不敢反驳：“没……不是这样的。”

少女把她往外推：“好了，学姐，我知道了，你先走吧。等他出来，我会把他揍得痛不欲生，让他知道欺负老师的代价。”

她晃悠了几下那个书包，露出凶狠的神色。

苏瑾莘不由得一时讷讷的。少女虽然看起来乖巧，可她知道，对方其实是和伊晋一样难缠的角色。

她只好一步一挪地离开了。

所以当不可一世的大少爷从厕所外爬进来，顺手收拾完某个掐着小猫脖子往厕所里淹的混蛋，再出来的时候，迎接他的，就是迎面飞来的一个拳头。

“叫你乱欺负人！”少女气呼呼地将书包砸在他的头上，然后转身离去。

飞扬的发尾，旋起的裙裾。

让他勾起嘴角。

很好……

女人。

你成功地引起了我的注意……

门外，Vicky 一边敲门一边唤着：“苏总，我可以进来吗？”

她回过神来，一边说着“进来”，一边将那张照片丢进了碎纸机。

过去了。

她终于找到了一个契机，放下十年的执念。

当晚回去，苏瑾莘第一次没有用助眠的药物就睡了一个好觉。梦里面，她还是少女的模样。那时候伊晋对她很好，对方逃了课，她作为助教出去找，却被拐带得一起出去喂城外的流浪猫狗。

那些猫狗瘦巴巴的，看见他们来了就很高兴。

伊晋从书包里掏出好几个猫咪碗，以及两大包狗粮猫粮，放在碗里等着狗狗猫猫来吃。等那些小动物一拥而上的时候，他会去抓住那只最肥的橘猫，疯狂地揉它的肚皮，一脸满足：“等我毕业了，一定要做个兽医，把它们统统抓去绝育！”

她大吃一惊：“你干吗这么残忍？”

对方翻了个白眼：“学姐你真是什么都不懂！不绝育的流浪猫狗，怀孕和生崽极其辛苦，又很难存活。生下来就死去，还有什么比这个更惨？”

“哦。”她应了一声。

没想到这小子还挺善良。不过她也不好意思夸他，只专心地喂着面前的流浪狗。

转瞬，面前的流浪狗突然对着她龇开了牙，场景瞬间转换，变成了她拼命拉着秦楚奔逃的模样，对方一边呼呼喘气，一边对着她大吵大嚷。

“我喜欢你！

“我喜欢你！

“喜欢你……”

她大叫着醒来，却发现已然天亮。

她一边捧着脸懊恼地骂着自己，怎么会有这样羞耻的梦境，一边爬起来洗漱。

秦楚进入真人秀节目剧组的事情交接得很急，他甚至来不及回公司一趟，他的经纪人就给他买了直飞剧组的票，一路从国内偏远山区飞去了国外。

自从展卿卿参加的那个江南卫视公益节目火起来后，很多真人秀节目打上公益和国外取景的噱头，可再也没有任何一个节目有那么高的收视率。

成功，从来无可复制。

特别是带着运气的成功。

但这一次橘子台不一样，他们请的嘉宾不仅有四个新人，还有两个娱乐圈大热的当红偶像、一个多年前的影帝和一个非常红的少年团。

基本上把各个年龄层的粉丝圈住了。

所以这个真人秀节目还未开拍，就已经吸引了大批观众，等到嘉宾通通入组，各自的粉丝就疯狂地开始“安利”了。特别是那个少年团的“妈妈粉”和“姐姐粉”，简直是豪气纵横，不仅在十几个城市包下了大量大型广场和地标的灯管广告，还在微博和朋友圈疯狂地刷票。

真人秀节目是边拍边播的，艺人们都是独自加入，助理和经纪人通通不允许参与，所以苏瑾莘只能在电视上看到秦楚的行踪。

第一集开场秀的主题是——初到伊甸园。

听起来有点怪怪的，但其实没有多少实质内容。播出的无非是他们一行人浩浩荡荡地飞去了北欧的一个小国，在去的路上、飞机里面，以及落地到一个丛林的一些片段，然后是一些本地风土人情，以及游戏规则的介绍。

真人秀节目的场景为一座北欧小镇以及小镇后面的一片巨大丛林。在这片丛林里面，参加节目的嘉宾扮演着古老的猎人、采集者以及售货郎这三组角色。

按照节目组的规定，除了少年团的三个少年和一位有小戏骨之称的小女生住在小镇里面，其他人都得带着帐篷住在丛林里。

住在丛林里的三位新人——罗钦、秦楚、李稽知，两位当红偶像——陈郁、慕卓然，再加上多年前的影帝楚霭，一共六人又分为两组，分别由慕卓然和楚霭带队。

每天由成年组的嘉宾出去狩猎和采集，然后由少年组的嘉宾在小镇里售卖，得来的钱财就可以用来分配，购买工具和生活用品。

节目组的领队给一行人交代了任务之后，便回到了镇里。当晚六人在林间扎营，而少年组的领队也带着少男少女们在镇里寻到了一个性价比不错的旅店。

开场秀的镜头其实集中在少年组身上，这座北欧小镇配上青春活泼的少男少女，宛如童话，就连路过客厅的保镖大叔也忍不住停下脚步，想要跟着看一看。

而成年组的重心则在野外扎营上，一行人选址，砍伐杂草和林木，撒驱蛇虫的药粉在四周，忙得不亦乐乎。

楚霭年纪较大，生活经验也比较丰富，基本上由他指挥。偶尔其他人也会提出一些建议，大家相处很是融洽。

秦楚和另外一个女艺人是新人，基本上没有给他们几个镜头，但是从偶然闪过的几个画面能看出来，他适应得很好。面对镜头他没有下意识地躲闪，偶尔提出的一些小建议也非常中肯，很快得到了楚霭的青睐。

经过几个月的训练，他似乎更加健硕了，身上少年气息微微褪去，介于成熟男子和青涩少年之间，一双黑色的眸子在凝视摄像头的时候，显得既狂野又纯情。

开场秀在小镇灯火亮起，夜色由浅入深，而从林里漫天飞舞着萤火虫时结束。

平坦的地面上，六顶小小的帐篷围成一个紧密的圈，一切都那么祥和宁静。

苏瑾莘坐在客厅里面，手里拿着遥控器，起身走到了窗边，打开落地窗的窗帘，便看到外面黑沉沉的夜色。

这个城市雾霾很严重，除了一盏盏朦胧的路灯，其他皆看不清楚。

她突然有些羡慕远在异国的秦楚。

那样安静祥和的小镇，那样清新纯净的空气，以及那样浪漫飞舞的萤火虫……

这一切，都是她这样忙碌工作在城市里的人看不到的。

也许，这就是这个节目的意义和卖点，选择一个你渴望拥有的生活环境，向你展示一段不一样的精彩人生。

她叹了一口气，鬼使神差地摸出手机，用秦楚的手机号给他建了一个微博账号。

然后在输入验证码的时候，给对方去了一个国际长途电话。

越洋电话信号不太好，对方很快接了起来，语气十分兴奋："瑾莘，你怎么给我打电话了？"

"验证号码是多少？"他的激动情绪似乎有些影响了她，她突然感觉心跳有些快，但还是故作正经地发问。

那头"哦"了一声，开始翻着信息，然后告诉她："544390。"

她一边在微博注册信息页输入验证码，一边严肃教育对方："不要这么随便地告诉别人手机验证码，万一是骗子，你就不担心钱财被人席卷一空吗？"

秦楚进入节目组的时候，她托橘子台的熟人给他送了一部手机，此刻秦楚老实巴交地听着她训话，回答道："知道了，我不会告诉别人的。"

她长舒了一口气，正待说什么，就听对方委委屈屈地加了一句："可是你不是外人啊，你也不图我的钱啊，你比我有钱。"

她真是……

“好了，我不跟你说了。一会儿我把微博账号、微信账号以及密码给你发过去。你下载好 App 就可以用了。”

那头惊喜道：“谢谢老板！”

他一高兴就忍不住叫她老板，仿佛这样，他就是由她主宰似的。苏瑾莘听得脸热，语气硬邦邦起来：“那我挂了！”

那头的人哇哇大叫：“瑾莘！瑾莘！不聊会儿……”

她不管不顾地掐掉了电话，想象得到那一边的人急急地去看手机的模样。

苏瑾莘在客厅里呆呆地坐了片刻，嘴角有些情不自禁地上扬。手机突然振动起来，她点开微信，果然看到对方发过来的语音信息：我都注册好啦，微博我要发些什么呢？

微信她帮他加了公司一些工作上需要联系的人，至于微博，还等待他自己去开拓。

担心对方不会经营，她小心提议道：“偶尔发发工作内容吧，你发微博的时候，最好问问节目组可不可以公布。”他不会打字，微博内容只能发照片和表情，苏瑾莘想了想，又加了一句，“一周最多发一条微博，不要太频繁了，知道吗？”

对方发来一个“OK”的手势。

接着又发过来一个“抱拳”的手势。

“谢谢老板。”他发来一条语音。

如果不是了解他，她真会以为这个“抱拳”代表着告辞。

“我一会儿要去捕鸟了，不能跟你说话啦，你腰和颈椎还好吗？”那边一边发语音，一边发了一个疑问的表情。

苏瑾莘被他这种“直男癌”加夕阳红式的聊天方式“雷”得不

轻，于是打发人似的回答："去吧去吧。"

对方却不依不饶："腰还好吗？新上任的那个大叔会给你按摩吗？"

若是不回答，对方会不会没完没了？她这么一想，反而老实地聊天了："有些僵硬，不过我按时去做理疗。"想了想，她又补充了一句，"贵，却没有你按得舒坦。"

这一句发出之后，对方没有回应。

过了十来分钟，才收到信息："知道了，我出发啦。"

所以，你问这一句是为什么？

苏瑾莘气恼地瞪了一眼手机，又看了看外面的天色，突然跃跃欲试——出去走走。

脸颊上有未散去的热意，心里跳动着莫名的火焰，都需要外面凉爽空气的滋润。

她换了一身舒适的衣裳就出了门。

玄关旁边保姆房的保镖听到动静探出头来："苏小姐，需要我一起吗？"

她摇了摇头："我只在附近走走，你先休息吧。"

B 城的秋天到了晚上会有畅爽的晚风，她所在的小区保安工作做得极好，四周静悄悄的，只偶尔有三三两两的人在夜跑或者遛狗。

她迈着缓慢的步伐漫无目的地走着，心里有一些轻松，又有一些怅惘。

以前她关于未来从不敢想太多，可是现在，她多了很多想法。比如，等公司运行上了轨道之后，她要抽出半年的时间去欧洲旅游，一个人，或者找个伴游。她的外语很好，足以应对好几个国家，在那里她也许可以做很多年少的时候，想做而没有做的事情。

又比如，她可以尝试着回应一下秦楚，或者出去相个亲。她才三十岁，还有很长的人生路要走，抱着结识伴侣的想法去认识一下男人，也未尝不可。

她从来不知道，原来她还有这么多的梦想，还有这么多的事情可以去做，一切只要她愿意。

旁边的绿化丛里突然传来窸窸窣窣的动静，猛然而来的声响吓得她大喝一声：“谁？”

一只惨白修长的手带着刺眼的血迹从矮矮的绿化带后面伸了出来，一个虚弱的声音传来：“别叫！是我！”

那声音有些熟悉，苏瑾莘大着胆子探头过去，一个穿着简单的T恤和卡其色的休闲裤子的人躺在凌乱的绿化丛中，胸前布满血迹，看上去十分虚弱，那眉目赫然就是一个月前，她拜托伊晋照顾的郑九州。

她赶忙拨开绿化丛，扶起对方，忙不迭地检查他是否有外伤：“你怎么了？”

郑九州额头上布满了虚汗，嘴唇煞白：“没事……老毛病了。”

他伸手拉住自己的T恤，不让苏瑾莘继续检查下去，可他动作缓慢，依然让她清楚地看到对方的肚子上有个巨大的拳击印，已经高高肿起。

她当下不再犹豫，直接拨打了120。

救护车来得很快，苏瑾莘站在病床前听着医生的结论。

“外力导致的胃出血，加上陈旧性胃溃疡，需要立即手术。”

她点了点头：“那就手术吧。”

那医生转头对身边的护士吩咐了一句什么，又回过头来看她：“你是他的亲人吗？手术需要签字。”

“我不是。”她道。

那医生问：“能联系上他的亲人吗？”

苏瑾莘愣了愣，看了一眼已经陷入昏迷的郑九州，抬头问：“病人的亲属现在国外，我是他的上司，可以代为签字吗？”

医生思索了片刻中，道：“情况紧急，也只能这样了。”

苏瑾莘跟着她去了医务室。

在签下自己名字的时候，她顿了一下，终究决定不把这件事告诉远在异国的秦楚。一方面是怕他因为忧虑而分心，一方面是因为她觉得，相比较而言，照顾病人，自己肯定比对方拿手。

郑九州手术很是成功。

在医院守了一夜的苏瑾莘看到他渐渐舒缓的眉头，终于长舒了一口气。

她工作很忙，于是去家政中心雇了一个护工和一个保姆。护工照顾对方在医院的起居，而保姆负责做饭送汤。她下了班之后，偶尔也会守在医院里面，给对方削个水果。

其间秦楚每天都会发来语音，郑九州就在那里看着她给秦楚一板一眼地回复。

“我没有告诉他你病了。”她将一碗温热的米汤递到郑九州手边，说道。

郑九州点了点头：“他个性有些冲动，还是不让他知道的好。”

“你也这么觉得？”苏瑾莘抬头。

“知子莫若父。”郑九州微笑。

这场病让他在医院躺了半个月，苏瑾莘接他出院的时候，他有些迟疑地开口：“苏小姐，虽然有些冒昧，但是我可否请求在你家借住一阵？”

苏瑾莘讶然地看着他。

“不可以吗？”他失望地低下了头，“我打算下个月离开中国，回到澳大利亚去，但有些事情我还没有解决。凌墨然盯上了我的住处，怕是……”

“一楼的客房昨天已经收拾好了。”苏瑾莘道。

他抬起头来，眼神里透露出惊喜的光彩，映衬得他那张不太年轻却依然白皙的面孔盈盈生光，竟然有了许多的魅力。苏瑾莘看得眼晕，顿时明白为何秦楚生得那样好看，为何《绝战丛林》真人秀节目只播出了短短的三段镜头，他的粉丝量就暴涨到了一百多万。

“谢谢你，苏小姐。”

那头郑九州真诚地对着她道谢，她却歪了歪头，露出从未有过的狡黠表情：“作为回报，我希望你能告诉我这件事是怎么发生的。”

明明有伊晋派人保护，为什么对方还这样不依不饶？是不是以后也会报复到秦楚身上？到时候秦楚作为一个公众人物，损失都由公司来承担，怕是不太妙。

出于这种想法，她突然有了想要了解发生在郑九州身上这一系列离奇事件的欲望。

郑九州倒是爽快：“看得出来你和小楚相处得很好，不然以你的性格，不会想要知道这些事。”

苏瑾莘眼神乱飘：“他毕竟是我们公司的艺人，我得对他的家庭负责，以免引起不必要的麻烦……”

郑九州抬了抬眉毛，反问：“是吗？”

她拎起包包就走："是！"

身后的保镖尽职尽责地一只手搀扶着对方，一只手提着一大袋的药物跟在了她的身后。

晚上的时候，苏瑾莘破天荒地跟秦楚视频。那边的青年也不知道在傻兮兮地干吗，手里拎着两只野山鸡，对着她咧出一口大白牙："瑾莘！我抓到了两只山鸡！"

她看他那讨好的模样，就知道他是在求夸奖，于是顺嘴道："真厉害，晚上吃那个吗？"

"嗯嗯！今天拍的是我们组野外捕猎，没多久你就能看到啦。"

他有些美滋滋的，今天也不知道为什么超常发挥，逮住了四只山鸡。连导演都说，他捕猎非常英俊勇猛，后期一定要突出保留。所以他有些期待，想着若是苏瑾莘从电视上看到他那般勇猛，会不会夸他帅。

"嗯，到时候我会看的。"她拿了一个苹果啃了一口，"我跟你说一件事。"

秦楚把手机架在树上，把鸡毛拔得满天飞，烤鸡的场景已经拍摄过了，所以他也就不讲究了，只图尽快拔光鸡毛。听到她有事说，他扭过头来问："什么事啊？"

苏瑾莘把镜头调了个方向，对准坐在沙发另一头的郑九州："你父亲胃溃疡犯了，我把他接到我家来休养。"

青年愣住了。

片刻之后，他张嘴："爸？"

郑九州慈祥地应："嗯。"

谁知道秦楚下一句却是："你让瑾莘接电话。"

郑九州骂了一句："臭小子！"然后示意苏瑾莘掉过摄像头去。

等到苏瑾莘调转摄像头对准自己的时候，却发现对面的秦楚不知为何眼眶都红了。

她大吃一惊。

直觉对方要说一些可怕的话，她急着想要关掉视频的时候，却看到对面的青年呜呜地哭开了。

"老板……呜呜呜……你真好。

"呜呜呜呜……瑾莘……我喜欢你。"

她猛地关掉了视频。

苏瑾莘正慌乱得不知道干什么好的时候，抬头看到了对面的郑九州。他笑吟吟地看着她，那眼睛里是抑制不住的促狭。

她的脸腾地红了，慌慌张张地往楼上跑去。

真尴尬。

她一巴掌盖在自己脸上。

事情怎么会变成这样呢？

她和秦楚……

现在到底是什么关系啊？

尴尬！

第十一章

来一场真爱求援

因为秦楚，苏瑾莘一连好几天都避着郑九州。

虽然对方看起来不像是个家长，可是她在面对他的时候，依然情不自禁地把他当作长辈敬重。

以至于她想问他家的家族秘密也搁置了。

幸运的是，对方病情稍稍好一点之后，就开始早出晚归，不见人影。苏瑾莘派了保镖跟着他，每天晚上看到他平安归来，她都会松一口气。

时间渐渐靠近十月，中秋和国庆即将来临。

苏瑾莘偷得浮生半日闲，给自己放了一天假，窝在家里打算看看秦楚最近几期的表现。

这几期的主题分别是狩猎丛林、武器大师和救助萌萌。

不得不感叹橘子台的综艺做得是真好，无论是节目拍摄还是剪辑，都非常抓人眼球。

狩猎丛林，是楚霭带队入山去抓野鹿，慕卓然带队在湿润的林间采蘑菇，而少年组在小镇上兜售前面抓住的野鸡。

他们的工具不多了，必须用山鸡换到钱才能买，所以少年组的任务很重，几个未成年的孩子语言不通，在小镇上辛苦地叫卖。这个时候，屏幕上的弹幕跳出来的全是各位“妈妈粉”心疼的嗷嗷叫声：

必须给儿子打点钱！我的小可怜哦！

呜呜呜呜，心疼死我了！我们连连多懂事啊，为什么不去买一点？

明天我就飞小镇，啥也不干，就去买山鸡！

而画面切换到慕卓然采蘑菇的时候，“女友粉”们更是惊心动魄：

啊啊啊啊啊！卓然那个不能吃！

天哪，快来个人阻止他！

天哪，我会不会就此丧偶？

慕卓然家境殷实，是出了名的傻白甜小少爷。他此次进组，担任采集组队长一职的时候，少女们担心得恨不得天天为他“艾特”《博物》杂志。

等到画面切换到楚霭组的时候，令苏瑾莘惊讶的是，弹幕刷满屏幕的内容竟然十分统一：

求给秦楚小哥哥多一点镜头！

不管正面侧面，我只要见小哥哥一面！

小哥哥热不热？

秦楚在第二期的时候，就展现出他在野外生存方面明显的优势。体能好，武力高，配合楚霭擅长的陷阱，他重点在猎物逃脱的时候近身肉搏，和楚霭成了一对好搭档。

中间有一个画面是野鹿跳进了一条小溪，秦楚将身上的 T 恤一脱，快如闪电地将那头鹿按倒在清浅的小溪里。野鹿很快窒息而死，等到完全不动的时候，秦楚抬起头来，看向摄像大哥。他的眼神尚未褪去那份捕猎时候的锐利，头发和身躯因为溪水而湿漉漉，显得格外霸气而性感，明显的六块腹肌闪动着可怕的荷尔蒙。

苏瑾莘瞟了一眼弹幕，果然满屏都是：

啊啊啊啊啊……我死了。

太性感了……我要做他手下那头鹿！

啊啊啊，王之蔑视！这种杀伐天下、征战四方的气势！总攻气场啊！

嗯？苏瑾莘揉了揉眼睛，她是不是看到了什么奇怪的东西？

后面的两期，是“武器大师”和“拯救萌萌”，相比这一期就温和得多。

武器大师，大概是节目组发现了男人们的荷尔蒙效应，安排了一行人去亲手尝试小镇古老的冶炼技艺。让这一行颜值爆表的男人穿着清凉地学习制造工具，果不其然引来了一大拨女粉丝。而未成年组则像小天使一般，开始学习做饭做菜，让“妈妈粉”直呼好萌。

“拯救萌萌”这一期，走的是温情路线。节目组在丛林里发现了一窝失去母亲的小鸟和一只攀登在绝壁上下不来的山羊。

成年组拯救山羊，少年组喂养小鸟，又换来了满屏“好有爱好有爱”的弹幕。

拍摄攀登岩壁的时候，陈郁脚下一滑，身子在岩壁上坠落了一米半，幸好离他不远的秦楚疾攀了两步，一把拉住他，这才化解了他跌落的危机。

山羊被救下来了之后，镜头切到了秦楚从山林里给陈郁采草药，捣汁敷伤的画面。

陈郁年纪并不大，又走的是花美男的路子，肤色白皙娇嫩，胳膊和膝盖都受了伤，看起来格外触目惊心，人却很坚强，笑嘻嘻地朝着镜头挥手。

节目组把这一段处理得相当励志，成功地赚了一大票观众的眼泪，以及“谁再说我们家郁宝不敬业我就跟谁急”的留言。

四期节目很快过去了，观众在惊喜交加的时候也注意到了节目组放出的一个悬疑点：每天晚饭过后，大家集体休息的时候，秦楚就会上山砍树，然后拖回帐篷所在地。整整一个月，从没有一天落下。

但是面对这些树，接下来他做了什么，节目组没有说。

只有领队面露神秘地微笑表示：他这是要做什么呢，等我们后期分享。

《绝战丛林》真人秀节目自开播以来，观众越来越多，甚至超过了展卿卿当年公益真人秀节目的收视率。

苏瑾莘颇感欣慰，忍不住抬手拿起手机，发现秦楚的粉丝量又开始了新一轮的暴涨，竟然直奔八百万。

苏瑾莘不由得感叹，幸好在去之前给他做了特训，每天还循循告诫他少说话多做事，这种类似小哥的设定，实在是击中无数少女心，说明他们的拉粉技巧用对了。

他的微博内容并不多，有好几条还是苏瑾莘亲自操刀给他发的。

底下的评论却很疯狂：

小哥哥，我可不可以摸一下你的腹肌？这样我在看到我男朋友九九归一的肚腩的时候，才会不那么难过。

小哥哥，请问你需要女朋友吗？

啊啊啊啊啊啊啊，小哥哥，你的照片，就是我生存下去的希望！

小哥哥，请问你需要男朋友吗？

咦？苏瑾莘看到这些评论，突然觉得自己可能是年岁大了。

她知道秦楚长得好，但是她从来不会因为一个人的容貌而对对方青睐有加或者疏离不理。可从这些年轻姑娘的反应来看，美好的容貌和强悍的“武力”，似乎才是荷尔蒙开启的方向。

苏瑾莘看完这几期节目，正犹豫着要不要再看一遍的时候，信息提示声响起，一条短信静悄悄地躺在了她的收信箱里：【×× 国际】您的包裹 H75632344 已到达，给您放在楼下的速易递柜台，请注意查收（××9717344232005），提取码为 WD75XUE。

她纳闷地把那短信看了好几遍。

她最近并不曾在海外购物啊，为何会有国外来的快递？虽然疑惑，但是她依然下了楼去，找到快递柜，依照短信上面的提示输了验证码。

寄存箱的门“咚”的一声弹开了，里面是个四四方方的盒子，挺大却不重。她拆开来看，竟然是十来包草药和一摞自制的膏药。

最底下压着一张纸，上面歪歪扭扭地画着使用方法，还有一张强壮的胳膊的表情图。

这是……

那一瞬间，苏瑾莘的心像是被泡进暖热的温水中，每一个毛孔都慢慢地舒展开了，酸涩、甜蜜、欣喜，各种情绪在她的鼻尖发酵。

她捂着嘴像是十七八岁的少女那样，情不自禁地跺了一下脚。意识到自己干了什么之后，又臊得满脸通红，慌忙拿着箱子往电梯里走。

电梯里没有一个人，她抱着箱子抬头，抵着电梯的墙壁，看到上面反射的自己，瞪圆了眼睛。

那个面上微微泛起红晕、眼里含着隐隐水光的女人，陌生得很，三十年来从未见过。

她扭过头去，羞耻又想笑。

她给秦楚发了一条消息，告诉他自己收到药包了，非常感谢他记挂着自己，也请他注意身体，丛林之中还是有危险，若是没有必要，不要为了采药这种小事进山里去了。

奇怪的是，这一次秦楚没有回消息。

苏瑾莘也没有在意，毕竟那边此刻正是深夜，对方想必已然沉睡。

晚上临睡前对着那一堆草药研究了一会儿，她推开浴室门，往浴缸里放水，然后又烧了壶开水将秦楚寄来的药包放在瓷盆里泡着。

半个小时的时间，大大的浴缸早就注满了水，药包也泡得差不多了，散发出浓烈的药香。

苏瑾莘将药包带汤汁一起倒入浴缸里，慢慢解开衣服，将腿迈了进去。

等整个人都埋入浴缸里的时候，她忍不住轻叹了一声。

毛孔在热水中微微张开，药香弥漫在鼻腔，整个人感到难以言喻的平静和舒适，她甚至情不自禁地哼起了一首舒缓的小调。

静静地泡了二十多分钟，她有了一些倦意。

可此时郑九州还没有回来。

她从浴缸中起身，换了一袭柔软的浴袍，窝在床上给对方去了个电话。

郑九州很快就接了，声音却离奇沙哑：“小莘？”

自从秦楚开始叫她瑾莘，对方也毫不客气地叫她小莘，说小楚小莘，听起来才是小他一辈的人。

“你在哪里？怎么还没有回来呢？需要我去接吗？”她问。

没想到那边的人明显慌乱起来：“不用不用，我一会儿就回来了。啊……”

他话音未落，却仿佛吃痛一般，低低地叫了一声。

这下苏瑾莘发觉到不对了，她猛然坐了起来：“你在哪里？是不是被凌墨然绑架了？有人打你了吗？”

她连声地问了好几个问题，那头郑九州的喘息声越来越大，声音却很羞愧似的：“不……不是……别来。”

这怎么听都不是没有事的样子啊！

她提高了声调：“你在哪里？我马上去接你！”

“啊……”

郑九州发出一声压抑的长长的类似呻吟的喊叫，一个女声隐隐约约地传来：“怎么，年纪大了这么不行……”

苏瑾莘汗毛倒竖，突然意识到了什么。

那头郑九州的声音离手机似乎有些远，隐隐约约听不真切：“小莘……我在小楚妈妈这里，你不要管我……我没事。”

她终于明白了刚刚电话那头发生了什么事。

一瞬间她面红耳赤。

秦楚的母亲为何这样强势？

而郑九州不是一直不曾和对方相见吗？为何如今会出现这样的局面？

她一时间茫然，不知如何是好，只能带着疑虑先去睡觉。

接下来的几天，郑九州都没有回来，只有一条短信孤零零地躺在她的收件箱里。

小莘，我这几天不会回来，有些事情需要跟小楚的妈妈沟通一下。最近发生的事情，请你先别告诉小楚。

苏瑾莘将这条短信反复看了三遍，这才相信对方是安全的，只是在解决家庭矛盾罢了，于是放了心。

第二日去公司上班，Vicky 喜滋滋地告诉她，公司一直在跟进的那个很难缠的网文大神白起终于答应见面了。

白起人很神秘，写文十年从未公开过个人信息，就连他的编辑也只是和他用电子邮件联系。

而且他所在的网站拥有的仅仅是他故事的电子版权。那个红了十年，图书的销量早已过五百万的“洪荒”系列故事，不仅版权全部握在他本人的手上，商标权和其他权利也早已被他拿下。

所以跟网站购买，根本就是不可能的事，只能跟他本人亲自洽谈。

由于他本人谨慎且低调，多年来许多公司一直想跟他洽谈“洪荒”的改编事宜，却因为找不到他本人而作罢。如今 Vicky 竟然在偶然间找到了他的联系方式，还成功地搭上了线。

这怎能不让整个公司欣喜若狂！

苏瑾莘听闻也十分高兴：“商定在何时会面呢？”

Vicky 道：“明天是周五，为了避开工作日，我约了白起先生周日下午三点在 H 市见面。至于见面的地点，还尚未定下来，因为咱们得先赶赴 H 市。”

苏瑾莘想了想，说：“订三张后天到 H 市的机票吧，咱们提前一天去，以防万一。”

Vicky点了点头，拿笔记到一半，突然抬起头来，惊喜道：“苏总，您也一起过去？”

苏瑾莘白皙的指尖敲打在宽厚的办公桌上，露出久违的笑意：“嗯，曾经追过文，就当见见年少时的偶像。”她安抚地看着Vicky，“这是你做的第一个独立项目，放心，我只看看，不插手。”

Vicky大喜过望：“哈哈哈哈，有老板在旁边，我这扑通扑通跳动的小心脏，简直定下了一半！”

苏瑾莘打趣：“那另一半呢？”

Vicky严肃道：“得谈妥了，签了合同，才能定下另一半。”“

苏瑾莘起身拍了拍对方的肩膀：“年轻人，不要给自己太大压力。”

对方嘴巴一撇：“我没有压力，但是我有赚钱的欲望……”

苏瑾莘“扑哧”笑出声：“哈哈哈哈，行行行。”

站在巨大的落地窗前眺望着这座城市，苏瑾莘突然感觉初来时那种孤注一掷的绝望、背水一战的困境此时似乎已经全部不见了。

望着窗外的朝阳，她终于意识到，如今她真的是在做自己的事业，用曾经累积的人脉和经验，将明天朗朗托起。

当日Vicky就订好了酒店和机票，待周六一到，一行人就飞往H市。

过安检的时候，苏瑾莘特地看了一眼手机，两部手机安安静静的，不管是秦楚还是郑九州，都没有发来任何消息。

想了想，她给郑九州和秦楚一人发了一条短信。

给郑九州的是：郑先生，身体好点了吗？

给秦楚的却是语音：最近拍摄还顺利吗？天气变凉了，多穿点。

郑九州迅速回了个简短的电话，表达自己很好，事情处理得差不多了。而秦楚，依然没有任何消息。

苏瑾莘盯着屏幕看了好久，直到空姐来提醒必须关机的时候，她才将那暗下了屏幕的手机放进包里。

十月的H市绿意不减，但比起夏日来多了几分凉爽，很是怡人。

一行三人到了酒店之后，Vicky就嚷嚷着要去吃饭，顺便去踩一下点，看看明日约那位作者在哪里见面好。对方告知了他们，会见定在西湖区就好，因为他不想离家太远，至于哪里，他都随意。

苏瑾莘欣然同意了Vicky的建议。

她是S市人，H市来得少，有几次出差来过此地，却没有好好走过，今日还有大半时光，不如趁机走走看看。

见那头Vicky和她的助理莫林尔已经一个打开大众点评，一个打电话，询问当地的朋友有哪些好去处，她就百无聊赖地坐在沙发上往窗外看。

这是三十层，H市的建筑一般不太高，一眼扫过，能饱览一大片风光。就在Vicky规划好出行的路线的时候，苏瑾莘的电话突然响了。

来电显示竟然是秦楚。

看来他忙完了。

她站起身来，快步走到门外的走道，这才接起："喂。"

她刚出声，那头就传来一个陌生的男声，焦急地道："喂？请问是女王吗？"

嗯？什么鬼？

苏瑾莘把手机拿到眼前看了看，确实是秦楚的电话没有错，但是那声音和语气明显不是秦楚，她警觉起来："你是？"

那头的人语速很快，像是十分着急：“我是《绝战丛林》节目组的领队，他前几天独自一人入山，失联了，节目组安排了许多人去找，依然没有消息。他的手机也放在营地没有带走，我看到通讯录第一位是您的名字，就给您拨了过来，请问您是秦楚的什么人？”

从电话里传来的声音确认着接电话人的身份，苏瑾莘只觉得脑袋嗡的一声，半边身子都凉了：“你们怎么会放他一个人进山？报警了吗？！”

那头连连道歉：“已经报警了！抱歉，是我们管理不严，可是他常常一个人在节目结束之后就外出，每次都……”

苏瑾莘听到自己声音因为太过愤怒和急切变得有些破裂：“请把你们的具体位置告诉我！”

那边还在安抚：“您别着急，我们已经全力寻找了！！”

她咆哮出声：“位置！”

那头讷讷地报了个地址，然后才想起他打电话的目的，又加了一句：“请问您是……”

这个时候了还查什么户口！

苏瑾莘只觉得自己额头青筋直跳，喉咙因为紧张而干渴得仿佛要冒烟，那头还在喋喋不休：“如果您不是他的家人，可否替我们转告……”

她怒吼出声：“你们不会看备注吗？我是他的女王！他的一切，都由我掌管！”

那头噤了声。

她这才微微清醒了一些，缓和了一下语气：“对不起，我刚刚太激动了。请等我一天，我马上带人过来跟你们一起寻找。”

那头连忙阻拦：“哎……你不必……”

他还想要说什么，这头苏瑾莘已经利落地把电话挂了。

等到他再打过来，就已经是忙音了。

苏瑾莘转头就给 Vicky 挂了电话，下了命令，让她给自己抢从 S 市去北欧最快的机票，同时订好去 S 市的动车。

然后她飞快地转身朝着自己的房间走过去。

Vicky 住在她的隔壁，闻言立即过来。在问出声之前，苏瑾莘先打断了她："什么都不用问，白起的事情交给你全权处理。我一会儿去办点事，然后离开国内几天，回程票你不必给我订。"

Vicky 张大了嘴巴，但是很快恢复了镇定，半小时之后她拿着手机过来："苏总，由于您要停留办事，给您订深夜十点的机票您看可以吗？"

苏瑾莘抹了一把脸，点了点头："嗯。"

怕是又要求助于伊晋甚至求助于自己那冰冷的家族了。可是到了这个时候，还在意什么面子和后果呢？

行李箱里面的东西尚未拿出几件，此时又被塞了回去。她匆匆对着送她到酒店门口的 Vicky 道："你回去吧，好好办事。"

对方点了点头："再见，苏总。"

她提着那小小的行李箱，一路从专车到动车再到专车，不停地打电话。她从来不知道自己是这样冷静的人，短短的一个半小时，就已然把能联系的人联系了大半。等挂上电话，她才发现手机早已经被她握在手里变得滚烫，攥得满手都是汗。

收件箱一直提示有新消息，她看了一眼提示，最上头的一条竟然是广告，顿时勃然大怒，直接清空了整个收件箱。

推开鼎盛的大门，前台小姐愣了愣，马上惊喜地叫出声："苏总监！"

她摆了摆手，有些疲惫地问："伊总在吗？"

前台点了点头："在的，您找伊总吗？我帮您……"

她话还没有说完，苏瑾莘就已经朝着伊晋的专属电梯走了过去。前台追了两步，感受到对方身上传来的冰冷气息，怯怯地停住了。

伊晋的专属电梯是刷指纹上去的，苏瑾莘试了试，惊讶地发现自己的指纹依然可以解锁。虽然诧异，但是她的脚步没有停，直接就跨了进去，一路直达伊晋的办公室。

里面静悄悄的，似乎没有旁人。她敲了敲门，里头传来熟悉的声音："请进。"

她推门而入，抬起头的伊晋明显惊讶："怎么是你？"

对着这张熟悉的面孔，她也不知道如何表达，嘴巴张了张，先跑出来的，却是一声小小的呜咽。

这下不仅是伊晋，就连她自己也愣住了。

伊晋什么也没有说，大步走过来，将她按在了沙发上，转头去倒了一杯水过来，递给她："有什么事？"

面前的苏瑾莘极力镇定，苍白着一张脸，唯有鼻头和眼眶红彤彤的。在她脸上看到这般类似楚楚可怜的模样，伊晋说不吃惊是不可能的。但是比起吃惊，更需要冷静下来，了解发生了什么事。

"学姐，怎么了？"

苏瑾莘捧着那杯热水，闭了闭眼睛："伊晋，请你帮个忙。"

伊晋蹲下，和她齐平，那漆黑的瞳仁有着让人冷静的力量："你说。"

"你大学的时候，不是参加过野外救援吗？我记得那里面有一个人，是专门做这个的，你们还有联系吗？"她思索着说道。伊晋虽然外表冷酷，可内心很是善良，经常参加公益活动不说，认识的一些人也有着各种专业技能。

她一说，伊晋就记起来了：“你说胡进？他现在有一支商业救援队。”

苏瑾莘抓住了他的手臂：“拜托把他的联系方式给我！”

伊晋伸手去摸手机：“我帮你跟他说吧，你需要他做些什么？”

“我们公司有个艺人……叫秦楚的那个，拍真人秀……《绝战丛林》，在丛林里失踪了……需要救援。”她结结巴巴地说完，补充了一句，“我今晚就赶过去，希望救援队能尽快出发。”

伊晋点了点头：“嗯，我知道了。”

他站起来打电话，阳光从他的身前打过来，使得他的身形半明半暗，很是高大。

苏瑾莘从身后呆呆地看着他，突然发现多年前的旖旎之念不知道何时已经消失殆尽，哪怕这样美好的背影，她也不再想靠近。

“安排好了。”伊晋打完电话，转过身来，看她依然惊魂不定，安慰道，“他们刚好没有任务，但是组内的医生度蜜月去了，你怕是要自己想办法寻找一个有相关经验的医护人员。”

她点了点头，发自内心地道谢：“伊晋……谢谢你。”

对方莫名其妙地摸头：“其实学姐，只要你不经常和我对着干，我觉得我们是可以做朋友的。”

他这样的人，若是对方脾气好一点，和善一点，或者弱小一点，他是很愿意与之相处的，可以往的苏瑾莘，闷不作声且管束太多，他面对她，就仿佛见了家长一般难受。

苏瑾莘没有回答他，只点了点头，转身出了门。

她接下来去了一趟老宅。

苏老爷子对她避而不见。她敲了半小时的门之后，他愤愤然打开了门："你跟你那扶不上墙的母亲一样，在外面吃好喝好就罢了，还回来作甚？"

苏瑾莘不声不响地跪了下去。

老爷子瞪圆了眼睛。

半个小时之后，苏瑾莘离开苏宅，带着两个保镖和苏家用了十年的医生。

身后是气得发抖的苏老爷子："为了一个戏子！你居然下跪！这苏家再也不会有你的份了！你这扶不上墙的！"

他中气十足，苏瑾莘含着眼泪，大步离去。

离飞机起飞不到两小时了，她坐在飞驰的汽车上，对着那个已经关机的手机愣怔地看。

由于已经没有机票了，保镖和医生将会和救援队一起，明天出发。

她独自一人上了飞机，蜷缩在小小的躺椅上，盖着毯子，强迫自己入睡。

她曾经救过秦楚一回，在数目庞大的狗群里，而这一次，她依然要去将他从丛林里拉出来。

这么想着，精神却依然没有放松多少。秦楚怕狼和狗，一遇到就失去行动能力，只剩下瑟瑟发抖。她还记得那一次对方在看见她的时候，瞳孔瞪得极大，那感激得仿佛要淌下泪来的眼睛，简直像是小动物一般纯良。

而丛林里类似狼和狗的动物，又何其多。

他此次失踪，若是又遇上狼群……那后果不堪设想。

把手机充上电，她迷迷糊糊睡着了。梦里全是秦楚被熊和狼狂追的可怜样，让她一整晚都在不断地惊醒。其间，她起来吃了一次饭，就再也睡不着，便开了电脑开始搜索那个北欧小镇的地理位置和天气状况。

这一查不要紧，查完更是忧心。

命运仿佛从来就是这样，越是担心，情况变得越坏。比如她查询到的那个小镇，在两天前，也就是她接到电话的前两天，就已经下起了鹅毛大雪；又比如她的手机在开机的瞬间，变得一片黑暗。

也许是因为使用太久而烧坏了电板，也许是因为别的什么。她想去找另外一部手机，却在搜遍了行李箱之后，一无所获。

脑子里迷迷糊糊地想起，自己离开酒店的时候，因为太过慌乱，遗忘了那部插在床头充电的 iPhone。

运气坏到这种地步，她反而失去了对自己发脾气的兴致。她努力调整好状态，让自己平静下来。

深呼吸了几次，她打开了 QQ 给 Vicky 留了个言，让对方联系一下剧组，告知对方她已经到了 X 国。

此刻的 X 国，俨然已经进入寒冬。一下飞机，她就被扑面而来的冷风吹得打了个寒战。举目四望，除了刚刚从飞机上下来的几个中国人，其他都是深目高鼻、衣冠楚楚的北欧人。

国际机场有好几种语言标识，她顺利地出了机场，坐上了去往那个小镇的火车。

车程并不短，一天之后，她才辗转来到了那个小镇。

一到小镇，她就打开了手提电脑，想要看看有没有人给她回消息。

在看到那个灰色的无线信号之后，她才意识到，她已经来到了遥远的国度，国内的无线网卡并没有任何作用。

这样就意味着，她和整个世界失联了。

夜色如幕，寒风似刃。

白茫茫的小镇和漆黑的夜空之间，有银屑一般的雪花相连，纷纷扬扬地飘落在她的肩头。

她看了一下表，此时应该是小镇的早上八点，然而由于此地纬度很高，此时仍是黑夜。她的面前一片昏暗，所以她只能拖着箱子，沿着路往前走。许久，才看到密密的建筑物和稀疏的路灯。可惜路灯晦涩不明，家家门户紧闭，也没有什么看起来是旅馆的地方。

也许她应该先找个住的地方，连上网线跟节目组联系上再说。

她并不懂路标上的文字，空旷的街道上也没有一个人影，她只能凭着记忆里《绝战丛林》节目里面那些房子的模样，往东边摸索着走去。

小镇在镜头下看起来那么小，实际走起来却大得要命，半个多小时过去了，她依然一个人在雪地里踽踽独行。

并不宽广的路上，覆盖着半尺深的积雪，她来得急，行李箱里带着的全是秋天的衣服，就算此刻全部穿在身上，依然抵抗不了零下几度的寒冷。那一条价值不菲的羊绒薄披肩裹在她的身上仿佛毫无作用，她搓着僵硬的手指，看着口中喷出白色雾气。

穿着香奈儿小羊皮单鞋的双足早已冻得麻木，她甚至可以听到脚踩在积雪之上的吱嘎声和自己牙齿咯咯作响的声音汇在一起，竟然显得很有节奏感。

这样下去不行，怕是还没有找到人，她便要冻死在这里。

想到这些，她把目光移向了不远处的一座小楼。那小楼建在一排房子后面，从一条小路进去，有个小小的院子，而且门口亮着暖暖的黄色灯光，看上去不像是小商铺，更像是住所。她拖着箱子艰难地走了过去，其间还因为雪地太滑而凄惨地跌了一跤，整个披肩都被沾湿了，手掌和脚踝火辣辣地疼。

她咬着牙爬了起来，一瘸一拐地继续朝着小屋走了过去。

在靠近小屋的时候，她扬声喊了起来："Anyone here（这儿有人吗）？"

她不会当地语言，只能用英文碰碰运气。

显然，她的运气不佳，一连问了好几遍都没有人应。

她沮丧地低下头，想要往回走，可是女人的第六感莫名地敏感起来——有什么东西藏在暗处，这个想法让她毛骨悚然。

她警惕地往后退了两步。

伴随着一声震耳欲聋的狗叫，一只巨大的高加索犬从亮灯处的小房子里猛然蹿了出来。它身形威猛，动作迅捷，如闪电一般窜到了她的面前，隔着木篱笆对着她狂吠。

苏瑾莘呆了一秒。

在那高加索龇牙露出巨大牙齿之前，她拉着行李箱转身就跑。

已经扭到的脚踝剧烈地疼痛，可她全然不顾，满脑子都是被追上就死定了的念头，只知道拼命地往前跑。见她奔逃，那只高加索犬大声吠叫了一声，直接越过了篱笆，朝着她扑了过来。

眼看着它就要将她扑倒在身下，她尖叫一声，将行李箱朝着对方一扔转身就跑。那行李箱虽然不大，但是她惊吓之下扔得十分准确，正中高加索犬那巨大的头颅不说，上面挂着的一个小挂件还狠狠地砸到了它的鼻子。

高加索犬停下来大声咆哮了几声，一时之间，好几个小院子的狗受此影响也狂吠起来。

苏瑾莘怕得要命，此刻再也顾不得什么公共道德，一边跑一边大叫："秦楚！秦楚！你在哪里？"

被击退的高加索犬已经反应过来，跟在她身后追了过来。她手边已经没有第二个行李箱了，只能将鞋子脱下来，待狗追得近了，就扔过去一只。

很快，鞋子也扔光了，可狗依然不依不饶地跟在她身后。

很快她的体力在这样的追逐之中耗光，她弯着腰停了下来，伸手指着狗："别过来你！"

那狗见她停下来，在距她两米处也止住了脚步，龇牙咧嘴，宛如随时要扑过来，同时大声地吠叫，像是警告，又像是威胁。

苏瑾莘光裸的脚在雪地里冻得通红，可心脏怦怦直跳，全身都散发着热气。她缓缓地后退着，直到背靠上了身后一张看起来像是便利店的大门。狗依然凶狠地盯着她，仿佛随时都会扑上来。她全然不顾地背过身去，拼命地敲："Anyone here（这儿有人吗）？Help（救命）！Help（救命）！"

门里毫无动静。

而狗已经失去了耐心。

它巨大的爪子在雪地里刨了刨，然后猛然扑了过来。

苏瑾莘闭上了眼睛。

高加索犬吐着热气的嘴巴越来越近，她甚至能够闻得到那里面传出来的腥臭。

天要亡我。

这是她闭眼前脑子里的最后一个念头。

突然一个拳头带着风声出现在她的身前，与此同时，一个高大壮硕的人影挡在了她的身前：“瑾莘！小心！”

熟悉的声音响在耳边，她慢慢地睁开眼睛看过去。

高大的青年逆光站着，半曲着身子，对着那依然龇牙发出威胁声音的高加索犬做出防备的姿势。她看不到对方的脸，只能试探着问：“秦楚？”

前面的青年应了一声，随即脱下那厚厚的棉大衣反手递了过来：“穿上。”

她接过，不知道是因为惊吓还是因为绝望，眼里渐渐有了泪光：“秦楚，你怎么在这里？”

对方应道：“我一会儿再跟你解释。你快走，我拦住它。”

苏瑾莘苦笑：“你怕狗，还是别管我，快去叫人来！”

她试图伸手去拉他，秦楚身后却宛如有眼睛一般，伸手就将她一把拨开。

她只好不动了，眼睛紧紧地盯着那狗，打算在对方扑过来的时候，将那大棉袄往它脸上一罩，也许，还能争取一点逃跑的机会。

可秦楚显然不想逃跑，反而伏低了身子，对着高加索犬扑了过去。

那条狗吃了一惊，往后一躲。它一动，秦楚也动了。他眼神锐利，宛如护崽的黑豹，身手矫健地再次扑了上去，揪住了它的耳朵，一个拳头狠狠地砸在了它的背上。

受到这样的攻击，那高加索犬明显吃痛地呜咽了一声，想要甩掉秦楚。偏偏这个男人非常灵活，转瞬间又给了它好几拳。直到最后，它实在承受不住，发出求饶的呜咽声，那拳头才止住。其间，揍它的人始终掌控着它的方向，不让它靠近苏瑾莘半步。

它转过头来夹着尾巴，如小熊，对着秦楚低声咆哮。

秦楚毫不示弱地瞪了回去。

一人一狗在雪地里对峙了三分钟，三分钟之后，狗发出一声示弱的长鸣，慢慢地退了回去，最终狂奔回了它来时的小木屋。

那高加索犬一走，苏瑾莘就感觉无法支撑起自己的身体，她的头一阵阵地发烫，整个脚钻心地疼。

秦楚喘着气走过来，接过她手上的大棉袄，将她一裹，然后打横抱起，往东南边走去。

“你没有失踪……”她抬手去摸对方的脸颊，短短的胡子刚好扎到她手心的伤口，疼得她微微一缩，“是真的，你出现了，救了我。”

秦楚没有说话，他表情冷冰冰的，满面怒容，竟然完全不像往日。

他这是在生什么气？

怪她跑过来拖了后腿？

她有些难过，但是脑子越来越重，只能勉强露出讨好的笑容，试图软化他脸上的冰冷：“你不是怕狗吗？怎么还能跟它对打那么久？”

这回对方回答了，不过声音依然紧绷：“怕，但是看到它咬你，就忘了怕了。”

他这样回答，苏瑾莘才感觉到他的牙齿也在咯咯打架，这才知道他刚刚不吱声是因为要咬紧牙关，免得一张嘴就泄露了害怕。

她乐不可支地笑出了声。

秦楚委屈地抿紧了嘴巴，加快了脚步。

苏瑾莘不再说话，她将脸往对方的胸口贴去，很快彻底陷入一片黑暗之中。

也不知道过了多久，她神智慢慢地有了一些清明，可眼皮依然沉重。

半睡半醒中，听到两个人在大声地吵架。

一个说："都怪你，为了什么节目效果出这样的馊主意，现在玩大了吧？！"

另一个说："我没想到她这样心急，都没给我解释的机会，后来打电话就完全打不通。而且秦楚没有备注真名，我哪里知道女王就是她啊！"

对方反唇相讥："次次做节目，你都想这些馊主意，这下好了，差点出人命。"

另一个不甘示弱："虽然主意是馊，可是她也太较真了啊，这不能全怪我！"

对方冷笑："呵呵……"

两人吵得十分激烈，秦楚的声音突然插了进来："够了……"

秦楚看着躺在床上的女子，一边用手搓揉着她赤裸的双脚，防止生冻疮，一边狠狠地盯着两人："趁我不在，拿我电话，难道艺人没有私生活和人权的吗？"

两人讷讷不言。

他更是火大："这节目我不拍了！"

嗯？

这怎么行啊！

领队伸手就要去拉他，可秦楚脸色青黑，毫不客气地将人往外赶，连带那个一直在拍摄的摄影师和他巨大的设备都被"请"出了门外。

他力气巨大且怒气冲天，两个人都不敢惹他，转瞬间就被推出了门外，只能眼睁睁地看着那大门在他们面前"啪"的一声关上。

关上了门之后，秦楚还不解气，对着门外大声喊道：“别再来找我了！”

他其实并不明白在节目拍摄途中，贸然毁约会有怎样的后果，可是看到苏瑾莘静静地躺在床上，双手双腿都有着明显伤痕，足踝的青紫此刻甚至都有些发黑，他就生气得不得了，什么后果都顾不得了。

节目组自带的医生其实已经来看过，也给她好好包扎了，又喂了药下去，说是没有大碍，最多会感冒，好好照料就不会有事。可是他依然愁眉苦脸地坐在床边，小心翼翼地等着她醒。

时间一分一秒过去。

苏瑾莘陷入了黑甜的梦境。

可是饥饿强行将她的神智从黑暗中拉了出来。

她睁开疲惫的眼睛，一睁眼就看到坐在床边的憔悴青年。

他像是守候主人的忠犬一般，一见她醒了就激动地上前查看。她动了动身子，发现除了有些地方有些疼痛，就只剩下全身酸软。

常年坐办公室的人，昨晚上可算狠狠地运动了一番，她自嘲地想。

“你觉得怎么样？”秦楚小心翼翼地看着她。

她捂住肚子，正想说点什么，鼻子却蓦然发痒，然后一个响亮的喷嚏就打了出来。秦楚躲闪不及，被余波糊了一脸。

顿时，她尴尬地呆住了。

秦楚倒是不以为意，从口袋里掏出手帕给她擦了擦嘴角，又擦了擦自己的脸：“你还好吗？”

她剧烈地咳嗽起来。

这一咳便无法停止，秦楚倒是镇定了。他将一个小小的暖手炉放在她的怀里，然后去外间，快速地拿了一盒暖过的枇杷膏来。

苏瑾莘在他的注视下，一点点地吃掉那一盒枇杷膏，咳嗽慢慢地缓了下来，喉咙也好受了许多。可咳嗽停了，肚子的叫声就明显起来。

她有些脸红，朝着秦楚看过去。青年含笑看着她，那眸子流光溢彩，似乎是极其高兴的模样："饿了吗？我去给你拿点粥过来。"

她点点头，对方就大步出去了。

不知道为什么，她突然觉得秦楚身上，有些什么变了。

那种老实巴交的眼神虽然依然在，但是气场变得很……怎么说呢，如果以前是冒失的幼犬，那么，现在就是气场强大的守护犬。

想到那挡在她身前，防着大狗咬到她的青年，她的嘴角勾起一点笑意，然后轻咳一声。

秦楚很快返回，推开门的时候，带着一大碗肉粥。

"这是你昏迷的时候，领队弄的。"青年看起来非常不情愿接受对方这种类似道歉的东西，但是依然舀了一勺递到了苏瑾莘的嘴边，"你尝尝看，合不合口味？"

苏瑾莘有些害羞，她只是感冒了，又不是残废了，对方摆出这喂饭的架势是闹哪样啊！

她伸手想要去接，青年却把碗挪开了，低声道："你手受伤了。"

她抬起手看到右手手掌擦破的那一点儿皮，忍不住笑了："这算什么伤啊……"

青年依然十分坚持，她就只能红着脸，接受对方的"照料"。

两人一个喂，一个吃，空气十分安静。

就在这样的安静中，还是忍不住眼神乱飘，两人视线一不小心就会撞上，撞上之后，又飞快地躲开，房间里渐渐地弥漫出一种说不清道不明的气氛，双方的脸颊情不自禁地红了起来。

“你……”

“你……”

她才开口，对方就已经抬起红得滴血的面颊来，看着她，那黑色的大眼睛里面星光闪烁，美好得几乎让人忘记呼吸。

“我什么……”着魔般地，她问出了声。

对方的呼吸猛然急促起来。

就在苏瑾莘也被弄得紧张兮兮的时候，听到了对方那沙哑的、紧张得变调的嗓音。

“苏瑾莘……你可以嫁给我吗？”

她呆滞了片刻，突然小声说了一句：“你是不是太激进了？”

还不是情侣呢，就直接求婚，小伙子你倒是很心急啊！

对方紧紧地看着她，突然把碗一放，捧着脸一头扎进了她的胸口。

喂！

她不知所措地愣在那里。青年那毛茸茸的脑袋埋进她的胸口就不再动弹，从她的角度看过去，只能看到对方那红彤彤的耳朵，以及已经变成粉红色的脖颈。

片刻之后，一句小声而含糊的嘟囔从她的胸口传来。她分辨了好久，才听清楚对方说的是——我太害羞了，不知道该说什么啊！老板！

她“扑哧”笑出了声。

第十二章

许你温柔和陪伴

苏瑾莘喝了粥，又就着秦楚的手喝了一小碗汤，这才继续躺下。不过这一次，她没有躺平，而是倚着秦楚拿过来的两个靠枕，半靠在床上。

对方喂完了食物，也不肯离去，就木呆呆地坐在床边，拉着她的手不说话。

她也是个沉得住气的，秦楚眼巴巴地等着她回话呢，她却没事人似的，坐在床上，一下一下地捋着自己垂到胸前的长发。

枇杷膏的疗效很好，喝完粥之后，她的咳嗽就止住了。

房间里安安静静的，只有秦楚的呼吸越来越压抑。

苏瑾莘突然起了逗弄他的心思，故作漫不经心地抽回手，道："古人云，男女授受不亲，请这位公子不要再拉着本女王的手啦！"

她这么一抽，对方迅速就有了反应，五指一扣，再次握住了那滑走的细白手指，片刻之后，又像是想到了什么似的，可怜巴巴又依依不舍地放开。

她露齿一笑："孺子可教也。"

秦楚呼吸声渐重，抬起头来，一双眼睛像红彤彤的兔子眼似的指控地看着她："你是不是不想跟我在一起？"

咦？

她有说这句话吗？

她摇了摇头："没有啊。"

对方脸上瞬间就涌现出了狂喜的表情："那你是答应了？"

她继续摇头："也没有啊！"

秦楚崩溃："那你是什么意思啊？"

她好整以暇地看着他："你问我什么意思，我还想问你什么意思呢！"

秦楚愣怔："咦？"

她跟他讲道理："小伙子，打过游戏吗？"

秦楚点了点头。

她继续问："那打游戏是不是要一级一级地升级？"

那还用问？

秦楚继续答："当然。"

很好，她露出笑意："那感情是不是也应该一步一步地来呢？"

秦楚茫然地看着她，看起来完全不明白她说这话的用意。

苏瑾莘只好慢慢地引导他："比如你先想想，现在的你和我是什么关系？"

直接求婚那是情侣之间的事情，她和他目前连朋友都算不上，只是老板和艺人之间的关系。

没想到对方斩钉截铁，大声地说道："你要潜规则我。"

苏瑾莘气得差点背过气去。

可马上他又接了一句："我也很愿意被你潜规则。"

他严肃地拉起她的手，正义凛然道："所以我们是情人的关系！"

什么？！

她瞪圆了眼睛，一瞬间差点被对方的逻辑说服了。

秦楚见她这个模样，顿时欣喜起来，探头凑过来，在她嘴角亲了亲："所以，你愿不愿意嫁给我吗……老板？"

苏瑾莘躲了一下，没有躲过，脸色迅速地红起来。

他似乎一不知所措就喜欢喊她老板，带着撒娇的语气，仿佛这样，她就应该对他负责似的。

但显然，苏瑾莘确实很吃这一套。她迷迷糊糊地觉得他说得很有道理，但是总觉得点头很吃亏。在对方再一次凑过来亲吻她的嘴角的时候，她左躲右闪，头昏脑涨地说道：“求婚连个礼物都没有，我愿意才怪！”

这一句话秦楚接得很快：“有礼物你就答应吗？”

她被摁在青年的身下逃脱不得，双手抵着对方滚烫的胸膛防止再次被吻，可对方力气极大，抓着她的手拉高，顺势将头低了下去。

双方的心跳隔着薄薄的衣服咚咚咚跳得热烈，让人瞬间头昏目眩。

氧气渐渐稀薄，她无力地瘫软下来，脑子里似乎有电流窜过，酥麻得让人快要昏厥。

这样下去可不行！会失控的！

理智在脑子里崩溃大叫，她试了好几次才猛然推开对方：“要是礼物不错，我就答应！”

秦楚双手撑在她身体两侧，静静地停留在她的上方，眼睛一眨不眨地看着她。

她闭着眼睛喃喃着：“有礼物我就答应，行吗？快离我远一点！”

她紧张得快要呼吸不了。

上方传来“扑哧”一声，秦楚惊喜的声音回响在耳边：“真的吗？那太好了！”

他直起身来，做着深呼吸。苏瑾莘赶紧蜷缩起身体，一声都不敢出，等待着对方平静下来。

她虽然没有经验，但并不傻，对方显然因为她而显得十分激动，所以在紧要关头，她才会迅速喊停。

几分钟之后，秦楚凑过来再次问她：“真的只要有礼物，你就嫁给我吗？”

苏瑾荇说不出拒绝的话来。

因为此刻面前的这个青年，实在是太过动人。

就这么一个吻，青年的脸上仿佛带了光，一双眸子跟含了水光一样，柔情万种，就连那淡色的唇都艳红欲滴。他就像是一颗蒙尘的昂贵宝石，在一个吻之后，被擦得光芒四射。

她不敢再看，低头使唤对方离开：“快去洗碗。”

青年大概是太过高兴，应了一声“好嘞”，就美滋滋地捧着那个饭碗出去了。他走得迅速，带起一阵快活的风。

待他离得远了，苏瑾荇侧耳听了听窗外的动静，整了整被子，换上了严肃沉默的表情。

果然，不到两分钟，便有谨慎的敲门声响起了。

“苏小姐，是我，可以进来跟您谈一谈吗？”

她低眉一哂，果然来了，便扬声道：“可以，进来吧。”

门被小心翼翼地推开，《绝战丛林》节目组的领队、导演和制片一行三人拎着一堆的水果，带着笑脸走了进来。

“苏总，好久不见。”

制片人黄穹易打着招呼，他身后的谢导和节目领队也小心地赔着笑，打着招呼，将水果放在了不远处的小茶几上。

黄穹易这人四十岁上下，能力不错，又极其圆滑，虽然入行甚晚，但制作过好几个收视率极高的综艺节目，苏瑾荇跟他也有过两次合作，双方印象都很不错。但他万万没想到秦楚电话里的那个女王，就是文达娱乐的老总苏瑾荇。

他更没有想到的是，苏瑾荇接到秦楚出事的消息之后，如此迅速地赶了过来，还差点因此受伤。

苏瑾荇苦恋鼎盛娱乐的少董伊晋多年不离不弃的事情，业内皆有耳闻，不知为何又会为了这样一个毫无背景的新人，如此劳碌奔波？

难道她移情别恋，“鲜肉”暗藏？

虽然一时之间不了解对方的来意，但这歉得扎扎实实地道，所以他站在床前，对着苏瑾莘鞠了一躬：“实在对不起苏总……让你受累了。”说完他一招手，对着站在后面的领队板起脸，“萧默！还不过来给苏总道歉！看看你惹的事，把苏总折腾成什么样了！”

这是打算让领队背锅了，苏瑾莘了然。

那领队倒是机灵，一脸后悔欲绝地前进两步，一个巨大的鞠躬就弯了下去：“苏总！对不起！都怪我！为了节目效果乱做主张！对不起！”

苏瑾莘坐在床上，闻言想要说什么，却猛然咳出声来。她迅速地扭过头去，捂着嘴一声接一声，咳嗽声听起来撕心裂肺。

站在床边的几个人顿时都哑了。

那领队反应倒是很快，伸手虚虚地扶了她一下，顺便为她调整了一下靠背，待她顺过气之后，赶紧端过来一杯温水：“苏总，喝点水。”

苏瑾莘缓过来，摆着手招呼道：“黄哥好久不见，请坐请坐。谢导，我这还没有来得及换衣裳，原谅我就不下床了，你坐你坐。”

几个人一番客气，还是各自选了一个位置，坐了下来。

那领队殷勤地坐在她床边的小凳子上，拿起一个苹果就开始削。

苏瑾莘端着热水，看着一行三人，像有些疑惑地问：“黄哥，谢谢你来看我。不过我不明白，为什么电话里说秦楚失踪了？我紧赶慢赶地来救人，为什么他却好端端的，像是没有发生任何事情呢？”

黄穹易一脸苦相："苏总，真是对不起。这事儿全赖你哥哥我跟谢导这老糊涂，我们听了萧默这臭小子的建议，思虑不周，就拍板决定了。你容我跟你解释一下，事情是这样的……"

《绝战丛林》节目在北欧已经拍摄到了最后一期。谁知道主编剧竟然突发脑血栓，不得不送入医院，急救之后就送回了国，剩下的几个编剧安排的节目剧本根本不能看，一连拍了好几天，素材都只能作废。

整个节目组陷入了愁云惨淡的境地。

几个节目主创人员就地一拍板，觉得这样不行，这趟北欧旅程的最后一集怎么可以没有任何爆点平平淡淡地过呢？那接下来的海岛风情还有人会看吗？

作为节目领队——橘子台的新晋主持人萧默，提出了一个大胆的想法——最后一期北欧探险的主题不如就叫"真爱求援"吧！

谢导抬起他那光秃秃的头，问："真爱求援，怎么个求援法？你可别忘了，咱们这节目一播出，可就跟观众说了，这林子虽然大，但其实没什么危险的。而且若真要弄出什么危险来，咱们可不就拍成《动物世界》了？"

萧默被反对了也不气馁，反而对着他嗔道："哎呀谢导，我不是这个意思。"

黄穹易打断他："年轻人别磨磨叽叽的，快点说。"

萧默清了清嗓子站起来："我的意思是，既然这个林子里没有危险，咱们也不可能让嘉宾们陷入危险，那咱们不如给他们制造一些危险，然后请来额外的嘉宾帮忙解决，最后达到一个惊险刺激又大团圆的结局。"

他这句话一说出来，全程静默了一下。黄穹易放下手中的烟，看了他一眼："说下去。"

萧默得了鼓励，更是兴致勃发："你看，咱们少年组经过整整两个月的努力，不是赚了三千块钱吗？咱们找个人去把这三千块钱拿走……然后允许他们求助一个人，再看他们的行动。

"采集组咱们先找一个嘉宾沟通，让他假装中毒，看看剩余的两个人会怎么办。"

"至于狩猎组嘛，他们武力值高，安排嘉宾搞事情怕是不行，不如试着给他们家里打电话，说出了事，看看对方的反应，再告诉对方是个恶作剧。这其实也蛮有看头的，最近观众不是挺喜欢看这个吗？"

他说完，谢导看着黄穹易："黄老弟，你看这小子说的，能不能成？"

黄穹易夹着烟的手在桌上敲击了几下，最终还是点了点头："把这个想法告知编剧组，让他们完善一下活动策划。"

时间调转回节目录制的前一天。

晚饭过后，萧默敲了敲饭碗，待大家集体看向他的时候，他站起来宣布："由于编剧组在赶工，大家近日受累了，休息一天，后日再拍摄。大家可以尽情玩，摄影师大哥可能会过来拍一些小花絮，但是播出的时候会剪掉不用。"

此话一出，辛苦了好久的嘉宾们欢呼起来。

他们不知道，真正的拍摄，此时刚刚开始。

第二天，导演和制片等人果然不见踪影，每个组原本配备的两个摄像也只剩下了一个。

少年组出门打算买点小礼物给大家，因为圣诞节快要来了，中途却被一个戴帽子的外国人一撞，等到回过神来钱包已然不见。

少年组的领队周宇光当场就蒙了，那是他们三个组的人努力了整整两个月的成果啊。少年组的那个小女生甚至当场哭了起来。

摄影师把这一幕完美地记录了下来。

而另一边，罗钦作为节目组的“线人”，中午突然好心地表示要给大家露一手，煮个奶油蘑菇汤给大家喝，于是一群人愉快地在门外等。

他兴致勃勃地端来一大碗蘑菇汤，当着大家的面道：“我来尝个味，这是卓然昨天采的，要是放少了盐就可惜了。”

一口汤下去，他瞬间口吐白沫。

不得不说科班出身的罗钦演技十分突出，从口吐白沫到脸色发青，再到颓然倒下，一套动作完美流畅，把李稽知吓得打翻了整锅汤，烫得卓然跳了起来。两人都顾不得脚痛，扑过来就去扶罗钦，同时撕心裂肺地大叫：“救护车！120啊！”

这一幕摄影师也一点都没有错过。

然而到了狩猎组这一边，事情却没有那么顺利。

另外两人的家属顺利接通了电话，也顺利完成了体验，这一切都是在嘉宾面前发生的，所以毫无意外。

轮到秦楚的时候，大家却怎么也找不到他了。

“他进山里去了。”楚霭道。

领队笑：“又去伐木了吗？”

楚霭点头：“说是等到节目结束的时候，要给谁一个惊喜来着。”

领队长长地哀叹了一声：“那我岂不还要去山里找他？”

“这倒不必。”另外一个嘉宾举着一部手机道，“他手机还留在这里呢！不如咱们玩一把大的，背着秦楚给他家里打个电话？”

这个嘉宾叫陈郁，容貌清丽，演技尴尬，原本走走偶像路线也能混个二三线，然而他并不满足，靠着跟领队萧默一起参加过选秀节目，进了这个真人秀节目组。本想着趁机再火一把，提高一下身价，然而进来了之后，经过了几期节目，在狩猎组里很是不起眼。论名气，他不如楚霭，镜头比楚霭少也就算了，毕竟楚霭是老戏骨，过气影帝，让让也无妨，但他早已有了名气，秦楚不过是一个新人，还处处压他一头。他心想，凭什么节目播出之后，他沦为配角，秦楚却疯狂涨粉？！

所以昨晚他听领队说了第二天的计划之后，一大早就悄悄地从秦楚的口袋里拿走了他的手机，放到对方的枕头下，假装他忘记了带。

果然派上了用场。

楚霭犹豫了一下："这不好吧？"

领队萧默看了看表："时间来不及了……打吧。"

秦楚的手机没有密码，若是无法指纹解锁需要输入密码，就会陷入绝境，所以苏瑾莘当时特意交代，购买的时候，帮忙设置一下。

没想到就是这样的设置，让萧默顺利地引苏瑾莘进了坑。

等到苏瑾莘表示要过来，萧默再想要解释的时候，那边已然是忙音。

预感到事情影响将要扩大的萧默，再也顾不得去询问这个女人是秦楚的什么人。

若回答是女朋友，节目一曝光，秦楚这个人便火不起来了。

毕竟一个被绑定了的男明星，是不会有多少"女友粉"的。

可对方不仅没有回答他们，还直接心急地挂断了电话。

等他再次打过去的时候，就一直是忙音了。

萧默这个人，不仅某些喜好和女子一样，第六感也和女子一样准确。当他觉得不对劲的时候，就将此事告诉了谢导。谢导疼爱他，帮他跟楚霭打了招呼，又警告了陈郁，硬是压下了这件事。

没想到才过了一天半，苏瑾莘公司那边就给组里打了个电话，道："听闻我们公司的艺人秦楚出了事情，公司已经派了救援队和医生过来了，请节目组坚持一下，大家齐力寻找，不要放弃一丝希望。我们苏总已经率先过来了，由于事情太过紧急，苏总手机出了点儿问题，怕到时候无法联络，请节目组安排一个人接待一下。"

这个时候，大家才觉得事情可能闹大了。

告诉秦楚这个消息之后，秦楚一言不发地罢了工，守在来小镇的路口一直等，从白天到黑夜。

苏瑾莘来的那天晚上，还是楚霭强行把他拉回去喝了点儿汤，不然身体再强壮，怕是也受不了。

黄穹易挑拣着说完事情的来龙去脉，一巴掌把萧默拍到苏瑾莘面前："所以说，都怪这小子自作主张，开这么大的玩笑。苏总，你好好教训一下这小子，看他以后还敢不敢这么做人。"

萧默又一阵猛烈地鞠躬："苏总，要不，您打我消消气？"

苏瑾莘看着那低下的头颅，眼里沉沉的，看不出情绪。

一会儿，她"啊"了一声，沉默了一下后低声说："年轻人喜欢开玩笑，倒是人之常情。"她顿了一下，目光寒冷地瞟过萧默的脖子，"可这个玩笑真是太吓人了，我如今看到人还好，心是落下来了，可伊总的心，不知道此刻是不是还悬着呢。"

黄穹易愣了愣："鼎盛娱乐的伊总？他怎么……"

如果说苏瑾莘手下只是一个小公司，全靠着她的名气在撑着，他们道歉这样轻慢，终究是有恃无恐，但提到伊晋，就不得不慎重了。

苏瑾莘慢慢地披了一件衣服，掀开被子坐在了床沿上，看着下面的萧默，轻轻地咳嗽了一声：“虽然只是一个玩笑，但是听闻公司的艺人出事，我迅速联系了各路朋友，想要救援，所以这是你电话打不进来的原因。因为当时的我，正急得到处想办法，无力去揣测这是一个骗局。

“秦楚这位艺人，是伊总嘱咐我要好好培养的，听闻他出事，伊总立刻启动了他自己的救援队，甚至联络了国际警察……”她低头看了看表，“此刻，他们怕是已经在X国的火车上了。”

她的声音又平静又缓慢，听不出情绪，像只是在阐述一个事实，可短短的两句话，不仅让躬身的萧默恐惧得手脚冰凉，就连黄穹易的头上，也冒出了豆大的汗珠。

他颤颤巍巍地伸手：“苏总……伊总和您的损失，全由我们承担，您看……”

苏瑾莘摇了摇头，像是安慰他一般：“黄哥，你我之间，何必在意这些小钱。”

这句话一出，对面三个人的脸色顿时白了。

片刻之后，谢导抹了抹额头上的汗，问：“这件事是节目组的失误，今天和苏总洽谈，也是希望能找出一个让你满意的解决方式，苏总有什么话，不如直说好了。”

“谢导言重了。”苏瑾莘目光牢牢地钉在了萧默的脸上，“我只是有些疑惑，秦楚的手机按照公司的规定是要一直随身携带的，方便他的经纪人能及时联络到他，而且节目组没有交出手机的规定，所以他是如何遗失的呢……”

她这句话一出口，萧默顿时抬起头来，得救一般大声喊道："陈郁！是陈郁说秦楚的手机忘记带了，也是他提议，不要等秦楚回来就打电话会更有意思！"

哦……

是这样啊！

苏瑾莘了然地颔首，放下手中的茶杯，对着面前的黄穹易道："黄哥，我有个小小的建议。"

黄穹易身子微微前倾："请说。"

她勾起了嘴角，露出冷笑："这种品格的艺人，节目组是不是应该出个公告呢？"

黄穹易愣住了。

不过他马上反应了过来："这是自然。"

听闻这句话，苏瑾莘的嘴角缓缓上扬："那既然始作俑者已经被处罚了，其他的就都不是什么大事了。"

她这样好说话，另外三个人都感到不可思议："苏总没有其他要求了吗？"

苏瑾莘接过萧默递过来的苹果，轻轻咬了一口："我和黄哥都是老熟人了，不过是一点点误会，怎么好意思提要求？我们秦楚靠着节目粉丝量涨了很多，还没有好好谢谢大家呢……"

谢导很快明白了她的意思，拍手笑了起来："《绝战丛林》还要去三个地方，大概拍摄半年，秦楚身手好，人又长得俊，节目组也打算多让他露脸，以后粉丝会更多的！"

那头黄穹易也点头："《绝战丛林》拍完之后，我还有部民国谍战的电影，正需要一个武艺高强的男二号呢！我觉得秦楚就挺合适的！哈哈哈哈……"

苏瑾莘这才满意地真正笑了起来："能跟黄哥合作，真是他的幸运。"

到这个时候，房间的气氛才真正活跃起来。几个人又聊了一些圈内的八卦，先前的僵硬和疏离感被抹得干干净净。

最后黄穹易递给苏瑾莘一部手机："苏总，伊总派来的救援队我们已经去迎接了，到时候萧默会带着他们在这里好好玩耍一番，就当是旅游了！所有费用全归哥哥我负责！嗯！苏总你不要说话！不要给哥哥我省钱！"

他一派豪气的模样，苏瑾莘也就顺水推舟。最后，他小心翼翼地加了一句："苏总，要不要先给伊总去个电话，让他安心？"

苏瑾莘含笑答应，当着他的面给伊晋去了电话，他这才放下心来，带着人离开了房间。

一场闹剧，就此落幕。

苏瑾莘闭目靠在床上，方才因为说了太多的话，喉咙有些干涩。她轻轻地咳了几声，面前突然递过来一杯温水。

是秦楚。

她抬头，温声问他："你碗洗完啦？"

对方点了点头。

"刚刚我们说话你都听见了？"她问。他们所在的房间是一个套间，里面是卧室，外面是个小会客室，只隔着薄薄一张门，他进来悄无声息，想必早已在会客室。

"嗯。"他答应道，凝视着她的嘴唇，那唇因为受凉而干燥起皮，还泛着白，但是他很想吻下去。

刚刚苏瑾莘在跟那群人聊天的时候，他就在外面，听着她为了给他争取资源而跟那些人慢慢周旋，讲话又温和又寸步不让，该为他讨的东西一样不少，该为他教训的人决不轻饶。他听着听着，突然觉得心里暖热，好想将人抱在怀里。

事实上，他也确实这么做了。

他紧紧揽住她，把头搁在对方肩膀上，小声嘟囔："他们害得你跑来这么远，被狗追，还感冒，你为什么都不提一嘴啊？"

她为什么完全不考虑自己?

这样只顾着他，让他好感动，恨不得现在就带她去看看他为她准备的礼物。

可是还不行，明天才是圣诞节，明天才是适合给出惊喜的最佳日子。

苏瑾莘拍着他的后背："那是因为给你争取的东西，就是给我争取的啊，你是我的摇钱树！"

他不开心："可以前你说我是赔钱货。"

她大惊失色："我有这么说过吗？我怎么不记得了？"

他认真地点头："是，你说过！不过从那时候起，我就决定了，一定要好好工作，为你赚钱。"

嗯，这话她爱听。

由于突发事件，当天晚上，节目组的食堂多了十三个人来吃饭。嘉宾和不知情的工作人员虽然有些奇怪，但是非常有职业素养地没有表现出惊讶。

晚上的时候，领队宣布，明日就是圣诞节，节目组会进行全程跟拍，请大家准备好，明天以饱满的精神，迎接最后的一场拍摄。

过了明天，休息一周，再飞去大西洋上的某座小岛，那就是新一期的“海岛风光”了！

听说放假，食堂里顷刻间响起了开心的欢呼声。

苏瑾莘坐在众人之间，抿着唇，看着坐在她身边的秦楚，悄悄地勾起一抹笑。

夜色来得快速而安静。

当雪下起来的时候，不管是狩猎组和采集组，都已经搬入了城里的旅店，毕竟丛林的帐篷里可没有暖气。

当天夜里，紧闭门窗，大家围在一起打牌聊天的时候，有两个人却悄悄地出了门。

苏瑾莘被秦楚里三层外三层，裹得宛如一个巨大的粽子，最后还被套上了厚厚的狐狸毛帽子和绒线手套，戴上了口罩，然后秦楚神神秘秘地表示：“我有礼物要给你看……”

苏瑾莘看着自己熊一样的装扮，以及秦楚站在路口朝着她招手的样子，不由得笑道：“你说的礼物该不会是一个雪人吧？”

她也不是小孩子了，若是一个雪人，可不能叫她答应做他女朋友啊。

她这么想着，依然把自己裹得严密的手放在他的掌心里。

秦楚也不说话，只一摆头，一副骄傲的模样，握住了她的手示意她跟着来就是。

他一只手握着一支手电，一只手牵着她，稳稳地走在前面。她小心翼翼地跟随着对方，一步步地踏进了那积雪很厚的丛林。

暗夜里，只听见雪落在地上的沙沙声，以及两个人的呼吸声和脚步声，四周极度安静，反而让身体的触感变得更加清晰。

她感觉自己的手被握得很紧，高大的青年走在前面，时不时地回头看她一眼，那眼神如夜空一般，安静而愉悦。两侧光秃秃的林木慢慢地往后退去，寒风在耳边呼啸，带着冷意，也带着刺激。苏瑾莘突然就有一种想要被拥抱的渴望。

脚下有松软的雪花，压着掉落的松枝，她一脚踩下，整个人一滑，就揪紧了那拉住她的手。

尖叫尚未出口，就被人一拽，身子一扑，落入一个温暖的怀抱。她惊慌失措地抬起头来，简直怀疑上帝听到了她的心声。

秦楚揽住了她，却没有立刻放开，而是用一种亮晶晶的、十分渴望的眼神紧紧地锁定她。

“怎……怎么了？”她问。

“老板，我有一个梦想。”他答非所问。

“什么梦想？”她突然有些紧张。

“我在很小的时候，就很喜欢看韩国的电视剧……”他语气慢吞吞，维持着将她搂在怀里的姿势，“希望自己变得很强壮，然后在某个下雪天，遇到心仪的女孩子……然后背着她一路走去……”

年轻人……你这想法是不是太文艺了啊……

对方的声音还在继续：“后来，我走过很多的雪地……却没有女孩子让我背……”他低下了头，可怜兮兮的样子，“她们都嫌弃我穷……”

苏瑾莘无声地抬头，吻住了他的嘴，声音犹如叹息：“我有钱，我愿意。”

她话音刚落，对方就利落地换了个姿势。

天旋地转间，她就如同一只笨重的浣熊一般，被他稳稳地背在了背上。

她小小惊呼了一声，不再说话，心如擂鼓，面如朱砂。

秦楚如林间的雪豹一般，观察着树枝，辨别着方向。不久，她的耳边就听到了水声，慢慢地，那声音更大了。然后她就被轻轻放在了地上，青年高大的身影挡在她的面前，像小孩子一样地请求着："老板，你闭上眼睛。"

这么神秘？

她虽然好奇，但是听话地闭上了眼睛，由青年牵着手，小心翼翼地朝前走去。

走了十几米，对方停了下来，松开她的手，依然紧张兮兮地喊着："别睁开眼睛啊！"

她微笑："我没有睁开眼睛。"

雪地里响起对方跑远的声音，她耐心地等待着。果然，片刻，那脚步声嗒嗒地传了过来，他站到她的身边。

带着喘息的声音在她耳边响起："好了，可以睁开眼睛了。"

苏瑾莘慢慢地抬起了眼，然后捂住了嘴巴。

不远处，一座屋檐下挂着成串彩灯的小木屋映在她的眼底，屋子的旁边还种着一棵雪松，一看就是新种的。雪花覆盖着整个尖尖的屋顶，不断有新的雪花落下，让整个木屋宛如盖上了一层棉絮。不远处，有一条小河缓缓地流过，那哗啦啦的水声映衬着崭新的木屋，宛如一个童话。

苏瑾莘静静地看着那几米开外，从窗口透出温暖灯光的小木屋，眼角有些湿润。

她开口，声音沙哑："你……怎么会知道这座小木屋的？"

秦楚有些紧张："你不喜欢吗？"

苏瑾莘点头："我很喜欢。可是你是怎么找到这样一个小木屋的？它……"这和她童年最爱的一个木屋模型一模一样。

那原本是给芭比娃娃打造的小木屋，可是不喜欢芭比娃娃的她，独独买下了那个木屋，一直放在自己的房里。后来爷爷生气，觉得整天守着木屋的她太过玩物丧志，令人把木屋拿走了。

等她找到木屋的时候，那个小小的模型已经变成了两半，躺在脏兮兮的垃圾桶里。

她虽然后来将木屋拿了回来，却再也没有带到卧室里去过。

他是如何找到这样的木屋的？

用整根的高大树木一根一根镶嵌摞起来，南面和东面开着小窗，灯光就能从小窗透出来，再在三米高的地方修建阁楼，人字形的屋顶正中央竖起一轮弯弯的月亮。

她急奔几步，走到那一扇小门面前，竟然有一些不忍推开。

秦楚慢悠悠地走了过来，为她打开了木门，然后弯腰微微躬身："欢迎你……女王大人。"

她被逗笑了，扭头去看里面，蓦然瞪大了眼睛。

不止外面，就连里面也和记忆中的小屋一模一样！

进门的右手边是粉色的布艺沙发，沙发旁边是一个坚实的壁炉，炉子里火苗熊熊燃烧，旁边堆放着整齐的柴火。扑面是温暖的气息，圆润的灯泡如水滴一般坠落在房屋四角，明亮动人。而进到门内，发现小木屋的后面竟然还有一间小房子，那小房子里倒是空旷，只摆着几枝清雅的松枝，而在小房间的东南角，有一座木楼梯，看来直通上面的阁楼。

"要不要上去看看？"秦楚问。

苏瑾莩已经说不出话来了，脚下如踩着棉花一般，跟随着对方踩着楼梯来到了阁楼之上。

阁楼的空间没有被划分成两半，而是一个整体的巨大的卧室。

只有两米来高，两侧开着巨大的窗，而房中央摆着一张两米来宽的床，那上面铺着一张巨大的柔软的羊毛毯。床下面放着厚厚的粉色的地垫，显得格外温柔。

一眼看去，阁楼四周仿佛坠落着细碎的星光，仔细再看，那是一些小小的LED灯泡，一闪一闪如梦境。

秦楚点燃了阁楼角落烛台上的熏香蜡烛，房间里顿时弥漫起好闻的栀子花香。

窗外雪花飞舞，纷纷扬扬，年轻英俊的男人站在床前，眼神明亮诱惑犹如灯火，他抓着苏瑾莘的手，深情说道："老板……这就是我要送给你的礼物！"

苏瑾莘感觉呼吸都要忘却，太多的情绪、太多的疑问集聚在她的脑海里，张着嘴却不知道先问哪一个好："你……你……"

没想到平日木呆呆的青年，此刻却像是会读心术一般，看着她一句一句地解释。

"这个木屋是我建的，所以和你熟悉的那个木屋模型一模一样。

"请了人，但是大部分是我自己亲手做的。

"你辞退我以后，我没地方去，就悄悄睡在了你家别墅后的小凉亭里，看到了一座小木屋的模型和里面藏着的一本日记……"

被窥破童年记忆的羞耻感让苏瑾莘很着急："你……"

对方抓住了她的手："抱歉……虽然不是故意，但我确实是看完了那本日记，所以知道你从小就有个愿望，那就是拥有一座建在旷野里的小木屋！然后待在这个屋子里，不需要学习，不需要弹钢琴，也不需要说话细声细气，谁也管不了你……"他往后退了两步，眼里温柔的波涛涌动，"今天，在这个木屋里，你想要做什么，都可以。"

苏瑾莘抬头："什么都可以？"

秦楚坚定地点头："都可以。"

心跳剧烈到仿佛震耳欲聋，苏瑾莘想起多年前她心底压抑的放纵和肆意，那是她少女时期可望而不可即的理想，为此，她羡慕了伊晋十来年。

她突然升起无穷的勇气，一举释放那个囚困在她心底敢爱敢恨、敢作敢当的少女。

青年被她推倒在铺着羊毛毯的床上，雪橇犬般忠厚的眼睛里映衬着她熊熊燃烧的渴望。

她的全部情感如囚徒释放，以歌以血以他的温柔陪葬。

第十三章

甜有你，苦也有你

苏瑾莘醒来的时候，身边的位置已经空了。

她抬起手，看到时间显示已然中午，拿起手机，发现微信有一条消息，那是来自秦楚的语音：你醒了给我发个消息，我过来接你。

她自然没有要他接，转而拨了救援队的电话，并发送了位置，让那些人带她回了小镇。

秦楚正在参与拍摄，见到她很是激动，她却如朋友一般摆了摆手，示意他不要靠近。

面前的摄像头那么多，为了对方以后的星路，她恢复成那个沉默凌厉的公司老板。

她带着一行人走到黄穹易面前，表达了自己今天就离去的打算。

黄穹易知道她事情多，也没有留她，只是安排了工作人员给他们订票和送机。

不远处的秦楚听到她的话，睁大了眼睛，难以置信地瞪着她，眼看就要过来，却被她一个眼神钉在了原地，顿时垂头丧气，如被遗弃的大狗一般耷拉下了尾巴。

他拼命地反思——自己昨晚是否有哪一个程序没有做对，才让她这样急不可耐地离去。

不过不管他怎么想，苏瑾莘的心思，他一条也没有猜对。

她只是在害羞，需要用逃避来缓冲一下。

回去的时候比来的时候快得多，等苏瑾莘从思绪中回过神来，她就已经站在了 B 城的机场。

Vicky 带着助理来接机，看到她的时候长舒了一口气："我的老板哟！什么大状况值得您亲自飞到北欧去，还不带手机！您知道您失联的那四十八个小时里面，我差点跑去公司门口自尽谢罪了吗？"

她哭天抢地，宛如戏精上身，苏瑾莘忍不住逗弄：“你现在还是可以自尽谢罪啊。”

Vicky演到半路愣住，难以置信地扭头：“老板！您刚刚是在跟我开玩笑吗？”她哇哇大叫，“老板您的身上发生了什么？居然会开玩笑了！”

说得苏瑾莘以前好像是个木头人似的。

苏瑾莘生气，把行李箱往对方手里一塞：“别耍宝了，你这么拼命打感情牌，白起那边是不是没有搞定？”

一语中的！

Vicky摆出“一箭穿心”的模样，推着行李赶紧上前两步：“老板，这事吧，还不能着急……”

苏瑾莘打断她：“说重点……”

Vicky双目紧闭，像是豁出去一般一口气说了出来：“老板您能理解一个问题学生偶然遭遇当年的魔鬼班主任老师的恐惧感吗？当我看见他活生生地坐在我的面前，还是我需要去巴结的作者大大的时候，我竟然失声了！”

苏瑾莘顿住，惊讶地回头看她：“失身了？”

没必要奉献这么大吧？

Vicky捶胸顿足：“老板，是失声了！不是失身！我紧张得完全说不出话！”

哦，是这样啊！

苏瑾莘点了点头：“那要换个人去对接吗？”

她只是随口一问，其实根本没有这个打算，Vicky还是如临大敌般连连摆手：“不不不……老板，我喜欢有挑战性的工作，只要您答应多给我一点点时间……”

苏瑾莘点头，瞥了一眼前来接她的司机："那你先去公司吧，我明日再上班。"

"好嘞！" Vicky 道，还体贴地帮她拉开车门，朝着她拼命挥手，"老板，好好休息啊！"

她点了点头。

由于时差，她一上车就有些困倦，等到睁开眼睛，已经到了自家楼下。

她在 B 城住的是一套复式公寓，上下两层一百八十多平方米，一梯一户，电梯直达她所在的楼层。

站在门口，按下指纹，在玄关处换了鞋子，她就往客厅走去。

走到一半突然发现，客厅里竟然有人。

她很是吃了一惊。

"郑先生？"她试探着喊道。

对方回过头来，赫然是一个利落短发，看不出真实年纪的美貌女人。

"你是谁？"她警惕地问。

对方还没有开口，厨房的门就开了，郑九州吧嗒吧嗒跑了过来，穿着十分居家，手里还贤惠地拿着一个锅铲："咦……小莘你回来啦？"

苏瑾莘的眼神在这个女人和郑九州的身上来回地扫瞄，试探着问："你的朋友？"

"他前妻。"那个女人开了口。

郑九州像是有些难为情，把手在围裙上擦了擦，说："小莘，这是小楚的妈妈，她想见见你。听说你今天回来，我们就买了菜回来做。”

我们？其实是你自己一个人做吧？

苏瑾莘在心里默默吐槽，但是没有说出口。

她眼睛在那个美貌的女人身上扫过，等待对方先开口。

“苏小姐，很抱歉冒昧来访，你不介意吧？”

苏瑾莘不知道说什么好。

人已经来了，况且她收留郑九州的时候，也没有要求对方不能带人回来。

更何况这个女人是秦楚的母亲。

可正是秦楚的母亲，苏瑾莘才无法揣测对方的来意，更不知道该如何表现为好，她只能点了点头：“您好。”

对方显然有了主人翁的气场，招呼她：“过来坐，秦情还有一会儿才会做好饭。”

“秦情？”苏瑾莘迷惑道。

对方昂起下巴：“嗯，他的本名叫秦情。”

苏瑾莘“哦”了一声，又点了点头。

她内心十分紧张，想要逃避到楼上去，却又不敢轻举妄动。那个女人见她坐得身姿笔挺，全身僵硬，“扑哧”一声笑出声来：“苏小姐你这样紧张，是否跟你与小楚确认了关系有关？”

一击即中。

苏瑾莘猛然抬头看她。

对方却满意地点了点头：“看来确实如此了。不过苏小姐，你不必太担心，我与小楚分开十八年了，没有资格也没有理由现在冒出来担任家长的角色。与此相反，我还要求你帮忙。”

苏瑾莘不明所以地歪了歪头：“您的意思是？”

女人坐直了身子，对着她伸出了手："自我介绍一下，我叫展倾城。"

握住她手的苏瑾莘"石化"了。

展倾城……

难怪刚刚她总觉得有哪里不对，对方的容貌美艳绝伦，眉梢眼角的轮廓很是眼熟，那硬朗的气质和利索的短发却让她完全想不起来到底在哪里见过。

现在想来，可不就是和展卿卿有七八分相像。

她感觉自己的舌头有些打结："您……您……和展小姐……"

对方点了点头："没错，我是展卿卿的母亲。"

苏瑾莘张大了嘴巴："那……秦楚？"

对方也很快地给出了答案："嗯，小楚和卿卿是异卵双生的亲兄妹。"

晴天霹雳！

如果这个世界上有命运弄人这件事，苏瑾莘想，自己应该就是上帝头一个看不惯的对象。绕来绕去十多年，她都没能避开展卿卿这个可怕的女人。

"苏小姐，你怎么了？脸色怎么一下就变得这么难看？"展倾城见她半天反应不过来的样子，关切地探过头来。

苏瑾莘伸手拦住了她："您别过来，先让我缓缓……"

展倾城倒是不以为意，像是想到了什么好玩的事情一般，自顾自地笑了起来："也真是奇怪，难道双胞胎都有心理共鸣吗？卿卿喜欢你，小楚也喜欢你。"

又是一道天雷劈在了苏瑾莘的脑袋上，她张口结舌："什……什么？"

展倾城抬眉：“我刚刚想起来，苏小姐不就是卿卿高中时候常常念叨着的那位可爱的学姐吗？她还在你二十岁生日那年给你送过蛋糕来着。”

什……什么蛋糕？

苏瑾莘一脸茫然。

展倾城思索着：“那时候卿卿一直把你当偶像，为了你的生日，还特意选修了一个学期的烹饪课，给你做了一个蛋糕。可是后来不知道为什么，她就很少提起你了。”

苏瑾莘宛如被雷劈一般的表情，让展倾城有些惊讶：“你……不知道？”

苏瑾莘摇了摇头：“我没有收过什么蛋糕啊……”

她一直以为展卿卿很讨厌她，若是对方特意送生日礼物，她不可能不知道……

等等……

她突然想起二十岁生日那一天，她逃掉了一节课，让学生们自习，自己出校园去找伊晋，陪他去流浪猫收容所的路上，确实遇到了展卿卿。

她当时问的一句话是：“学姐，你今天不是要守着我们上课吗？”

她讷讷不能言。

然后展卿卿一转头，就看到了双手插兜的伊晋，顿时勃然大怒：“伊晋你是疯了吗？自己逃课还威胁学姐陪你玩？”

记得当时的展卿卿十分气愤，连声质问伊晋，为什么祸害努力工作和学习的学姐。她一时心急，就为对方说了两句：“卿卿，不关他的事，是我自己……”

虽然记忆已经模糊，但是当时展卿卿难以置信的眼神还在记忆深处清晰可见，她尖叫道：“学姐，你怎么可以这样堕落！跟着这样的男人一起玩能有什么好事？男人都是蠢货，只会把事情办砸，只会害得我们身败名裂！学姐你跟我回去！”

那一天她到底有没有跟展卿卿回去呢？

她不记得了。

想必是没有吧……

不然她怎么会没有收到那个精心准备的蛋糕？

“苏小姐！苏小姐！”

展倾城的声音在耳边响起，拉回苏瑾莘的思绪，她抬头勉强一笑：“怎么了？”

展倾城站了起来：“饭做好了，先吃饭吧。”

她被对方往餐桌上引，不过是三个人，郑九州却做了七八个菜，看上去色香味俱全，令人食欲大开。

苏瑾莘有些惊讶：“这都是秦叔叔做的吗？”

她不自觉地改了口。展倾城不以为意地答道：“他厨艺很不错，不然当初我也不会跟他在一起。”

可是秦楚说他爸爸根本不会做饭，以至于很小的时候，他就开始自己照顾自己了啊！

她惊讶地看着郑九州，哦不，秦情。

对方像是看懂了她眼神里的质问一般，解开了围裙，道：“秦楚是个孩子，我若是事事给他包办，他将来怎么可能找到苏小姐这么好的女朋友？”

话倒是很好听，但是……当时秦楚才七岁啊！

她忍不住问出了口：“秦叔叔，展阿姨，我可以问问为什么秦楚会没有国内的身份证，从小就无法回国，只能一直生活在澳大利亚吗？”

她一直以为，他只是出身贫苦人家的小可怜，没想到对方会有这么有钱的父母，那为何他的生活还是这般悲苦？

他的妹妹如明珠一般众星捧月，他却像是在泥土中一般摸爬滚打长大。

想到这里，她就觉得心疼。

她这话一问出，整个餐桌就陷入死一般的寂静。

秦情老老实实地放下了筷子，坐得十分端正，不敢说话，只拿眼睛偷偷去瞟展倾城。

展倾城原本端着碗在喝汤，闻言停了下来。只见她慢慢地搁下了碗，深深地叹了一口气，看着对面那个已然老去却依然不那么靠谱的男人，心里早已没有了当初那般杀伐果决的爱恨。

她依稀记得，许多年前，对面的男人还只有十八岁，家世勉勉强强，学业勉勉强强，唯独名气和容貌惊世骇俗。

十指不沾阳春水的富家公子，长相温润如玉，极具欺骗性，在B城因为懒惰而声名显赫——能坐着绝不站着，能躺着绝不趴着，你抽他他也不蹦跶。

已经忘了是怎么被这人祸害的了，她明明大这人好几岁，却鬼迷心窍地做了对方的女朋友，还打算跟早已有了婚约的凌家小少爷凌墨然解除婚约。

凌家的小少爷从小体弱多病，娇娇弱弱得跟个小姑娘一样。他喜欢展倾城，却因为常年生病难以出门，听闻对方要解除婚约，差点就出了事。

展凌两家家长勃然大怒，因此逼迫秦情和展倾城分开。

但展倾城是什么人，怎么可能屈服？她当即带着秦情，选择了私奔。

来到S市找外公收留被拒之后，她咬牙选择了自己工作，供养那懒得出奇的小男友。

幸运的是，小男友虽然懒，对突然变得艰苦的日子却从不抱怨。

两个人慢慢地熬过了最艰难的时刻。

然后她有了孩子，是一对双胞胎。

消息传到B城的时候，凌墨然气得要发疯。

事实上，他也真的疯了，疯狂煽动他的大哥找秦家的漏洞。秦情的父亲早年并不太干净，在凌家的手段下，他不法的行为很快便败露了。

秦家一夕没落。

等到秦情回去的时候，就只能面对锒铛入狱的父母和纷纷撇清关系的亲戚。

原本，就算是这样，他依然能和展倾城在S市好好过下去的。谁知因为倾城母亲病重，二人不得不又回到了B城。

回到B城后，凌墨然才真正开启了他的夺妻之路。

秦情年纪小，这些年来被倾城照顾得很好，面对狡猾的凌墨然全然无招架之力，更何况凌墨然不是一个人在战斗，展家和凌家都存着心赶秦情离开，唯有展倾城一个人为他撑起保护伞。

然而，命运总是那么弄人。

幼年的秦楚因为秦情晚了一步去接他回家，落入绑匪之手，等营救出来的时候，就患上了失读症。

“那时候我决定再也不要理他了。”展倾城点了一支烟，眼神放空，看着对面的秦情。

对面的男人苦笑一声："是的，你不理我了，凌墨然就开始理我了。他曾经试图杀死我，三次。最后一次，他派的杀手打穿了我的肺叶，你知道吗？"他眼神里翻涌着陈年的旧怨，"我好痛，以为自己快要死了，跑过来找你，在你家楼下等了很久，你却让我滚。"

展倾城吐了一个烟圈："对不起。"

她虽然道着歉，却没有多少歉意。秦情也不在乎，他摇了摇头："没关系，我那时候恨你，所以我叔父救了我，并告诉我能帮我去澳大利亚，避开凌墨然那个疯子的时候，我带走了小楚。

"既然是没有照顾好他，让你厌弃了我，那我就照顾给你看。"

苏瑾莘和展倾城齐齐怒视着他。

展倾城是愤怒，苏瑾莘则是指责。

在这样两股强烈的目光下，秦情败下阵来，嗫嚅着："他过得……也没有哪里不好啊！"

苏瑾莘无语。

反而是展倾城吐了一口气，看向她道："苏小姐，事情的经过你也了解了。我今天来找你，就是想让你带我见一见小楚，见一见我那可怜的儿子。"

她目光深幽，里面充满着一位母亲的慈爱和遗憾，苏瑾莘面对着这样的眼神，根本无法拒绝。

她点了点头："秦楚的飞机，三日后会抵达 B 城。"

展倾城抹了抹脸："那我还有时间可以好好准备。"

两人对视一眼，会心一笑。

尾声

苏瑾莘站在接机口沉默地等待。

她的身后是不情不愿的展卿卿、有些困倦的秦情和含着热泪的展倾城。

时间一分一秒过去，就在她有些紧张地检视着自己的打扮的时候，一个挺拔的人影出现在了不远处。

那个穿着简单白色卫衣和深蓝色牛仔裤的青年，站在人群之中左顾右盼。他戴着巨大的墨镜和帽子，依然掩盖不住那闪亮的风华。当他眼神扫过这一边的时候，一眼就确认了她的位置。

看到她的身影之后，秦楚像是开启了某种滤镜一般，瞬间散发出迷人的光辉。他看着她，拼命地挥手，长腿一跨，直接朝着这边奔了过来。

苏瑾莘的眼神有些放空，视线落在对方挥起的手上，那双手修长有力，手臂上隆起的肌肉不多不少，正是最完美的模样。

对方很快走了过来，一把揽住了她的腰，在她的脸上响亮地亲了一口。

空气里仿佛炸裂出粉红色的气息，旁边的众人纷纷侧目，展卿卿发出了嫌弃的声音。

而苏瑾莘已经完全呆住。

她从未想过自己会拥有这样的好运气。

可是命运，总是会有一次让人如意。

不是吗？

番外

令人头大的家庭生活

01

不知道是不是每一个被恋爱冲昏了头脑的男人，都格外渴望得到女朋友的关注。

秦楚在消耗了整整一年的撒娇和胡搅蛮缠之后，终于如愿以偿地搬进了苏瑾莘所在的公寓。尽管他被反复警告——一定要小心，在外面必须保持严肃的工作态度相处，在家则需要控制好自己的情绪，可猫系，绝不可狗系。

为何不可狗系？

因为狗狗完全没有自己的私生活，那样会打扰到她的独立空间。

虽然秦楚觉得，这是一个不平等条约，但是当苏瑾莘大方地分享出她卧室一半的主权时，他又十分高兴地抬起爪子，按下了手印。

一开始的生活令他很满足，能朝夕相对还能亲密交流，对于久旱的秦楚来说，已然十分甜蜜。

可随着时日已久，以及接了两个青春恋爱的偶像剧之后，秦楚渐渐地开始咂摸出自己的恋情似乎有些不对味来。

首先，是自己那个已经步入而立之年的女朋友，似乎看起来除了工作，对什么都不太感兴趣。

其次，则是他觉得自己似乎有点自由过头了，一点也没有恋爱中的被占有感。

这样下去不行。

他在床上翻来覆去地想。

“还睡不睡了？”疲惫到早已困倦的苏瑾莘咕哝的声音里带着恼怒。

“可不可以再来一次？”他莫名其妙地问。

回答他的是对方迷糊的声音：“你想就自己动。”

不知怎的，秦楚当场感觉受到了侮辱。

他气呼呼地背过身去，片刻之后，又抡过来一条胳膊，小心翼翼地帮对方把被子盖好。

02

然而就算这样别别扭扭的甜蜜日子，也是不太多的，秦楚的事业渐渐地走向上升期，而苏瑾莘的公司也在历经风波后越做越大，两人之间聚少离多。

她本就是那样汲汲于工作的人，以股份为诱饵拿下了和白起的长约之后，便全身心地投入到几个大的影视项目的制作和运营里面去。

出差和加班是常有的事情，就算在同一个屋檐下，一个在书房，另一个在卧室，也没有什么时间多聊几句。

秦楚知道自己应该在这件事上表现得大方得体一点，毕竟他不是个孩子了，拿自己和工作拼女朋友的关注度，是万万拼不过的，所以他极力地克制着自己想要靠近的手脚，特别是在对方出差和工作的时候，尽力不打扰她，最多在三餐时分，发微信叮嘱，然而尽管他是这样的懂事，对方也依然会漏回消息。

不知忙到了什么地步，以至于他今日的飞机去剧组集合的事情，她也忘记了。

他早早起来的时候，她看起来疲惫得很，迷糊之中问了一句："怎么起这么早？"

秦楚看着她睁不开的眼睛，心里一软："你睡着吧，我一会儿去机场。"

说完他又有些期待地看着她，期待她清醒一下，给他个告别吻。毕竟在好几天前，他就跟她说过，这次的戏他是第一次演主角，很多东西都需要学习，去剧组大概有好几个月都回不来。

可是苏瑾莘并没有什么反应，依然闭着眼睛迷糊地摆着手："去吧去吧，要好好表现，不要牵挂家里。"

说完她翻了个身，就睡着了。

秦楚站在床边一时有些愣住。

他缓了好久才抑制住了摇醒对方问一句"你到底爱不爱我啊"的冲动，然后有些懊恼地绕到床的另一边，在对方的唇上轻轻印下一个吻。

对方受到骚扰无意识地舔了舔唇。

他就下腹一阵滚烫，差一点就禽兽不如地要伸手将人摁在床上。

不过苏瑾莘眼下的青黑击退了他的兽欲，他有些讪讪地缩回爪子，一步一挪地拖着行李箱慢吞吞地走到了楼下。

经纪人和保姆车早已等候多时，他坐到座椅上的时候，那个看起来三十多岁的生活助理一边把一食盒早餐递过来，一边有些诧异地问："苏小姐没有来送送你吗？"

她不问还好，一问下去秦楚整个人都沮丧下来。

直到上飞机也怏怏的，把那助理姐姐吓得不轻。

飞机起飞的时候，秦楚看着飞机外面越来越盛的烈日，看着飞机飞越自己所居住的那一片区域，突然有一种小时候离开家里，被硬塞上邮轮时的心酸。

助理姐姐："哎哎哎，我的小可怜哎，你怎么哭了哦！！"

经纪人接嘴："三表姐，你可少说两句吧，我估计他是被女朋友打了。"

他们越说秦楚越伤心，最后拿了墨镜戴上，再把毯子从头盖住，才换得了片刻的安生。

03

秦楚拍摄《天音止戈》的第一天，苏瑾莘打了个电话过来问候了一下，只字未提早上送机的事情。

秦楚拍摄《天音止戈》的第二天，苏瑾莘没有回复他的消息。

秦楚拍摄《天音止戈》的第三天，苏瑾莘只回了四个字——在忙，你乖。

秦楚拍摄《天音止戈》的第一个月，苏瑾莘忙于筹拍白起的作品，竟然只给他打了三个电话。说是打了三个电话还是客气的，其实是秦楚打过去，她没接到而礼貌性地回过来的，没说上几句，便跟他道了再见。

秦楚因此心慌意乱，当天发挥大失水准，然后被导演骂了个狗血淋头。

他也没有吭声，老老实实挨完骂，竭力稳住了自己的情绪，把当天的戏份拍了。

当天晚上和第二天没有他的戏，秦楚回了酒店之后，便窝在床上看机票，心里计算着——如果今天晚上回去的话，也许能和对方待上一整个白天。如果苏瑾莘很忙，那么他就不说话，只待在她身边也是可以的。

但是贸然回去，又不知会不会让苏瑾莘觉得他太过黏人，于是，秦楚想了想，给对方先发了条短信。

“女王大人，我明天没有戏，申请回朝面圣。”

等了许久，那头也没有音信。

秦楚看着网络上剩下的票越来越少，手比脑子更快地选择了购票，以及填写个人信息。

电话铃在他付款的前一秒响起，逼得他不得不先按下了通话键：“喂？”

导演在那头的语气有些莫名的热切：“秦楚，你叔叔来看你了，一会儿到你所在的房间，你开个门。”

叔叔？

他没有叔叔啊？

他有些奇怪地想，可是十分钟之后，门铃果然按响了，透过猫眼看过去，是导演难得的笑脸。

导演年轻的时候，是个不逊色于任何一个男明星的帅哥，就算如今已经四十多岁，岁月也依然对他格外优待——除了那因为工作而脱落光的头发。

也正是因为这秃头，让依然硬朗帅气的导演脸上常年不见笑容，严肃的双眉间仿佛能夹死一只苍蝇，如今这般宛如枯木逢春一般的熨帖笑容，秦楚还是头一次见。

这么惊讶着，他也就顺势把门打开了。

门一开，导演就相当殷勤地扶着门，请他身后的人进来。

身后那人在灯光下看起来十分年轻，穿着也很有品位，皮肤紧绷光洁，眼神却是阴鸷的，偶然一抬眉间，眼角的细纹暴露他跟他的父亲大概是同龄人。

于是秦楚也就微微后退了一下，看着导演疑惑道："这位是？"

此言一出，导演有些诧异的样子："秦楚没见过你吗？墨然？"

他问得很是温柔，随即准备给二人做介绍。

他身后那人却很是不耐烦，一脸倨傲的模样："好了，你的任务完成了，你可以回去了。"

导演有些尴尬又似乎很是期待的样子："那明天……"

那人点了点头："我会和你一起吃午饭，你定好位置之后发我手机上就行。”

导演闻言连连点头，几乎是欢天喜地地出去了，末了，还给两人带上了门。

那莫名而来的男子见导演离去，伸手取下那故作时尚的镜框，随手放在了门厅之上，然后慢慢地绕着那不大的酒店房间转了一圈，然后看着他低声一笑：“你们这儿的环境，可真够艰苦的呀。”

说是艰苦，他却没有要走的意思，反而在靠近窗户的长榻上坐了下来。

秦楚站在玄关门口看着他：“你是谁？”

对方换了个舒适的姿势，懒洋洋地靠在了靠背上，闻言抬眼：“哦，忘了自我介绍了，鄙姓凌，名墨然，字汶沛，是你妈妈的未婚夫。你可以叫我凌叔。”

几乎是在他这一句话结束的一瞬间，秦楚整个人就宛如一只愤怒的黑豹一般冲了过去，将人一把从脚踏之上拎了起来：“是你！你这个神经病！！！”

虽然上一代的恩怨，郑九州跟他说得不多，但是在漫长的成长年岁中，加上后来与展倾城相认，他也逐渐拼凑出自己的身世——面前这个神经病，就是害得他一家家破人亡，到现在还无法摆脱的噩梦。

提起的拳头被对方毫无惧色地拨开，凌墨然明明不如他高壮，但气场上无所畏惧，甚至他还拨了个电话。

“喂？”郑九州的声音从电话里面传出来的时候，秦楚的身影有一些僵硬。

“爸爸？”他不可置信地对着话筒问，“你被这个神经病抓到了吗？”

郑九州的声音有些难堪，却并没有其他异常：“小楚……凌墨然去找你，是你妈妈同意过的……”

“为什么？”他问。

郑九州含糊道：“你妈妈希望你能在剧组里面过得轻松一点，刚好他说，他认识你们导演……”

“所以爸爸你也同意了吗？”秦楚有些崩溃，“你现在打算和这个变态和平共处了吗？”

他的声音提高到拔尖的地步，一时之间郑九州有些不知所措：“小楚……有些事电话里面讲不清，但……”

秦楚愤怒地把电话扔了出去。

电话砸在墙上，发出响亮的一声。

耳边传来凌墨然不辨喜怒的声音：“这款威图手机，市价二十三万。”

他抓住对方领口的手并未放松，此刻更是恨不得将人提起来：“你给我出去。”

凌墨然看着他，突然意味不明地勾了勾嘴角：“跟你爸爸一样冲动。”

他将手搭在秦楚的手上：“我是这部剧最大的投资人，导演嘛，是我曾经的仰慕者，你这样对我，不怕我一句话，让你混不下去？”

秦楚咬牙：“我不在乎！”

凌墨然食指在空气中竖起，然后摇了摇：“不要这样说话哦，年轻人，你不在乎这部剧，难道也不在乎失去这部剧之后，你就接不到其他剧吗？如果接不到其他剧，你便会在等待中老去，变得跟我一样又憔悴又丑陋，然后你的女朋友就会慢慢地看不起你……”

秦楚胸膛剧烈地起伏着，对面的男人露出一个邪恶的笑：“你和我一样，喜欢的女人比自己厉害那么多，不好好努力可不行啊！”

秦楚咬着牙慢慢地放松了五指：“你走，今天我不打你。”

对方不以为意地整了整被弄皱的衣领：“我可不走哦。倾城让我来照看你几天，我若是不完成任务，回去怕是连她的面也见不到。”

他的话真的让人很崩溃，秦楚受不了地大叫出声：“你就不能放过我们一家人吗？你这个疯子！”

凌墨然露出一个和善的笑容，然后整张脸迅速垮下去：“不能。”

他也站了起来，明明看起来纤弱无比的人，竟然也十分修长，和秦楚对视的眼神一点也不退让：“我们上一辈人的事情跟你说了你也不明白，但是你若是要以倾城儿子的身份反对我站在她的身边，却是万万不可能。当年你爹横刀夺爱我也忍了，如今这些年，都是我陪在倾城的身边，我这个叔叔你认也好，不认也罢，我都不在意。”

秦楚烦躁地别过脸去：“既然不在意，你还来干什么？”

凌墨然被他噎了一下，但他很快又恢复了那副神采飞扬的模样：“我来是因为，你需要我。”

秦楚脱口而出：“你在做梦？”

凌墨然扬起脸：“你和苏小姐感情不够稳定吧？如今又因为工作时常异地，而且我听说，她的新项目，鼎盛的伊晋也有参与，两人最近可是经常一起参加新闻访谈呢……”

秦楚握紧了拳头。

“毕竟作为男女朋友而言，你们俩交往的时间又这样短暂，就进入老夫老妻的异地模式，实在是有些不太妥当。”

“你到底想说什么？”秦楚扭过脸来，漆黑的眸子冒出灼灼火焰，“你怎么知道这些事的？”

凌墨然又是那个摇摇食指的轻佻动作：“我怎么知道的不重要，但是年轻人啊，你真的不想听听如何挽回女朋友的心吗？”

“我不想听。”秦楚道。

放在床上的手机却突然响了两声，是苏瑾莘回信息了！激动之下，他不顾凌墨然在场，几乎是三步并作两步蹿到了床边，迅速解锁手机之后点开，一条简短的信息躺在收件箱里：“不必过来，你拍摄辛苦了，就在酒店休息吧。”

苏瑾莘拒绝了他……

那一瞬间，凌墨然仿佛看到面前的男人，和某个视频里面被遗弃的萨摩耶犬的神色重合了，从他瞬间低落下去的气场来看，凌墨然甚至怀疑如果面前的青年有竖起的耳朵和尾巴的话，此刻一定是垂头丧气的。

精明如他，怎么会不明白此时不出手更待何时的道理，当即哄诱出声：“我们做个交易，我教你如何获得女人的芳心，你呢，以后见我，就只需要叫我一声叔叔，如何？”

秦楚坐在床上，咕哝出声：“你能教我？你现在还不是一样单身？”

凌墨然一拍胸脯：“年轻人，可别小看你叔叔，就算我曾经做过一些混账事儿，你妈妈现在不还是舍不得为民除害吗？就冲着这点，你这交易也稳赢不亏！”

对方得意的模样，让秦楚真想亲手打死他。

可最终，他还是慢慢地抬起脸来：“说吧，怎么做？”

04

凌墨然一共在剧组待了一周便回去了，他回去的那一天，秦楚背着众人给郑九州打电话，电话里郑九州的声音很无奈，他似乎已经被生活磨平了所有的棱角，只剩下逆来顺受的平静：“小楚，他是你妈妈的朋友，你把他当成普通的长辈一般尊敬就好了。其他的，都是爸爸跟他之间的恩怨，你不需要牵扯进来。”

秦楚放下电话有些怅然若失。

这两天凌墨然一直住在他的房间，原本是一个男助理跟他一起住的，也被他撵了出去。虽然对方一直在抱怨酒店有多糟糕，秦楚对他的态度有多恶劣，他本人却死活在这里赖着，美其名曰，要给他传授恋爱之道。

甚至每天晚上都要强行拉着秦楚聊天，跟他讲当年他和展倾城的故事。讲他是如何对对方一见钟情，却被一个莫名其妙杀出来的小子横刀夺爱，然后他历经千辛万苦终于获得了女神的心的故事。

由于他说得太过离谱，以至于秦楚总是忍不住中途打断，然后两人就——展倾城到底爱着谁这件事吵上个大半夜。

这种情况持续到一周之后，秦楚接到了苏瑾莘的电话。

“秦楚，我们公司的项目和你们剧组在一个地方拍摄，过几天会有开机仪式，到时候我会过来。”

苏瑾莘说话的口气很是官方，秦楚听得却十分雀跃，他顿悟了为什么苏瑾莘拒绝他回去，是因为她不久便要过来，所以才舍不得他舟车劳顿地辛苦。

看着他嘴角扯到老高，身边的凌墨然冷笑连连：“要是你知道你家苏老板是和鼎盛的伊晋一起过来，你会不会还这么开心？”

这个老坏蛋！

秦楚恶狠狠地瞪着他。

凌墨然举高双手做投降状：“我只是让你早做准备嘛，省得到时候你看到两人在一起觥筹交错，气出心脏病怎么办！“

秦楚简直要抓狂了：“我不是那么小气的人！”

凌墨然眼珠子转了转：“其实，与其看着你的爱人跟别的男人正常交流而乱吃飞醋，不如先下手为强，让你的女人把注意力放在你的身上。”

秦楚耳朵动了动，分明想听，却不想让面前的老浑球如愿以偿：“我不听。”

凌墨然对着他勾了勾手指：“过来……”

乖乖过去的那一刻，秦楚简直怀疑自己被催眠了，可是虽然手段很俗气，但是听起来似乎还是有那么三分道理的吧？

05

苏瑾莘果然是跟伊晋一起参加的开机仪式，同行的还有原作者白起，公司的制片，导演，演员等等一溜儿的人，而且女主角竟然是展卿卿。

有大量的粉丝慕名而来，竟然将那场地挤得满满的，秦楚无法进去，戴着巨大的口罩，罩着个奇丑无比的帽子远远地看着苏瑾莘，对着她奋力地挥手。

人群之中，别人都只当他是某个工作人员，或者是白起的粉丝，但是苏瑾莘偏偏一眼就将他认了出来，遥遥地对他一挥手，他就喜滋滋地大呼小叫了半天。

伊晋注意到这边的动静，侧着脸问了苏瑾莘一句什么。

秦楚就眼睁睁地看着对方脸上腾地升起两朵红晕，然后就撇开了目光，再也不望向他的方向了。

不管他怎么挥手，随即的苏瑾莘都像是没有看到他了一般，认真地配合着记者的拍照。

尽管头上烈日炎炎，秦楚却突然感觉到他的心慢慢地凉了下来。

以至于当天晚上，苏瑾莘喊他去她酒店的时候，他的情绪依然提不上来。

而且深夜情感交流的时候，他罕见地没能满足得了对方。

这下就连苏瑾莘都惊诧了。

秦楚背过身去，蜷缩着身体一动不动地躺着，拿被子蒙住脸，苏瑾莘从背后抱上来，一下下地抚摸着他的脊背："怎么了，秦楚？"

青年吸鼻子的声音有些压抑，仿佛羞愧一般地，他转过来紧紧将苏瑾莘的头抱在自己胸膛上："没什么，我今天有些累。"

苏瑾莘在他怀中闷笑一声，声音却温柔得不像话："所以我不让你回去是对的，好好睡吧。我在这里多陪你几天。"

秦楚应了一声："那你不许去见伊晋。"

他这话一说出来，明显能感觉到苏瑾莘的身体僵硬了一下，片刻，他听到对方平静的声音："为什么呢？"

他迟疑着回答：“我有些吃醋……”

苏瑾莘摸了摸他的胳膊：“我跟伊晋是工作上的关系，跟你是恋人的关系，你若是非要行使恋人的权利不让我跟他见面，也是可以的。但是我希望你不要孩子气，因为这样会让我的事业不好开展。”

她这样心平气和的模样，让秦楚一时有些哑然。

她……这是不是在讲道理？？

她居然跟他讲道理！

难道她不明白，爱情里面，最忌讳的就是讲道理吗？

可今晚不好的表现让他没有资格再次开口跟她提要求，只是在脑海里，突然鬼使神差地冒出凌墨然的脸：“男人在爱情里面……也是需要一些手段的。比如……”

他咬了咬牙。

试一试。

就试一次！

06

苏瑾莘在这里多停留了三天，其中有两天的白日都在探班，看着秦楚拍戏。

她离开的时候，秦楚连夜加拍了一场戏，换了早上的空闲去机场送她，苏瑾莘面露微笑："期待你完美杀青回家。"

只字不提昨天的事情，秦楚张了张嘴巴，所有的疑惑含在喉咙里最终化作一声："嗯嗯。"

苏瑾莘摸了摸他的脑袋就进了安检。

晚上回去的时候，他第一次去酒店后面的体育馆打球。

两个小时后，累得气喘吁吁的秦楚从球场边的小箱里摸出一瓶水，咕噜咕噜一口气喝下半瓶之后，开始发呆。

“你怎么看起来不太高兴？”球场外，一个人影不紧不慢地走过来，看到他茫然的脸色漫不经心地问。

“我当着女朋友的面出轨了。”秦楚抱着篮球对着身边的人沮丧地说。

“胆子不错啊，我的兄弟！”很显然，这是一个损友。

“我也觉得。”被汗珠湿透了额前刘海的青年眨巴着大眼睛，“还有，你可不可以不要叫我兄弟？”

“要不然呢？”被要求的人朝天翻了个白眼。

“你可以试着叫我哥。”青年认真地建议。

“不，我可不承认你这个头脑简单的家伙是我哥，你的基因突变到离奇的地步，完全没有继承我们家的优良精髓。”展卿卿警告着他，“我来找你是妈的意思，她说我们得多相处，弥补当年的亲情，虽然我觉得这完全没有必要，我看着你就觉得烦躁，你可别得寸进尺。”

“哦。”秦楚看起来有些无精打采。

“你出轨的那姑娘胸部大不大？屁股怎么样？”展卿卿很感兴趣。

“呃？我怎么知道？”秦楚很惊讶。

“你不是出轨了吗兄弟！没摸过胸部没有拍过屁股，难道你们隔空交流啊？”展卿卿加重了口气。

“不不不，我们没有发生实质关系。”秦楚涨红了脸，“她倒是表现过可以深入交流，但我深入不下去。还有，卿卿，你说话不要这么粗俗。”

“没有深入算什么出轨？”展卿卿奚落道，“还是说你缺乏深入的工具？”

“我亲她脸了！我还夸了她好看！”秦楚急道，“就当着我家苏瑾莘的面！”

“那你厉害。”展卿卿夸道。

“可她无动于衷。接下来还跟导演讨论了许久我的演技，说我亲得不够投入，太过用力让人家女演员的脸都变形了。”秦楚叹气，“我就不明白了，她怎么对生活一点激情都没有？别的人听说自己养的小狼狗出轨了，不都是暴打小三一顿，然后把小狼狗抓回去这样那样，惩罚得他三天三夜下不了床吗？她为什么呆了吧唧的一点反应都没有？她是不是得了老年痴呆？”

所以你是在片场亲吻女演员，然后因为这个女演员曾经对你示好过，你就觉得出轨了吗？你是不是傻啊？展卿卿内心疯狂吐槽，但憋了憋还是忍住了，一脸真诚地提出了建议：“那你还不快带她去医院啊，我的兄弟。”

快带她去医院，检查一下怎么看上你的。

是眼瞎还是脑子有问题。

这下就算是傻子也听出来是在讽刺他了。

“我走了！”秦楚抱着篮球走了。

只剩下展卿卿原地伸手：“你倒是把球留下啊！！”

对方身形完全没有停留，却听话地反手把球抛了过来，展卿卿伸手去接，那球却像是长了眼睛一般直直地朝着她的脑门飞过来。

“啪”地被砸倒在地上的时候，展卿卿懊恼地捶着地板，疯狂地想：“妈！我真的努力过了，完全没有办法喜欢这个跟神经病一样的大哥啊。”

而且她为什么要躺在这里？她根本不会打篮球！

07

苏瑾莘到底爱不爱他？

秦楚带着这样纠结的心情熬过了将近半年，终于迫不及待地回到了 B 城他们爱的小屋。

他在苏瑾莘的要求下推掉了很多活，专心地请了老师开始重新上演绎课，日子反而闲了下来。

他也就安心地坐在沙发上看剧本。

而苏瑾莘则难得地在厨房做菜。

自从他们确定了关系之后，苏瑾莘就开始爱上了做家务，其实也许可能不是爱上，而是展倾城某次来家里的时候，不经意间说了一句话——两个人在一起，吃着对方亲手做的饭菜，终究还是更容易亲密一些。

从此，每周五的晚上那一顿，苏瑾莘都会亲自下厨，做上个三菜一汤。

她做得其实难吃死了，秦楚抱着抱枕想，但是耐不住人家热爱这项事业，他又能怎么样？

他总是不能拿她怎么样的。

除了在卧房里。

“瑾莘。”他丢开剧本，长腿一迈就到了厨房，抱着她的腰，将头靠在她的头顶，看着锅里腾腾冒出的热气，呢喃着她的名字。苏瑾莘推了他几下没有推动，就任由他一下一下地跟小鸟一样轻啄着她的头发，可他也是执着，亲着亲着，就啾到了她的脖颈，于是这吻就开始变得不对味起来。

“走开。”她道。

“你不喜欢吗？”秦楚问。

“我在炒菜啊。”她道，“你这样会影响我做事。”

做事！做事！又是做事！！

秦楚心里面燃起一股子说不出的愤怒和无力：“我今天在家里面等了你一天才等到你下班，而且因为你出差，我们有一个星期没有见面了，好不容易在一起，连抱抱你都嫌烦吗？你为什么那么冷漠？”

“我没有冷漠，我只是在做事情，这样抱着不方便。”苏瑾莘解释道，“把那个椒盐瓶子递给我。”

她白皙的脸上有着被热气蒸腾的绯红，但是说这句话的时候，眼神宁静，完全没有被心爱之人亲吻后的羞涩和温情，不知怎的，秦楚突然就想到了片场之上，那个跟他演对手戏的女主角。

对方不过是十八岁的年纪，看着他的眼睛里全是爱慕的星光，拍个拥抱的戏份都心如擂鼓，脸红地让导演卡了五次。

可这样充满荷尔蒙的魅力，在面对眼前人的时候，似乎是被绝缘隔离了一般，完全触碰不到对方。她在离开伊晋之后，仿佛慢慢地苍老了下来。

苍老到他有一次闹脾气控诉她像个平静，淡漠，无欲无求的老妇女时，她也仅仅是点点头：“行行行，我是老妇女，你是小狼狗，咱们俩凑合过，成了吧？”

想着想着，秦楚黯然出声：“我感觉你一点也不喜欢我，你是个没有感情的杀手。”

苏瑾莘敷衍地“嗯”了一声，一只手推开他：“好好好，我是杀手，菜要起锅了，你去洗个碗吧。”

怀中陡然空了下去，秦楚也不知道怎么的，感觉自己的心也蓦然空了下去一般，突然就口不择言起来：“我这么好看年轻！你身为老妇女也不看着点，真的不害怕我出轨吗？”

他口中的老妇女回头："我倒是真希望你出轨。"

"一天屁事不干，尽赖在床上。"

"出去撩了个姑娘想试探我一番，回来就兴奋地弄了我一晚上。"老妇女痛心疾首，"你怎么就不能心平气和一点呢？

"怎么个心平气和？"秦楚委屈，"你跟我说话为什么总是这样？难道我出轨了你都不在乎吗？"

"我在乎啊！你出轨了我就得找下一个，也是个麻烦事儿。"

秦楚不可置信："你居然还要找下一个！"

苏瑾莘十分平静："不然呢？"

秦楚感觉自己心脏怦怦地暴烈跳动，有酸涩的东西从那里升腾了起来，让他泪盈于睫，赌气道："你也不看看你自己的年纪，你找得到吗？"

显然，面前的老妇女十分自信："我的年纪怎么了，不过三十出头，但我有车有房有资产，找个男人还是容易的，不过我更喜欢一个人过。我喜欢平平静静安安宁宁的生活，和你在一起以前，我可以坐在书房工作一整天，或者去会所偷得浮生半日闲，实在不行，我还能跟姐妹出去逛个街。"

她将菜放在秦楚的手上："可是认识你以后，我除了工作，基本上没有出过门。稍微跟男性走得近一点，你就要我拍视频。而且我的身体一日不如一日了……"

她还没有说完，秦楚就黑了脸色。

“你是不是在嫌弃我！”他控诉地咆哮。

“也不是。”苏瑾莘换了另外一个蒸锅，把一条腌制好的鱼蒸上，然后在围裙上擦了擦手，“只是告诉你，这么美好的生活，我都放弃了，一天到晚地陪你恋爱，已经很真爱了。你不要再跟我玩什么出轨、分手、得了重病的偶像剧游戏，我折腾不起。”

秦楚感觉自己有些鼻酸，很想赌气离去，可是对方的话没有任何问题，让他觉得自己如果夺门而出会显得幼稚，所以他只能不甘心地揉了揉鼻子：“哦，知道了。”

对方已经人到中年，丧到干啥都没有了激情。

他没有办法改变，他总是对苏瑾莘没有任何办法的。

他明明知道，可是为什么，他的内心如此委屈呢？

苏瑾莘看到他低落的脸，叹了口气，在他下垂的嘴角亲了亲。他的脸就像背叛了脑子一样忍不住慢慢地扬起了笑容。

08

吃饭的时候，苏瑾莘叹了口气：“你要是实在没有安全感，就跟我求个婚试试？”

秦楚摸了摸耳朵，猛然瞪圆了眼睛看着她：“你说的是真的吗？”

苏瑾莘低头夹菜：“我可什么都没有说。”

可那头英俊的青年已经喜滋滋地蹦跶了过来，一把抱住她，在她脸上狂亲：“啊啊啊啊！老婆！！！老婆嫁给我好吗？我的钱和人，通通都给你！！！”

只要能都给你，我就心生欢喜！我就不再犹豫不再害怕不再彷徨不再患得患失！

苏瑾莘！请你嫁给我吧！